日本怪谈故事

〔日〕小泉八云 等 著
子衣 编译

国际文化出版公司
·北京·

图书在版编目（CIP）数据

日本怪谈故事 /（日）小泉八云等著；子衣编译.--北京：国际文化出版公司，2020.12
ISBN 978-7-5125-1224-5

Ⅰ.①日… Ⅱ.①小… ②子… Ⅲ.①民间故事－作品集－日本 Ⅳ.①I313.73

中国版本图书馆 CIP 数据核字（2020）第 109949号

日本怪谈故事

作　　者　[日] 小泉八云等
译　　者　子　衣
责任编辑　戴　婕
监　　制　胡　峰
策划编辑　田知鱼
出版发行　国际文化出版公司
经　　销　全国新华书店
印　　刷　北京柯蓝博泰印务有限公司
开　　本　787毫米 ×1092毫米　16开
　　　　　19 印张　296千字
版　　次　2020 年 12月第 1 版
　　　　　2020 年 12月第 1 次印刷
书　　号　ISBN 978-7-5125-1224-5
定　　价　42.00 元

国际文化出版公司
北京朝阳区东土城路乙 9 号　邮编：100013
总编室：（010）64271551　传真：（010）64271578
销售热线：（010）64271187
传真：（010）64271187-800
E-mail：icpc@95777.sina.net

目录 Contents

生死之约

“到了初秋时节，我应该就能回来。”

几百年前，外出的赤穴宗右卫门在跟义结金兰的弟弟丈部左门告别时，如此说道。

他们分别的时候是春季，地点是在播磨国的加古驿。赤穴是来自出云的武士，他此次外出是为了去自己的出生地拜访。

丈部稽首说道：“大哥的故乡出云是八朵祥云升起的地方，离此地路途遥远，所以您归来的日子难以确定。但是，若我们能约定具体的日子，对我来说将会更好。我会备好接风的宴席，在家门口亲眼见证您的归来。”

“为什么要这么麻烦？”赤穴道，“我在外多年，旅行对我而言已是家常便饭，所以我完全可以预知归来的时间。兄弟，我向你保证，哥哥我一定会在初秋某个日子里回到此地。嗯，我们就约定重阳节那天重逢吧！”

“那也就是九月的第九天喽？”丈部期待地说道，“那时菊花遍地盛开，我们聚在一起赏菊品酒，人世间的惬意之事莫过于此啊！那么，在九月的第九天，大哥一定会回来吗？”

“九月的第九天，我肯定回来!”赤穴斩钉截铁地答道。

随后兄弟二人挥手道别，赤穴大踏步离开了丈部居住的加古驿，踏上旅途，而丈部左门和他的母亲则含泪目送赤穴远去。

时光荏苒，光阴似箭。转眼间初秋已至，枝头枫叶泛红，篱下群菊争艳。

九月初九那天一大早，丈部就做好了迎接义兄的准备工作。他盛好美酒、备下佳肴，将庭院和房屋打扫干净，甚至在客房的花瓶里插了数枝秋菊。

老母亲看着忙里忙外的儿子，劝说道：“出云国远在千里之外，跋山涉水、翻山越岭，哪有不疲惫的道理？赤穴君今日未必能赶回。等赤穴君归来后，你再忙碌也不迟。”

“不，母亲大人!”丈部兴奋地答道，“义兄是一位极重信义的武士，绝不会失约。如果等赤穴君回来，再手忙脚乱地准备，会让他觉得我们质疑他的承诺，到时候岂不尴尬?”

这天，万里无云，秋高气爽。经过加古驿的旅人络绎不绝，川流不息。他们中间有不少人都是武士打扮，丈部认真地盯着每位武士，希望在里面找到赤穴的影子。

然而，寺庙已敲响了正午的钟声，赤穴还没有露面。到了下午，依然看不到赤穴的踪迹。直至太阳西沉，赤穴仍然不见踪影。但丈部如早晨一样，望眼欲穿地守在门口，双眼紧盯着街道，没有任何放弃的意思。

老母亲走出来对丈部说道：“我儿，谚语里说过，男儿的心如夏日的天气一般易变。即使你义兄执意守约，但世事难料，说不定路上遇到什么问题而延误了。再说了，菊花也不单只在今日才开，只要他诚心回返，即便到了雨月（阴历十月）才回来，也没什么可抱怨的。你快进屋歇息，明早再出来等吧!”

“母亲大人，您身体要紧，先去睡吧。”丈部答道，“我再等等，我相信义兄今日会回来的。”

老母亲无奈，于是先回房安歇去了。丈部仍在门口等待。

夜色十分美丽。星空万里，银河辉耀，月色朦胧，若隐若现。村庄已陷入睡梦中，偶尔传来几声犬吠，划破了夜空的静谧。

月亮渐渐下落，丈部长叹一声，怅然若失。他正欲进屋歇息，忽然朦胧间看见有个高大的人影正轻飘飘地快速走来。他定神一看，来人正是义兄赤穴宗右卫门！

“啊，兄长！”丈部大喜过望，欢呼雀跃道，“小弟今天从早到晚一直在等候兄长归来。兄长果然不负前约，真乃信人也！你风尘仆仆地赶来，想必已经劳累不堪了，请快进屋，酒肴已备好多时了。”

丈部将赤穴请进客房，迅速点亮一盏油灯，向里屋大声喊道：“母亲大人！”

屋内却没有回应。

丈部对义兄说道：“母亲大人年纪大了，精力不比从前，今天等得有点儿累了，所以先去睡了。我马上进去唤醒她。”

赤穴摇摇头，做了个不必的手势。

丈部道：“好的，就照义兄的意思办。”说罢，他自去厨房温酒铺席，将菜肴一样样摆上桌来。赤穴却不碰菜肴和酒，静默不语，并用袖子遮住面部，似乎讨厌食物的荤腥气味。

丈部觉得有点儿蹊跷，赤穴长叹一声，又生怕吵醒了老母亲，所以刻意压低声音对着丈部道：

“现在，我必须告诉你，我今日迟归的原因了。我回到出云国之后，发现那里的人忘恩负义，几乎遗忘了前主公盐冶扫部介，只千方百计地讨好篡位者尼子经久。尼子经久占领了富田城，我的堂弟赤穴丹治也投靠了尼子经久。当我去拜访他时，赤穴丹治极力劝我投效尼子经久，并引荐我去拜见他。我表面上听从丹治的劝说跟随经久，实则观察经久的言行。经久虽有万夫不当之勇，且为大将之材，但其生性多疑、为人狡诈，不肯轻易信人，所以身边并无心腹之人可用。我想，在那里久居无益，便向经久说明与贤弟的菊花之约，流露出离开的意思。经久听后勃然大怒，命丹治将我软禁于府内，直至今日。"

"直到今日？"丈部大惑不解，诧异道，"富田城离这儿有好几百里呢，义兄怎么会在今天赶过来的？"

"兄弟且听我讲，"赤穴答道，"我忧心如焚，心道，今日若不能如期赴约，贤弟将怎样看我？我左思右想，无计可施，最后想到一句古话：'人不如魂，岂可日行千里？'我虽然被软禁，所幸随身太刀未被收缴。于是我于府内切腹，今夜化为灵魂，紧赶慢赶，自出云来赴菊花之约，请贤弟知晓愚兄守信的决心！"

说完，他便站起身来，消失不见。

丈部这才明白，义兄赤穴已非阳世之人。为践誓约，他竟不惜自尽，来实现当初的承诺。

天亮后，丈部左门禀明母亲，随后出发前往出云国富田城。到达之后，他想起义兄乃是九月初九的晚上在富田城赤穴丹治的屋里切腹自尽，于是找到赤穴丹治的宅邸，先是痛斥丹治背信弃义，随后拔刀当场袭杀了丹治，之后离去。

尼子经久听闻这件事后，为其兄弟义气感动，下令禁止部下追捕丈部。即使是这样一个狂妄残忍的君主，也懂得信守承诺的重要性。看来，尼子经久是发自肺腑地钦佩丈部的义气与勇敢啊！

（小泉八云）

毁　约

01

“我眼下还不能死，”妻子在弥留之际这样说道，“还有一件重要的事情，像石头一般压在我的心头。我想知道，将来要取代我位置的女人会是谁。”

“亲爱的，”悲伤的丈夫叹息了一声，“你可以放下心头的大石了，任何人都不能取代你的位置。我今后绝对不会再娶了。”

说这句话的时候，丈夫没有任何虚情假意的敷衍，他与即将离世的妻子非常恩爱，此时的他心如死灰。

“以你武士的信誉担保？”妻子虚弱地笑着问道。

“以我武士的信誉担保！”丈夫轻轻抚摸妻子苍白的面庞，斩钉截铁地答道。

“那我在这尘世间就没有任何牵挂啦!”妻子笑道，“我去了之后，请把我葬在后花园里，好吗?就葬在我俩当年共同种下的那棵梅树底下，很久以前，我就决定死后长眠于此了。倘若将来您背信再娶，我在墓里也能看到。现在，请您再次立下誓言，在以后的岁月里绝不再娶另一个女人;还有，请务必记得，一定要把我埋在后花园里，这样我能时时听到您的声音。到了春天，即便埋在地下，我也能目睹这满院花开!”

“你放心，一定按你的愿望办!”丈夫答应道，“不过现在先不要提什么安葬的事儿，你的病还是有希望痊愈的。”

“不!”妻子哀伤地说道，“今天清晨，我就要死了……请您务必遵守承诺，将我葬在后花园里。”

“我一定信守承诺!”丈夫哽咽道，“就在咱们种的梅树下，我会为你造一个幽静的坟冢。”

“夫君，能再给我一个小手铃吗?”

“小手铃?”

“嗯，我想有个小手铃，就是那种行脚僧化缘时拿的小手铃，我想带到坟墓里。可以吗?”

“当然可以！除此之外，你还需要什么?”

“夫君，您待我这么好，我已别无他求。”妻子笑着说道，“如今，我终于可以含笑九泉了。”

语毕，她安详地闭上了双眼，就像一个熟睡的孩子那般离开了人世。在妻子美丽的脸庞上，竟还挂着淡淡的微笑。

丈夫没有食言，依照妻子的遗嘱，将其葬在了生前最喜爱的那棵梅树下，同时埋入坟墓的，还有一个小手铃。他还在妻子的坟冢前立起一块以家徽修饰的墓碑，碑上刻着妻子的戒名：慈海院梅花弄影氏。

妻子亡故还未满周年，亲朋好友们便已频繁登门，劝丈夫续弦。

他们说的话千篇一律——

“你还很年轻，又是数代单传，目前膝下连个儿子也没有，将来谁为你们家祭拜宗祠，延续香火呢？另娶一个妻子，是你对家族应负的责任啊！”

起初，丈夫严守承诺，对这些亲戚的劝说一一予以婉拒，但最后，他实在架不住亲朋好友的轮番轰炸，终于点头答应再娶一房妻室——这位新娘是一位年方十七岁的少女，温柔娴淑。

尽管在午夜梦回之际，丈夫也常常会想起葬在后花园里的前妻，并因自己违背了誓言而深深自责。但新婚妻子娇美可人，二人两情相悦，也是不争的事实。

02

新婚燕尔，如胶似漆，两人平平安安地过了一个星期。在此期间，没有发生什么怪事儿。

在成婚的第七日夜里，身为武士的丈夫，必须到其主公所住的居城去值夜班，这是夫妻俩婚后第一次分开。

不知为何，新娘感到很孤单，心中忐忑不安，却又说不出原因，只觉得家中有一些恐怖的寒意在逐渐蔓延。

天黑以后，新娘在卧室中辗转反侧，难以入眠。此时，她觉得周围的空气突然变得压抑起来，仿佛暴风雨来临前的宁静，沉重得令人窒息。

大约在丑时时分，新娘忽然听到屋外传来阵阵响铃声——那种出家人化缘时的铃声。她十分恐惧，三更半夜为何还有僧人在化缘？真是怪事儿。隔了半晌，铃声慢慢止歇，四周恢复了寂静。可过了片刻，铃声再度响起，而且越来越近。很明显，这铃声是向着自己所在的卧室慢慢而来。

但奇怪的是，铃声这么响，为何没有下人在道路上阻止呢？

突然，外面又传来狗的狂吠声，那吠声与往日大不相同，凄厉惨绝，令人毛骨悚然。新娘在床上心惊胆战、魂飞魄散。她强自镇定下来，凝神辨认铃声的来处，确认是出自后花园方向，便想起床呼叫下人。哪知，她的身体像被抽空一般，使尽浑身气力也爬不起来，连声音也发不出了。

那铃声已越来越近，狗吠声也更加凄惨！

突然，一个女子的身影悄无声息地飘进卧室里，把新娘吓得直哆嗦。那女子身着白色寿衣，散乱蓬松的长发垂下遮住了脸庞，手里拿着手铃，那恐怖的铃声就是从这里发出来的。

所有的门窗都关得严严实实的，她是如何进来的？

这女人看东西时不抬眼，说话时不张嘴，直勾勾地面对着新娘，骇人的话语就从四周响起：

“这个家不属于你，你不能住在这儿。我才是这个家真正的女主人，你马上滚出去！而且，不准你对任何人提起我，否则我将会让你死无全尸！”

说完，女子消失不见。新娘吓得不省人事，直到次日早上方才苏醒过来。

这时，明媚的阳光照进屋里，昨晚的一切好像从来没有发生过。可那可怕的记忆还清晰地留在她的脑海里。新娘看着此刻屋外灿烂的阳光，努力说服自己，昨夜那或许就是一场噩梦，不管怎样，她都不能对他人说起，即使是丈夫也不能说。

当晚，丈夫仍外出执勤。新娘打算今晚早点儿去睡，睡着了就不必再去想恐怖的事儿。然而，丑时一到，凄厉的犬吠声再度响起。接着，幽幽的手铃声再度从后花园里响起。新娘从梦中惊醒，想起身叫人，却和上次一样，根本动弹不了，依然徒劳无果。

那女子的黑影再度飘进屋来，阴森森地说道：

“你还不赶紧消失？你在等什么？闭上你的嘴，赶紧滚出去！如果你对夫君说了，我会把你撕成碎片！”

太阳升起，又一个早晨来临了，归心似箭的武士由主公的居城回到家中。

新娘一见到他，立刻跪倒在地，大哭道：

“夫君求求你！我实在不能再待在这里了，让我回娘家吧！虽然这种要求十分无礼且过分，但我再也无法忍受了，请允许我离开吧！”

“家里出了什么事儿吗？”丈夫惊讶地问道，“我不在的时候，谁惹你不高兴了？”

“没那回事……”新娘声泪俱下地答道，“每个人都待我很好。只是，我不能再做您的妻子了，我必须离开这里，否则会有杀身之祸！”

“杀身之祸？”丈夫惊呼道，“什么人要杀你？别开玩笑了。我是一名武士，足以护得你的安全。如果在这个家里有什么人让你感到不开心，那我会尽力弥补。但我有点儿困惑，既然这个家中没人亏待你，为什么你非得离开呢？莫非你心里有了别人，想跟我离婚，所以才以什么杀身之祸作为借口？”

新娘浑身战栗，却不说明原因，只是不停地哭道：“若不离婚，我会有杀身之祸的！”

丈夫沉默了，他心中盘算着妻子为何会说出如此没头没脑的话。

深思熟虑之后，他不动声色地说道：

“我们新婚不过数日，若就此让你回娘家，背后爱嚼舌的人必定以为我们家发生了什么不体面的事情，这对你的名声也不好。倘若你能给我一个正当理由，我会同意与你解除婚约。但若你拿不出合理的解释来，我绝对不会离婚。因为此事关系到我们两个家族的声誉。”

面对气愤的丈夫，委屈的新娘再也忍不住了，她将前两晚发生的恐怖事件原原本本地告诉了丈夫。刚说完，她就猛然想起那女子的威胁，心中惶恐，道：“现在，我跟您讲了全部的情况，那女鬼一定会来撕碎我的！”

尽管作为武士的丈夫从不信鬼魂之说，但听到“拿着铃铛的女鬼”时，他不由想起了亡妻，心中愕然。

但他很快就恢复了平静，温和地对新娘说道：

“你可能是神经太过紧张的缘故，又或者在什么地方听了些荒诞的故事，所以才疑神疑鬼的。那女鬼只不过是你做噩梦时臆想出来的罢了，不然的话，为何下人们听不到声音呢？十分抱歉，我不在家的时候，让你受惊了。今晚我依然要去主公府中当班，但我会安排两个得力的下人盯紧你的房间。他们两个身强力壮，肯定能护你周全。如此一来，你就能高枕无忧了。”

丈夫这番体贴的说辞使得新娘心生感动，再加上拟定了周全的保护措施，新娘的恐惧感稍减，于是她便不再提回娘家的要求。

03

当晚，卧室中不断传出欢笑声。原来，奉命保护新娘的这两个下人既勇敢又忠诚，且很有计谋，经验还很丰富。为了让新娘放松紧绷的神经，他们尽拣些笑话和趣事说给新娘听。与他们闲聊多时，新娘谈笑风生，几乎将恐惧感抛到了九霄云外。

到了该睡觉的时候，新娘上床就寝。两位下人怀揣利刃，坐在屋角的屏风后下起棋来。他们基本不怎么说话，以免打搅到新娘休息。

放下戒心的新娘如婴儿般沉沉睡去。

丑时一到，那恐怖的铃声又响起来，凄切惊惶，令人胆寒。新娘马上惊醒，只听闻那手铃声再度从后花园缓缓逼近。

新娘尖声惊叫，慌忙跳下床，飞快地跑到屋角寻那两个负责护卫的下人。但屋里的时光仿佛静止了，只剩下一片死寂。坐在棋盘前的下人动弹不得，两眼茫然，面面相觑。新娘拼命地摇晃、拉扯他们，但他们就像被冻住了一般，纹丝不动。

事后，根据两个下人的回忆，他们听到手铃声时，仿佛被施了定身法，尽管听到心忧如焚的新娘声嘶力竭的呼喊声，也知道她试图摇醒他们。可是，他们不管怎样努力，身体也无法动弹，更无法说话，全身感官竟然完全陷入麻痹状态。

第二天清晨，武士心急如焚地归来。刚踏进家门，他便心惊肉跳。他慌忙奔入寝室，但见油灯还未熄灭，妻子躺在血泊里，头颅却不翼而飞！屋角屏风后的棋盘前，两个下人呆坐在那里，似乎已沉睡过去。武士大喝数声，两人这才如梦初醒。他们一看床边的惨状，吓得面如土色，瘫在地板上瑟瑟发抖。

妻子的头颅到哪儿去了？武士在屋内四处搜寻，却一无所获。他仔细地查看断头处，发现妻子的头颅并非被利器斩落，而是活生生地被人拧了下来，手段真是残忍至极！

武士与下人们开始顺着血迹追踪，一路从卧室追到走廊。那血迹在走廊转角处，星星点点散落，直滴至后花园里。武士和下人们跨过草丛，绕过栽满鸢尾花的水塘边，来到翠竹浓荫下。即将转弯的当口，冷不防，一个嘴里发出蝙蝠般吱吱怪叫声的妖怪跳了出来，与武士等人撞了面。这妖怪身着白色丧服、散发披肩，正是去世许久的武士前妻。女妖从墓中跳了出来，一手摇着手铃，一手提着颗血淋淋的人头。

武士等三人都呆住了。

一个下人反应过来后，一面口诵佛咒，一面拔出随身所佩戴的太刀，猛地劈向女妖。女妖猝不及防，着了道，被砍翻在地。只见她的白色寿衣、头发、尸骸顷刻间化为了齑粉，女妖的墓碑也“轰”地一声炸开，碎石满地。只有那只小手铃尚存，它掉落在地上，仍叮叮当当地余音不绝。

消失之前，女妖只剩骨头的右手从手腕处断裂开来，但五指还牢牢地抓着那颗鲜血淋漓的人头……

（小泉八云）

灯台鬼

01

夕阳西下，一辆华丽的牛车行驶在通往难波的小路上，车夫在牛车的前面，三名随从跟在后面，牛车上载着的是轻大臣的正妻夕雾夫人和他的长子鹤若麻吕，他们是从住吉返程回难波的。因为上个月轻大臣被派往中国担任遣唐使，他需要带领使节团从九州的港口坐船到中国的宁波港，路途遥远，所以正妻夕雾夫人这一趟是专程去住吉拜祭祈福的。

那天天气很好，有轻轻的薄雾，夕阳下的海面波光粼粼，雾气笼罩着远处的海面。坐在牛车上可以看到雾气下的淡路岛若隐若现，鸟雀高飞，飞到高空中消失了踪影；还能清晰地听到溪水叮咚的声音，看到溪水缓慢地流淌到远方。这一路的风景，如画般美好。

牛车上了小山坡后，再经过一片茂密的树林就是难波了，可以隐隐看到住户的屋顶。落日一点点地在消失，炊烟袅袅，他们加快了行进的步伐，想要在日落之前赶回难波。

下山以后，牛大口大口地喘着粗气，似乎有些走不动了。这时突然有大队人马从树林里跑了出来，把牛车给重重包围了。

“前方何人？为什么要拦住我家主子的车?”随从立马拔刀护住牛车。

“留下车上的女人方可离开!”

“休想!”

一个歹徒想要往前冲，就被随从安盛快速制服了，另外两名随从立马做好护车准备，不让歹徒靠近一步。

牛车外面的嘈杂声越来越大，夕雾夫人听到了安盛的呵斥声，吓得面如土色，马上紧紧抱住了身边的儿子。

“鹤若不怕，有娘在呢!”

“儿子不怕！娘也别怕!”

儿子推开了母亲，掏出自己腰间的弓箭。

“太危险了鹤若，要不我们下车逃跑吧!”夕雾夫人吓得浑身发抖，手紧紧扯住了儿子的衣襟。

鹤若平静地看着母亲说：“不怕，娘，若是有人敢靠近你，我就拿弓箭射死他!”

外面传来了激烈的打斗声，和一阵又一阵的如野兽一般的嘶吼声，但是没有呻吟，也没有惨叫，只有刀剑碰撞的声音。

“夫人！少爷！快点儿下车！我们已经被包围了!”

随从小黑在外头拍打着车门告诉夫人，夫人边拉开车门边对鹤若说：“儿子快点儿，小黑在叫我们!”

只见小黑一身鲜血，他在伸手扶住夫人的时候，冲上来两个歹徒，小黑拼死将他们砍倒在地，夕雾夫人紧紧地握住了小黑的手，浑身发抖地下了车。

“快点儿！鹤若！快点儿下车！”

夕雾夫人在车边看着打斗的场景，吓得不知所措，鹤若手握自己的弓箭，淡定地扶着母亲下了车。

夕雾夫人身上红色的衣裳一下子吸引住了歹徒们的目光，他们疯了一样地冲了过来，小黑赶紧掏出刀来应对。鹤若看了一下当下的局面，小黑正在他们面前挡住歹徒，安盛则在前面对付着一大堆歹徒，还有一名随从不见身影，大概已经在打斗中牺牲了。

“娘！你快点儿握住我的箭筒！”

鹤若把箭筒交给母亲，自己拿起弓箭对准小黑正在拼死对抗的一个歹徒。发射出去的箭正中歹徒的胸口，他立马倒下了，尽管弓箭没有直接要了他的生命，但是他显然已经失去攻击力了。小黑发现了以后，微笑着对鹤若说：“大少爷！难波就在前面，你快点带着夫人一路往西走，很快就能回到宅邸了。”

说罢，小黑就往树林的方向冲去了，另一名随从安盛还在前面和歹徒抗争，但是显然歹徒的人数越来越多了，树林里的打斗声越来越激烈。

歹徒很快就冲了过去，小黑拼尽了全力与他们对抗，鹤若则按照小黑的话，带着母亲往西边的方向狂跑。小黑一路杀敌，再赶过去与鹤若他们会合，然而歹徒再次冲到前面去，小黑又转身杀敌，鹤若和母亲则一边跑一边回头看。只见小黑一直奋勇杀敌，没有松懈，鹤若他们方才松了一口气。

然而，没过多久，当鹤若再一次回头看的时候，发现小黑已经被歹徒包围了。

“坏了，娘！小黑可能撑不住了，我得过去救他！”

鹤若刚想回头，立马被母亲拽住了衣袖：“不行啊儿子！你父亲此刻正在异国，倘若你出了什么意外，我该怎么办啊！”

鹤若听母亲这么说，也没有办法了，只好继续带着母亲往前面跑，身后传来了一阵又一阵的惨叫声。

跑了很久，他们终于跑出了树林，眼前是一片低洼的荆棘丛，白色的花朵在夕阳下清晰可见。鹤若和母亲在荆棘中奔跑，小黑从后面渐渐跟了上来，他即将跑到林子边上的时候，好几个歹徒又追了上去，小黑转身以一敌多，击退了他们，又赶紧去和夫人他们会合。鹤若时不时转身看，握紧了手里的弓箭，随时准备发射。

后来，小黑跟了上来，距离他们只有一町左右的距离了，但是他也因为体力不支倒下了，歹徒没有阻碍，很快就冲了上去。

“啊，小黑……”

“不会吧！小黑……”

夕雾夫人整个人都六神无主了，只是一味地拉着鹤若往前面跑，嘴里喊着“儿子快跑！儿子快跑！”

两个人往山坡的方向拼命跑，歹徒们则在身后穷追不舍。鹤若本来想要制止歹徒，朝他们的方向射了一箭，但没有射中。鹤若又想转身去取箭羽，但是夕雾夫人抱着箭筒早已往右边跑去了。

他想要去追母亲，不料歹徒冲了上来把他包围住，他被击倒在地。远处传来了母亲的喊叫声，她也被歹徒抓住了。

就在这个时候，安盛在击退了敌人后终于追了上来。此时他看到夕雾夫人被两个歹徒扛了起来，正打算过去救她；转眼又看到鹤若也被扛了起来，歹徒领着“猎物”正准备离开。

安盛立马冲过去与歹徒搏斗，嘴里大喊着：“放下我家少爷！”歹徒看到安盛来势汹汹，扔下了鹤若，赶紧跑了，安盛想要过去扶起少爷，而此时鹤若已经自己站起来了。

“少爷不怕，我现在去营救夫人，对了，小黑人呢？”

“小黑……已经被歹徒杀害了……”鹤若往林子出口的方向看了看，小黑就是在那里被击倒的，再也没有站起来过。

这时候，天已经差不多全黑了，隐隐可以看到林子出口那里有个黑影。

“没关系，没了小黑，还有我安盛，歹徒来了也不怕！少爷你自己小心，我现在去救夫人！”

02

歹徒们把夕雾夫人扛在肩膀上，她吓得瑟瑟发抖，不敢挣扎。除了两个扛着她的汉子，还有五六个人围在夫人周边，留意着四周，生怕她被人救走。

一群歹徒以很快的速度行进着，越过一个小山丘，又经过一座桥，黑夜里行进了很长时间，在一个没有人住的村子前面停了下来。

夕雾夫人除了脚步声外，什么都听不到。很快，他们走到树林里的一个木屋前，几个人从屋子里走了出来，把夕雾夫人带了进去。

“睁开眼睛好好看看！”

夕雾夫人慢慢睁开了眼睛，看到自己眼前坐着一个魁梧的男人。微弱的灯火下，那个男人脸色惨白，手边有一把散发着冷光的大弯刀。

“你还记得我吗，夕雾？”

夕雾夫人看清了眼前这个男人，不禁吓了一跳，眼前的人居然是轻大臣的哥哥秀康！他是轻大臣同父异母的哥哥，在她嫁给轻大臣之前，兄弟俩都钟情于她。哥哥秀康性格粗犷鲁莽，喜欢骑马打猎，总是与人争执；

弟弟则是完全不一样的性格，斯文整洁，喜欢与人讨教学问。夕雾在他们兄弟俩之间犹豫不决。这时候，城里举行歌会，城里的男女每逢歌会都会到街上去喝酒跳舞，夕雾的美貌吸引了不少年轻男子。为了避开他们的追逐，夕雾独自跑进了小树林。然后她发现树林里头有两个人正在窃窃私语，她好奇地凑过去一看，发现是秀康和他的贴身随从。

“若不是我弟弟从中作梗，夕雾早就是我的了，你今晚就去把他解决了吧！”

夕雾听到了他们的对话，吓坏了，秀康叮嘱完以后就离开了，她静悄悄地躲在一旁，等他们全部走了以后才跑到街上去，找到了人群里的弟弟。那天晚上，秀康的贴身随从在街边毙了命，也是从那一晚开始，夕雾认定了弟弟。心术不正的秀康在旁门左道上越走越远，后来因为被官府通缉，不知道躲哪里去了。

“现在都成了大臣子的夫人了，恐怕早就把我给忘了吧？”秀康凑近夕雾，一脸狰狞，“好好看看，还记得我不？”

夕雾低下了头，被吓得浑身发抖，眼前仿佛就是万丈深渊。

“看来，你还记得我，那你应该知道我为什么费尽心思把你抓过来了吧？”

夕雾依然低着头，没有看秀康。

“怎么？看都不敢看我？我这些年就在江湖上漂泊，什么事情没干过？杀人于我而言就像砍柴一样。但是，我也不是要杀了你，我是想跟你说，别等你的男人了，他不会回来了，不如从了我吧。我跟你这样说好了，除非河水能够逆流，不然你的男人不可能再回来了！”

夕雾听得一头雾水，但是秀康却放声大笑起来。

“你以为我在忽悠你？你丈夫不会再回来了，没有人比我更清楚。”

夕雾看他的表情不像在诓骗她，心里开始不安了。

“哦，你别以为是我弄死他的，他是得罪了大贵人，已经死在大唐了！”

“我丈夫他发生什么事了？”夕雾一听到丈夫出事了，顾不得自己的安危了。

“我怎么知道？就是得罪了人，才被遣到大唐去的。”

“得罪了什么人？”

“这个……我现在不告诉你，不过你迟早也会知道的，知道了也没有什么用，你丈夫现在已经客死他乡了，我可不一样，我快要升官了，前途不可限量。你还是从了我吧，这样以后你的儿子还能当个宰相！”

夕雾没有听明白事情的来龙去脉，但是她隐隐觉得丈夫估计是上了别人的当了。

“看你这样子，还是不想从了我啊！”

“我有丈夫！”

“我都已经跟你说了，你丈夫现在已经死在大唐了，尸首都找不回来。”

“胡说！他不会死的！他是天皇的使者！”

秀康忽然大笑道：“又不是天皇赐死，他是得罪了大贵人，被他人杀害的！你现在也不用太难过了，你如果不从了我，你儿子也要归西了！我还是劝你啊，好好从了我吧，你要知道，过了这么多年，我还是倾心于你的。”

夕雾心想，如果丈夫真的已经遇害了，秀康还要杀害自己的儿子，那她也是活不下去的了，她的心里忽然就充满了愤怒。

“过去的事情我早就忘光了，有什么好提的！”

“你忘了吗？忘了我就再告诉你，我这辈子都不会忘记，我最爱的女人被他抢走了！我的贴身随从被他杀害了！我恨极了他！也是因为他，我才被赶出家门，这么多年一直在外流浪！”

“这一切，还不是你自作自受？”

“你说什么？”

“那一晚，明明是你命令你的贴身随从杀害我丈夫，难道不是吗？如果我丈夫没有将他杀死，遇害的就是我丈夫了。你不要以为我什么都不知道，其实我什么都清楚！”

“行啊，原来那天是你偷听了我们的话去通风报信？”秀康恶狠狠地盯着夕雾看。

“是！就是我提前去告诉他的！不然他早就死在你们手上了！你还想颠倒黑白？休想！”

“好啊你，我不怕承认，我这么做还不是为了娶到你？”

“那天晚上之前，我还在你们两个之间犹豫，但自从那天晚上我听到你们的计划之后，心里就知道答案了！少用花言巧语来诓骗我！”

“你以为你现在还有选择？既然你已经被我抓到手了，就休想活着回去！”

夕雾已经冷静下来了，她知道自己不太可能活着回去了，或许唯一的生机就是趁他们不注意的时候逃跑。夕雾咬咬牙，朝右边的角落冲过去，没有关紧的门一下子被她撞开了。

“快点儿抓住她！”秀康被夕雾的举动吓到了，赶紧叫人。门口守着的歹徒一下子就把夕雾逮住了，将她带到秀康面前。两个歹徒死死摁住了她，她也根本没有办法动弹。

“你就别想逃了，这周围都是我的人，想想你的孩子吧，要是你还想他活着，就老实从了我吧。”

“禽兽说话我听不懂！杀了我吧！”夕雾抬起了脖子。

“我刚刚都跟你说了，我杀人就跟砍柴一样随便，但我也没想杀了你啊，难道你就不能考虑一下从了我吗？”

“你就做梦吧，我不想听到你这个禽兽说话！”

“难道你真的不怕死？”

“怕什么？悉听尊便！砍死我还是绞死我？赶紧动手！”

秀康越听越不耐烦，拿出了弯刀走到夕雾面前。

“看来你是真的不怕死是吧？想要去见你丈夫是吧？真是胆大包天！”

“少废话了！赶紧杀了我！”夕雾瞪大了眼睛看着秀康。

“去意已决了是吧？”

“少废话！”

秀康气急败坏，掏出了自己的刀！

“死贱人！居然想送死！”

夕雾倔强地抬起了下巴，等着他手起刀落。

“你给我记着，我现在杀了你，回头我就去杀了你儿子！”

秀康看夕雾如此顽固，忍不住想要杀了她。

“大哥，要不我把她扔到河里去，在这里杀了她还会弄脏我们的地方！”一个歹徒提议道。

“也行！”秀康收起了刀，想着就这么一刀杀死她也是太便宜她了，“就交给你去办！”

夕雾被歹徒拖了出去，秀康依然盯着她的身影不放。

03

那天晚上，车夫逃回府邸，禀报了夫人和少爷遇害的事情。整个府邸的人都吓得不知所措，过了半天才想起来应该去官府报案。官府觉得这事很严重，马上派人到事发地点查看。抵达以后，发现整个现场都是歹徒的尸体，还有随从小黑和黑绳的尸体，没有找到夕雾夫人和少爷，也没有看到安盛的踪影。

天边已经渐渐发白了，安盛终于回到了府邸，他满身是血地告诉大家，夫人和少爷被歹徒抓走了，他奋力追赶了一路还是没有追到。

这件事情一传出去以后，可谓是引起了全国上下的关注，轻大臣作为天皇的使者出使大唐，如今自己的妻儿遭到不测，天皇听说了以后立马派人前来慰问，并命令官府加紧搜查和追踪。然而，日子一天天过去了，还是没有找到夫人和少爷，同样也没有查到歹徒是何人。

夕雾夫人落到了秀康的手中，而鹤若则是被安盛送到了安盛叔父那里，也就是长柄的村庄中。那么为什么安盛要告诉大伙儿，少爷也被抓走了呢？因为那天晚上，安盛和少爷想要合力去营救夫人，但是他们找了半天也没有发现夫人的踪影，实在没办法，安盛就打算先送少爷回府邸。但是他转念一想，这群歹徒的目标分明就是夫人和少爷，按照歹徒数量来推断，根本不像是为了财物而来的。

“该不会是有什么阴谋吧？”安盛忽然想，“若是真的有什么阴谋诡计，那把少爷送回去也是危险的，应该先把少爷安顿好才是！”于是，刚走到半路的安盛马上就折返了，将鹤若少爷送到了长柄的叔父的手中，并且让叔父牢牢保守这个秘密，不与任何人提及。

后来安盛就在难波和长柄之间往返，继续寻找夫人的踪迹。过了五天，安盛要到岸堤去坐船从难波前往长柄，无奈刚好船走了，只好在岸边等下一艘。那天天空灰蒙蒙的，河水一下一下地击打着岸堤，同时有三五个人也在等船。安盛看到那群人围在一起不知道在看什么，就好奇地凑过去看，发现是一具顺着河水漂来的尸体。

用草席包裹住的尸体，似乎是从上游漂过来的，上半身露在草席外头，姣好的相貌，乌黑的长发挂在水边的芦苇上。

“天哪，这是被人裹着丢进水里的吧……”

“这是多大的仇恨啊，把这么好看的妇人给杀了……”

“看她这身打扮，应该是城里有钱人家的小姐或夫人吧，估计是遇到什么凶狠的歹徒了……搞不好家人还不知道她已经死了，四处在寻找她的踪迹呢……实在是太可怜了……”

大家你一言我一语地讨论着尸体。安盛一听是一具女尸，心里一紧，生了不祥的预感，赶紧过去一看，真的是夕雾夫人。

安盛非常难过，但是他知道不能马上表现出来，只好掩藏着自己的情绪，像个普通看客一样说：“这妇人是从京城大官家来的吧，估计是被歹徒抓了丢进河里了……”

本来只是一句普通的闲话，但是安盛因为悲从中来，语气中被人听出了端倪，大家纷纷转过头来看这个来自京城的男人。

“听说京城最近很乱啊，大兄弟可知道这是哪户人家的妇人啊?”一个瘦小的老人家问道。

“是啊，最近治安不好，歹徒到处都是，甚至还会直接冲进人家宅邸去。据说好几天前，轻大臣的夫人就在路上被歹徒劫走了，连随从都被杀死了。到现在都没有找到那位夫人呢，生死未卜，反正现在世道很乱啊!”

安盛回答着老人家的话，心里却想着要赶紧把夕雾夫人的尸体打捞上来，就这么泡在冷水里让人看着实在太难受了。

“不如把这具尸体打捞上来吧，这么泡在水里实在是太可怜了!”

周围的人纷纷点点头，但是毕竟是一具死尸，没有人敢主动，也没有人敢开口。尽管大家都同意安盛的话，但还是没人主动去打捞。

“你们年轻人来吧，我一副老骨头了。”老人家说道。

“行吧，遇上了就是一种缘分吧，我来吧！”

安盛一点点走到水边，撸起袖子把夫人的尸体抱了上来，缓缓地放在地上。安盛本来想把草席解开，拿自己的衣服替夫人遮挡一下的，但是怕这样做又会让大家产生怀疑，于是只好作罢。

老人家看尸体已经被打捞上来了，对人群中的其中一个年轻人说：“权作啊，你去找找看那边有没有干净的草席？去摆渡人的木屋那边看看，有的话拿过来挡一挡吧，不要遇到什么野兽咬坏了。”

年轻人应了一声，往摆渡人的小木屋飞快地跑了过去，安盛总算放心了，心想，要不要去通知他们夫人的尸体已经找到了，还是先去告诉少爷，让少爷把尸体接回去？思忖了一番后，安盛还是决定先回府邸，如今夫人已经遇害了，但是敌人到底是什么阴谋还不清楚，不管怎么样都应该保护好少爷，夕雾夫人的情况还是晚点儿再告诉他吧。

那个叫权作的年轻人找来了一块干净的草席，把夕雾夫人的身子挡了挡。

不一会儿，摆渡船就到了，大家到码头边上去排队上船。安盛独自留在那里，到草丛边上摘了一朵野花，放在了夫人尸首的边上。人们上了船准备到对岸去，安盛则独自转身回京城了。

04

鹤若从安盛口中得知母亲遇害的消息时年仅十三岁，他没有来得及去见母亲最后一面。宅邸中的下人给夕雾夫人料理了后事，安盛悄悄地带着少爷去夫人坟前祭奠，少年哭得像个泪人。

很快就过了新年，官府没有查到夕雾夫人是如何遇害的。转眼又到了秋天，是轻大臣的使节团回国的日子。鹤若听说父亲的船只已经到九州港口了，掰着手指头算父亲回家的日子。

使节团回京要经过山阳，刚到播磨的时候，安盛就跑去印南野迎接轻大臣了。

一行数百人，还有很多运送信件和书籍的马匹，这些人在大唐见识了灿烂辉煌的文化后，恨不得马上把所见所闻分享给国内的人们。那一天天气非常好，阳光白云，空气清新，鸟儿欢快地在天空中翱翔，田野里的稻谷在阳光底下熠熠生辉。在这风景如画的田野上，安盛独自一人等着使节团的到来。

远处传来了马儿的叫声，还有马儿铃铛的响声，使节团快要出现了，其实安盛早已迫不及待了。安盛看着一行人马经过，有多治比真人，还有石上朝臣麻吕等，但是始终没有看到自己主人的身影。安盛生怕自己错过了，几乎不敢眨一下眼睛，这时，使臣身后的随从向他走来。

"你是轻大臣的随从？"多治比真人的家仆认出了安盛。

"对的，小的正是。请问我们家主人在哪里呢？"安盛一边问，一边睁大眼睛寻找自己主人的踪影。

"你不知道哦？轻大臣在大唐的时候就失踪了！"

"你说什么？我家主人失踪了？"安盛忽然懵了。

"是的，还在大唐的时候，轻大臣被大唐皇帝的臣子请走了，然后半路就不见了……我家主人还有其他大人都想尽了办法去搜寻，但是都没有找到，他们都不知道回来该怎么和轻大臣的家人说这件事儿呢！"

安盛吓到了，说："居然还有这样的事？"

"对的，既然在这里遇到你，那就麻烦你回去转告一声吧，估计呀……你们还是节哀顺变吧……”

正在安盛没有反应过来的时候，多治比真人来到了安盛面前，安盛低着头六神无主。

“我们都是与他一同出使的使臣，他失踪了我们也有责任，他的妻儿还不知道他的情况，我们也不知道怎么交代。等到了京城我把所有细节都告诉你吧，现在骑着马也不方便说话，要不你跟上我们的队伍吧。”

多治比真人说罢就往前面走了，其他使臣都跟在队伍后面。

“安盛！安盛！”随同轻大臣一起出使的家仆看到安盛，哭着喊着朝他冲了过来，与安盛一样，他也在轻大臣身边伺候多年了。

“泰远啊……”两个人紧握着彼此的手，泪水打湿了衣襟。

“都是我的错，那天咱们家主人应某个大人的邀约，要前往拜访，我看到一顶轿子过来接，就以为是对方派来的，让主人上了轿。结果主人就再也没有回来了！我们去那位大人家里问，原来他们根本没有派过轿子。主人就这么失踪了！我在城里一直找一直找，都没有找到主人。这要是让夫人和少爷知道了，肯定是要难过死的。都怪我，我都没脸回来见他们了！”

“泰远啊……这一年发生太多事了，夕雾夫人也遇害了，少爷也没了下落。”

“你说什么？夫人……少爷……”

“去年春天，主人刚去大唐的时候，夫人和少爷到住吉去祈福，回来的路上就被歹徒袭击了！小黑和黑绳都牺牲了，就剩我一个人……没过多久，夫人的尸首在河边被发现了……是被人裹着草席丢进河里的……至于少爷……到现在还没有少爷的消息呢。”

“怎么会这样啊！”

“而且至今还没有找到凶手……”

两个人灰心丧气地站在原野上，过了很久才发现使节团的队伍走远了，赶紧擦干泪水追上去。

05

轻大臣失踪后，俸禄被停了，宅邸的下人都去找其他的差事了，就连安盛也没有留在宅邸，而是住到长柄村叔父家去了。安盛和鹤若每天到山上去打猎，但是一直都有留意京城的事，想尽方法打听轻大臣的下落，并寻找杀害夫人的凶手。

一眨眼五年时间过去了，到处流传着长安王意欲谋反的消息，局势越来越紧张。据说长安王已经召集了一帮强盗土匪，包括朝鲜来的僧人，还有轻大臣同父异母的兄长秀康。很多人都说秀康已经在长安王府进出自如了。

天皇在京城召集护卫，谨慎对待，加强皇宫的防护。安盛则一直出没于京城找新的线索。这天，他本想到京城去打探消息的，但是一点儿收获也没有。正在街上闲逛的时候，忽然听到有人叫他的名字。

那天是雨天，路上全是车碾过的痕迹，一辆牛车经过，还有一个带刀男子路过。安盛瞧了一眼，接着往前走。

“这么巧啊！安盛！”原来是安盛旧日的朋友。

“是你，忠信！”

“安盛，你最近还好吗？自从轻大臣家里出事以来，我一直都很挂念你啊！”

“老样子吧，现在回老家以打猎为生。”

"那也还好，现在局势动荡不安，天皇都在招兵买马呢，我现在在近卫府当差，你要不要过来啊？"

这时候，有几个路人看到两个带刀的男人在说话，上下打量了一番。过了一会儿，又路过了两个卖杂物的妇人，一个是患有眼疾的老妇人，另一个稍微年轻点儿，她们把装货物的篮子顶在了头上，看到这俩带刀男人，赶紧撒腿跑了。

忠信看了一眼那个年轻女人，说："这几天天皇在招兵买马，老百姓们都惶惶度日，不知道是不是要打仗了？"

"不清楚呢，到处都是传闻，也不知道哪个消息才是真的。"

"你可听说轻大臣那个同父异母的兄长？叫秀康的？"

"我知道，就是经常与歹徒为伍的秀康。到处都在传说他回京城了，官府的人每天都在搜捕他，还有人声称见过他的，但是仔细问又不确定。忠信，你见过他吗？"

"没有，我也只听说过他的名字！"

"我们要是能抓住这个恶棍，下半辈子就不用愁了！算了别提他了，安盛你要不要过来当护卫？要是真的打仗了，我们立了功或许还能当个小官。"

"你说得对，我家里还有一个刚满十八岁的表弟，我早就琢磨着与其一辈子在乡下打猎不如进城进宫当个差什么的，就是一直没有办法。行，那这样我改天带着他一起找你啊！"

安盛告别了忠信以后，立马回长柄收拾行装，然后带上"表弟"去京城，成为了皇宫内左近卫的一员。左近卫在皇宫的日华门内，右近卫在月华门内，他们的职责就是护卫中间的紫宸殿。

左近卫负责轮值午夜的丑时到子时，右近卫负责丑时到寅时。正好是五月的梅雨时节，每天都在下雨。那天从一早开始，就下起了大雨。护卫们值完班在口华门边上的值班室里，挨着火炉喝酒谈天。忽然一个护卫聊起了一个消息：

“我那个在式部卿府上当差的弟弟亲眼所见的。前天晚上，阳仔泉殿附近的那条狗忽然在大半夜大声叫，把家里的仆人都给吵醒了，他们起来看看到底是怎么回事。但是出去后，他们发现狗的叫声就从凶狠变成凄惨了，连式部卿也因此起来看了。这条狗已经养了好几年了，平日里只要式部卿稍微唤它一下，它就好像个孩子一样屁颠屁颠过去了。但是那晚他叫了好几声它都没有回应，后来狗就不叫了，家人都觉得奇怪。但是天色太黑，视线不好，后来举起灯笼去找，却并没有找着狗。兜了一大圈，竟然看到泉殿门口有一个倒在血泊里的狗头，但是狗的身子却不见了。所有人都吓得到处找，结果在小桥下面发现了狗的身子，地上还有很多打斗的痕迹，估计是歹徒进来了，然后狗发现了就叫个不停，最后歹徒把狗给砍杀了。这个事情可把全府上下给吓坏了，四处搜查，最后在西北边的墙上发现了人的脚印，估计就是翻墙进的。但是居然有贼人敢到式部卿家里去偷东西，肯定不是普通的盗贼啊！我听我弟弟这么说，大概也猜到是谁干的了。”

“可能就是那个秀康吧？”有个躺在地上的护卫说。

“是啊，我也觉得这事就是那个秀康干的！他图谋不轨，想要除掉式部卿！你们觉得呢？”

大伙儿在那儿讨论了一番，然后就换了话题了，到了差不多丑时，都困得睡着了，炉火慢慢变小了，只剩下一点点火星。

外头的雨变小了，安盛的“表弟”也渐渐睡着了。他梦见一个美丽的身穿红色衣裳的女子，在远处和他招手，但是他一想要往前走，那个女子就往后退，无论如何都没有追上她，只有一抹红色一直在眼前。是的，这个所谓的“表弟”就是鹤若。

在梦里，鹤若觉得自己双腿发软无力，用尽力气想要追上红衣女子的步伐却怎么也够不着。

“来人啊！有刺客！”

声音把鹤若给吵醒了。这会儿雨已经停了，鹤若迅速地抓起自己的弓箭，跑到紫宸殿边上去。外头一片漆黑，压根儿看不清情形，鹤若索性闭上了眼睛，聚精会神地听周遭的声音。突然，他听到一阵踩到水坑的脚步声，睁大眼睛一看，眼前掠过了好几个黑影。

此时，头顶上的乌云撕开了一道口子，星光洒落了下来，鹤若借着星光对准了贼人开弓射箭：“大胆贼人，不许动！”

人影听到鹤若的声音，停了一下以后立马又飞奔到紫宸殿的方向，鹤若迅速地发射两箭，击倒了人影。正在巡逻的护卫们听到声音后也立刻赶了过去。

这件事惊动了整个皇宫，天皇开展了一次彻底的大搜查，整个皇宫被封锁了起来，搜捕可能有未被发现的刺客和同党。搜寻了一番以后，只有鹤若射杀的两名倒在紫宸殿前的台阶上的刺客。

天皇让人仔细检查了那两名刺客的尸体，想不到死者正是长安王的贴身随从，分别是野宿奈麻吕和作秀，射死他们的弓箭手的名字叫轻鹤若麻吕。

天皇非常愤怒，连夜派兵重重包围了长安王府。死到临头的长安王在杀死自己的夫人后，放火烧了自己的宅邸和自身。士兵们把四处逃亡的仆人全部捉拿起来。没过几天，长安王的党羽也全部被流放了。

一夜之间，长安王的势力就被清理干净了，与其相关的同党也在弹正台接受审问。鹤若因为立了功，当上了长官，在弹正台听审。当审问到一名秀康的部下时，他说出了当年出使大唐的轻大臣失踪的真相，轻大臣就是因为得罪了长安王，才被算计谋害的。而轻大臣的夫人，也是被秀康杀害的。

到了那一刻，鹤若终于明白自己父母的死因，不禁悲从中来。

06

消灭了长安王和他的党羽之后，政局恢复了稳定。到了夏天，天皇决定再次派人出使大唐。这一次出行的队伍浩浩荡荡，包括大小官员。

鹤若因为立功当上了参议，被众人称呼为“弼宰相”，安盛一直陪在他左右。这一次出使大唐，鹤若主动提出参选，可能他心里也想着去大唐寻找父亲的下落吧，这次正好可以随同使节团过去。当年父亲在状况不明的前提下出使大唐，而长安王又与大唐官员勾结，联手谋害父亲。鹤若自然明白，父亲活着的机会几乎不存在了，但是有时也会想，自己被安盛保护了这么多年，父亲会不会也一样得到了贵人的保护……

一想到这里，他就恨不得立马到大唐去寻找父亲。

路上非常顺利，到达大唐的宁波港后，使节团换乘车马进都城，然后被大唐官员安排在鸿胪馆休息。休息了几天以后，使节团就择日觐见大唐皇帝，将天皇的国书和带来的贡品一一敬上。

大唐皇帝刚登基不久，先皇因为内战惨遭杀害，皇子迅速平乱成为了新皇帝。他在华清宫高兴地接见了鹤若一行人。

使节团在访唐期间，认真研究大唐的一系列制度，而鹤若则抓紧空闲的时间四处去打听轻大臣的消息。当年，轻大臣是受邀到某个官员府上去的，这个官员因为和长安王勾结，派了轿子去接走了轻大臣。后来，这个官员和上一代的叛军都被新皇帝在平乱的时候满门抄斩了，如今鹤若想要打听消息都不知道从何入手。

想来想去，鹤若决定找一个大唐的权贵来帮自己查找，新皇帝尚未登基的时候，总督唐尧明一直是他的心腹，这个人一直以心善著称。鹤若想着，如果能够得到他的帮助，想必父亲的下落就能早日查到了。于是，鹤若决定登门造访。

说来也是一场缘分，使节团在觐见皇帝的时候，唐尧明就陪伴在皇帝身旁，他对鹤若也有不错的印象。因此，仆人在禀报鹤若前来拜访时，他也非常有礼貌地换了衣服接待他。鹤若带上了翻译，献上了见面礼又表达了谢意。唐尧明对日本也非常感兴趣，两个人聊了很多日本的风俗，气氛非常和谐。

闲聊了一番后，鹤若向他表明此次拜访的真正目的，他说出了父亲出事的来龙去脉，说到难过的时候不禁流下了泪水。唐尧明非常同情地看着鹤若，仔仔细细地听了翻译转述的话，然后又问清楚了一些细节。

“使者放心，我一定会将此事禀报圣上，全力寻找令尊！”

唐尧明对于鹤若的孝心非常赞赏，鹤若对于唐尧明的同情和帮助也十分感激，他想跪地拜谢唐尧明，但是唐尧明却把他扶起来了。

鹤若心怀期待地离开了唐尧明府，这也是他目前唯一的希望了，想到办法总比无计可施要强。但是就算找到了人帮助，鹤若还是不想坐享其成，一有空暇时间，他就和安盛在都城四处寻找，希望能够遇到自己失踪的父亲。

那一天刚刚入冬，鹤若和安盛走到京城郊外的一个镇上，因为已经过了午饭时间了，两个人饥肠辘辘，再往下走就是荒无人烟的乡野了。所以两个人决定在前面的小酒馆坐下来吃饭。

酒馆从外面看着并不大，里面却摆了四张大桌子，有另外三四个人在另一桌吃饭。鹤若已经来大唐一段时间了，对于这种酒馆并不陌生，他找到了位置坐下。一个身穿蓝色衣服的女人过来招呼他们。鹤若从口袋里掏出了钱，然后比画了一个吃饭的动作。女子点了点头，收了钱往厨房的方向走去。

店门的左边就是厨房，只见一个高大的男人在里面剁肉，女子过去和他说了几句话，然后打开橱柜取出了一些食物，端出去给鹤若和安盛吃。鹤若看到是肉丸，饥肠辘辘的两个人忍不住大口吃了起来。没过多久，店里的另一桌客人就吃完离开了。

他俩快吃完饭的时候，那个身穿蓝色衣服的女人和厨房里的男人在交头接耳。鹤若吃了饭后准备离开，刚走到门口的时候被那个女人喊住了，她招呼他们过去。鹤若和安盛听不懂汉语，在猜测着。

“她什么意思？”

“是让我们过去的意思吗？”

“不清楚，过去看一眼吧。”

两个人讨论了一下后决定先过去看看。

女人看着鹤若和安盛走过来，继续招手，想要带他们走进另一个房间。鹤若和安盛一直不太明白，不知道女人的意图，只好跟随着她的脚步进去。

房间很小，但是收拾得很干净，里面有一张大桌子。女人做出了一个手势，他俩看出来是“请坐”的意思，就坐下了，然后女人走了出去。

“她让我们进来干吗？”

“不清楚，难道还有其他饭菜？”

“不是吧，我们已经吃好了。”

“还是说要卖什么其他东西给我们？”

“可能是吧……”

女人出去了一会儿又进来了，手里提着一壶酒。她取出两个碗，倒了满满两碗酒，然后做出了喝酒的动作。

鹤若和安盛摸不着头脑，女人又做出了一个“请喝”的手势。鹤若心想，一个女子应该不会有什么歹意吧，于是就端起碗喝了起来，安盛见状，也喝了起来。

“好酒！”安盛感慨道，然而他刚想把酒碗放下，手就不听自己使唤了，酒碗“咣当”一下摔碎在地上。安盛纳闷了，自己的手到底是怎么回事，正想要问一下鹤若，却发现自己已经发不了声了。

“这是中毒了？”

安盛刚反应过来，整个人就晕过去了。

等到安盛清醒过来的时候，发现自己头痛欲裂地躺在一个昏暗的房间里头，身上的衣服被扒了个精光，仰面躺在草堆上。

“这到底是哪里？”安盛仔细回想了一下，想起是一个穿着蓝色衣服的女人把他和鹤若招呼到房间里去喝酒的，然而喝了那碗酒以后，身体却不听使唤了。后来的事就再也想不起来了。

“主人去哪里了？”安盛到处寻找。这个时候，他看到鹤若也一丝不挂地躺在附近的草堆上。另外还有一个昏迷的没穿衣服的男子。

“这到底是怎么回事？”安盛准备坐起来，但是一听到门外的脚步声，就赶紧假装躺下，先看清楚接下来什么情况。走进来的是之前在厨房里剁肉的男人。

男人谨慎地看了看他们三个人，然后选了那个陌生的男子，拖着他的一条腿出去。

安盛被吓出了一身汗，原来他们喝的酒被下了药，这是一家黑店。那个被拖出去的男人估计要遇害了，安盛忽然想起那个剁肉的男人一脸凶神恶煞的模样。

“得赶紧逃！”

安盛站了起来，活动活动手脚，尽管体力尚未恢复，但是行走还是可以的。他环顾了周遭一眼，找到了自己和鹤若的衣服，发现佩刀还在。

“还好他们没有把刀拿走!”

他把鹤若扶起来，一个劲儿地拍打着他的后背，但是鹤若就好像烂醉如泥一样，根本没有苏醒。安盛深知这个地方很危险，于是他帮鹤若把衣服穿好，然后把一把佩刀插在自己腰间，手里握着一把，扛起了鹤若。

安盛轻轻地把门推开，刚才那个男人估计是看屋里的人并没有苏醒，所以没有把门锁上，他推了几下就推开了。

外面是一个杂草丛生的院子，天色已晚，太阳已经下山了。安盛扛着鹤若从院子的侧门出去，穿过了一片树林后来到一条乡间小路，他确认已经安全了，把鹤若放下，揉搓着他的后背和四肢。这下鹤若才苏醒了过来。已经是晚上了。

这件事情发生以后，鹤若不敢随便在外面吃饭了。他只能等待唐尧明的消息，但是眼见着已经过去很多天了，却一直没有任何消息传来。一开始，鹤若不好意思去问事情的进展，但是后来他实在是坐不住了，于是就跑到唐尧明府上去问。那会儿正遇到唐大人要出门，唐尧明看到鹤若就安慰他说事情已经禀报皇上了，皇上也很关注，但目前还没有什么消息，再过一段时间看看。

鹤若听了，心里的希望又燃起来了。

07

冬去春来，很快就是春末夏初，使节团再过一段时间就要回国了，但是鹤若的父亲依然没有半点儿消息。鹤若有些失落，他始终觉得父亲还活着，因为没有找到尸首，也没有找到证据证明他已经死去。鹤若开始琢磨，得想办法留在大唐，好继续搜寻父亲的下落。但是他能想到的唯一办法，就是躲起来，让使节团再也找不到他的踪迹。除此之外，别无他法。

到了临行前的那一天，大唐皇帝在宫殿中设宴欢送即将返程回国的使节团，许多大唐的官员和使节团一起欢欣鼓舞地举杯喝酒，还有歌舞节目欣赏，好不丰富！大家都非常开心，只有鹤若一个人高兴不起来。在热闹欢腾中，只有他一个人悲从中来，于是他走到外面回廊去，独自来回踱步。

太阳快要下山了，周遭昏暗了下来，鹤若这才发现自己已经离开很久了，赶紧回到宴会大厅中去。这个时候灯火已经在宫殿中点燃了，他回到自己的座位，看了一眼皇帝所在的位置，映入他眼帘的，是皇帝身后的灯台。左右各一排灯台，大约有五十多个，好像是黑衣人排队形成的，每个人头上都有一盏灯。

“真是很特别的灯！”鹤若身边的使者藤原押使对他说。

“对啊，我也留意到了，不知道究竟是什么呢?”

他们从未见过这么特别的灯，于是忍不住窃窃私语起来，整个宴会大厅显得愈发热闹了。

这个时候鹤若身旁凑过来一名随从，随从弯腰对他说：“皇帝陛下要召见您。”

鹤若马上起身，随着他走到皇帝身边去，他看到皇帝身边站着唐尧明等权贵官员。鹤若见状，立马行了跪拜大礼。

翻译对鹤若说：“皇帝对于你的遭遇无比同情，并答应你，只要一搜寻到轻大臣的下落，就会把他送回日本去。请你安心回去吧！”

鹤若表达了自己的感激之情，由翻译转述给皇帝，这个时候鹤若已经忍不住泪流满面了，他再一次行了跪拜大礼。然而，这时皇帝身后的一座人形灯台发出了惨叫声，他颤抖着把头上的灯都打翻了。

皇帝身边的人立马走到人形灯台面前，大家都惊讶地看着那个人形灯台。只见他伸出右手咬破了自己的手指，随即流下了鲜血。宴席因为这一幕忽然就安静了下来，如此有失体统的事情让所有人都大吃一惊。

那座人形灯台跪在地上，用咬破的手指在地上写字。随从看到他所写的东西后惊讶地跑到唐尧明等人面前禀报。唐尧明听了，脸色大变，转身往灯台方向走去，鹤若也朝那个方向看了过去。他看到那个灯台人在朝自己招手，但是不知所以然的鹤若呆在了那里，没有挪步。

唐尧明不久后走到鹤若身边，将他带到了灯台人的身边，鹤若低头一看，被眼前的字吓到了："原是出使大唐使者，但因被谋害无法归乡，多年流浪异乡，无比思念故乡和亲人，如今沦为灯台人，希望能早日回去。"

鹤若这才反应过来，原来眼前这个人正是自己寻找多年的父亲。他泪流满面地抱住了他。原来当年轻大臣被人下药毒害，嗓子已无法发声，后来流浪辗转，进宫成了灯台人。如今，他终于和自己的儿子团聚了。久别重逢的父子在宫殿中抱头痛哭。

（田中贡太郎）

借尸还魂

古代有一个地方叫山田郡，故事就发生在这里。

有一个姓布敷的女子住在山田郡的某个地方。一天，她忽然病了，而且情况不太好，家里人非常着急，按照过去的风俗习惯在家门口放置了很多祭奠瘟神的贡品，希望女子能够快快痊愈。

不久后，阎王就派地狱使者到人间去，要把这个生病的女子给带走。地狱使者到了这户人家的门口，看到桌上的酒菜佳肴，忍不住大快朵颐了一番，然后再拽着女子上路。走了一会儿，地狱使者忽然和女子说：“我既然吃了你们家门口的贡品，从道义上来说是得报答你们的。那么，你们这附近有没有跟你同名同姓的女孩啊?”女子思考了一下说：“好像在鹈足郡有一个和我一样姓名的女孩。”

地狱使者带着女子的灵魂到了鹈足郡，并且很快就找到她说的那个女孩了。然后，他抬手用凿子凿穿了女孩的额头。就这样，女孩的灵魂和肉身分离了，地狱使者马上把这个女孩的灵魂抓住，把之前那个给放回去了。

女儿死而复生并且得以痊愈，全家人当然是高兴坏了。他们都觉得是贡品起了作用，没有考虑太多。

但是，地狱使者把这个“替身”带回去的时候，马上就被阎王给戳破了。“我让你去带回来的那个灵魂，根本不是这个女孩吧，你是不是找错人了？这个就先留在这里，速速去把那个山田郡的女孩带回来。”

地狱使者的伎俩被发现了，无计可施，只好按照阎王的指示去把布敷家的女孩给带回来。这一次，阎王才满意地说：“是这个了，搞错的那个姑娘，你给放回去吧。”

然而，事情就这么耽误了三天。当那个“替身”女孩再回去的时候，已经找不到肉身了。原来她的家人看到女儿忽然猝死了，赶紧就把尸体火化了。因此，她无法再与父母团圆，迫不得已回到了阎王殿，将情况禀报了阎王。

阎王思索了一番问地狱使者：“那个姓布敷的女孩，肉身还在吗？”

地狱使者赶紧回答说：“在的，在的。”

“行吧，”阎王转身对女孩说，“你索性就用她的肉身还魂吧。”

说罢，阎王轻轻一挥手，就把女孩的灵魂送至了山田郡。

布敷家看到女儿又死而复生了，实在是又惊又喜。但是女孩醒来以后却问：“这是什么地方？我是在哪里呀？”

女孩的父母赶紧说：“傻孩子，你不认得了吗？这就是我们家呀，我们就是你父母呀。”

女孩没有理会他们，硬是坚持要回鹈足郡。那户人家看到一个陌生的女孩走了进来，正打算赶她出去，谁知道她说：“这才是我的家呀。”

这家人很诧异地问她：“你是什么人？这儿是我们家，不是你家，你从哪里来的？我们的女儿前些天猝死了，尸体都已经火化了。”

“不，这也是我的家。”

女孩把自己的名字告诉了父母，说了很多关于家人的事情，父母才相信了她说的话。后来，她又把自己在阎王那里的所见所闻告诉了他们，告诉他们为什么自己会变了一个模样。

老人们非常高兴，女儿居然回来了。尽管长相和从前完全不同，但是只要她的灵魂依然是自己的女儿的，又有什么关系呢？这已经是天大的惊喜了。

然而，山田郡的布敷一家知道了以后，也到鹈足郡去看女孩。他们看着眼前这个女孩，和自己的女儿长得一模一样，心里十分不舍。于是，两家老人达成了共识，共同照顾这个女孩。以后，也由这个孩子继承两家人的财产。

（源国隆）

无耳芳一

七百多年前，平家一族与源氏一族之间所进行的长期斗争，终于在下关海峡的战略要地坛之浦海湾画上了句号。在这场最后的决战中，平家全军覆没，他们和年幼的安德天皇集体丧生在这场战役里。

这之后的七百多年间，传说平家的怨灵一直徘徊游荡在坛之浦附近的海域。在我的另一篇作品里曾提到过，那里出产一种奇怪的蟹，这种蟹被称为“平家蟹”，蟹的背上能看到酷似人脸的花纹。据说，这种蟹就是平家武士的冤魂所变。

在这一带的海域还陆续发生过许多稀奇古怪的事情。每当夜幕降临之时，漆黑的坛之浦海面上会出现数不清的青白色光球，这些光球一直在燃烧。当地渔夫们管这些叫作“鬼火”或者“魔火”。它们或盘旋飞舞，或嬉戏海浪。风起时，海面上经常传来凄厉的号叫声，宛如千军万马在战场上嘶吼拼杀。

据当地渔民说，以前平家亡灵们的狂躁与恐怖尤盛于现在。比如它们会在半夜时分于夜航的船边上突然现身，将船弄沉；一些在海边游泳的人，一不小心也很有可能被平家亡灵拖入大海，葬身鱼腹。

这些鬼魂作祟的行为使得地方上的民众颇为警醒，他们在赤间关建造了一座阿弥陀寺，希望能够平息作祟的亡灵的怨气。这座寺庙傍海而建，民众还为投海自尽的幼小天皇和平家众臣们建立墓地、树立墓碑，并定期为其举办佛事。

说来也怪，自从佛寺和墓地建好之后，平家的亡灵们比之前稍微收敛一些，但依然不时会发生一些令人惊惧悚然的事情，这就说明，它们并未得到真正的安息。

时光如白驹过隙，稍纵即逝。几百年的时光，如弹指一挥间。

这日，一位名叫芳一的盲人琵琶师云游来到赤间关。芳一是一位琵琶大家，从童年时候起就兢兢业业地练习琵琶。在他少年时，他的技艺已经超过了师长，成为了一名职业的琵琶琴师。他最拿手的曲目是《平家物语》，这首弹唱曲目是以源平合战为题材的。在当时的社会上，人们公认他的弹奏功力无人能及。传说他的弹奏技艺已臻化境，就连天地鬼神听了也会动容伤情。每当他弹起琵琶，说唱平家在坛之浦大战中英勇而悲壮的故事，在场的人无不肝肠寸断、心如刀绞，最后潸然泪下。

芳一刚出道的时候非常贫困，又因目不视物，生活多有不便。好在阿弥陀寺的住持喜欢诗歌雅乐，经常邀他到寺里弹奏吟唱。住持异常欣赏芳一的琵琶造诣，干脆邀他长期住在寺庙里，不必再受那流离奔波之苦。怀着感激之情的芳一搬进了阿弥陀寺的一间宿屋里，就此安顿下来，不必再为食宿问题发愁。作为回报，他自然竭尽全力地为住持弹唱。每到晚间闲暇时刻，住持都会前来欣赏芳一的技艺。

在某个夏夜，阿弥陀寺的住持没来听琵琶——他带着小沙弥前去一位过世的檀越家做法事，芳一独留寺中。那天晚上，天气非常闷热，芳一独自留守在寺庙里，非常无聊，他踱到卧室前的走廊乘凉。这条走廊正对阿弥陀寺后门的一个小庭院，素来清凉。

芳一就在走廊上静坐着，等待住持回来。因为无聊，他随手弹起了琵琶，边弹边唱。

时间不觉过了子夜，住持等人依旧没有回来。房间的热气尚未散去，芳一无法入眠，他继续留在走廊上等待。

突然，后门外边传来一阵阵脚步声，明显是有人正穿过后院，向走廊这边走来。这脚步声非常陌生，并非寺庙里僧人发出的声音。芳一正在疑惑是谁之时，脚步声在他面前戛然而止。一个粗鲁而阴森的声音传来："芳一！"

这嗓音嘶哑低沉，语气就像一位武士正在使唤下人。

芳一被这怪异的声音吓了一跳，一时间愣住，竟然说不出话来。

那声音变得更加严厉："芳一！"

"在！"芳一回过神，战战兢兢地回答道，"请问您是哪位？我的眼睛看不见。"

只听那人语气缓和了一些，说道："你不用害怕，我就住在这附近，来找你是有事相商。我家主人尊贵无比，眼下率领家臣出游，这两天恰巧停留在赤间关，游览坛之浦战役的遗迹。我家主人听闻你是弹奏《平家物语》的名家，所以想邀请你去弹奏一曲。请你马上带上琵琶，跟随我去主公家的府邸走一趟吧！"

在那个时代，平民百姓不能违抗武士的命令。芳一只得穿上草鞋，抱起琵琶跟着这个陌生人一起出发了。

武士牵着芳一的手，在前带路。芳一觉得他的手如铁铸一般，异常坚硬和冰冷。随着脚步的移动，武士身上的甲胄发出了铿锵沉重的声音。芳一猜测，他或许是在某位公卿贵藩府邸里值夜的武士。

想到这里，芳一最初的恐惧感消失了，还有一种受宠若惊的欣喜——

武士曾跟他说过，他的主公是一位身份尊贵的大人物。那么，他去弹唱的主人家，地位也会很高，甚至不会低于第一流的大名！

没多久，武士停下了脚步，芳一仔细聆听，感觉好像是到了一扇大门前。他有点儿惊讶：方圆百里，除了阿弥陀寺正门外，怎么还会有另一扇如此巨大的门呢？

这真是咄咄怪事。

武士对着里面喊道："开门！"接着，屋里就传来了门闩被拉开的声音。芳一跟着武士走进大门，穿过长长的庭院，然后站在某个门口停了下来。只听武士大声地喊道："里边的人，快点儿出来迎接，我已经把芳一带来了！"

接着，芳一听到急促的脚步声和屏风滑动的声音，然后是门禁开启的声音，其中还夹杂着女性交头接耳的议论声。从女子的交谈之中，芳一断定她们应该都是大公卿府邸里的女侍。至于自己到底身处何地，他仍然搞不清楚。

不容他多做猜想，他就被武士搀扶着上了石头阶梯，一级又一级，等到了最后一级时，他被命令脱掉草鞋。然后一名女侍上前牵起芳一的手，引领他走过一段很长的光滑地板，绕过曲折通幽的转角走廊，又通过很多隔扇门，最终到达一处铺着软席、香气隐隐的地方，仿佛是一间宽敞的大厅。

芳一可以感觉到，四周贵人云集，因为他听到了高级丝绸摩擦时特有的沙沙声，这声音宛如森林中轻风吹拂落叶一般。周围应该也围了很多人，他们都在用宫廷里特有的文雅敬语在交谈。

有人在芳一的面前铺上了一张坐垫，坐垫很柔软，芳一坐上去，调好琵琶音弦。只听一个苍老的女声传来："请您开始弹唱一段平家的故事吧，我们主公非常想听这首曲子。"

芳一听她说话的口吻，猜想可能是府邸里边的女侍长，于是他恭恭敬敬地欠身问道："平家的故事很长，全部唱完恐怕需要花费好几个晚上，不知尊上想先听哪一段呢？"

"就弹'风雨坛之浦'这一段吧！那是平家所有曲子中，最为哀怨凄厉的一节！"那女声答复道。

芳一领命后便收挑琴弦，口中放歌，开始缓缓弹唱起来。其歌声悲凉，弦音凄切，仿佛让这场战役在众人眼前一一重现：摇橹声、破浪声、箭矢横飞的嗖嗖声、士兵的厮杀呐喊声、践踏惨呼声、刀剑砍在兜鍪上的脆响声、死伤者坠海的落水声……这些都在芳一的琵琶声中一一展现出来。

芳一听到周围时不时传来赞叹声：

"他弹奏得真好，真是一名出色的琴师啊！"

"在我的领地内，还是第一次听到如此动人的弹奏呢！"

"再没有比他更好的歌者了！"

芳一听到他们的赞叹，深受鼓舞，更加卖力地弹唱，演奏也渐入佳境。

周围的声音逐渐消失，贵客们都安静了下来。

终于，芳一演唱到了平家悲剧最高潮的部分——二位尼抱着小安德天皇投水自尽的一幕。歌词是这样的："天含烈焰，血染碧波。幼帝在怀，尼面众源，拜饶求免，情深恳切。孤寡不武，临战心裂。诸源不听，刀兵近前：'斧钺深海，听凭君意。'尼乃默然，转牵幼帝。安德稚问：'引朕何往？'尼心大恸，泪如雨下：'稚子勿惊，同赴极乐。'幼帝生母，建礼门院，素执神器，怒斥诸源：'传国神剑，岂可与贼！'言讫纵身，殒身清波。平氏一门，终族灭焉！"

芳一的琵琶声和着唱词，奏出如泣如诉的境界：时而锋利刀剑交鸣，时而万丈狂涛怒吼，周围的人完全入了神。当芳一唱到年幼的安德天皇跳入波涛汹涌的大海时，啜泣声在周围响起，其中还夹杂着痛苦的呢喃声。慢慢地，慢慢地，这些啜泣和呢喃声变成了撕心裂肺的悲切痛哭声，贵客们逐渐开始失态，不顾形象地大放哀声。芳一吓坏了，手底一抖，弹奏声戛然而止。

过了好长一段时间，四周哀怨痛苦的声音才逐渐停息下来。在一片死一般的沉默之后，芳一听到那苍老的女侍长再次开口道：

“先生唱得真好。虽然我们早就知道你是琵琶名家，而且唱功极厉害，今日亲耳听到，才知道先生的技艺居然精进到如此境界！果然名不虚传！先生应该是这世上首屈一指的琴师了，主公对你的弹奏很是满意，命令我重重酬谢你。芳一，主公还想听其他唱段的内容。接下来的六天里，请你务必每天都来为他演唱，直到主公起驾为止。明天，你一定要在同一时间来到此地。今晚引领你的那位武士，明天继续负责去接你。但是，你一定要记住，绝对不可以把这件事情告诉其他人。主公来赤间关是微服出游，他的行踪不能被别人知晓。先生今晚辛苦了，请回去吧！”

芳一双手触地，深深地行了一个礼，以表达自己的答谢。一位女侍牵着他的手，领他走到门口。接着，接他来的那个武士把他送回到寺院的走廊上，两人互相道别。

芳一回到寺里的时候，天已经大亮，但谁也没有注意到他彻夜未归。住持昨夜回来得很晚，以为芳一已经睡了。

昨晚发生的事情，芳一没有对任何人讲起。白天他稍事休息，到了子夜时分，那名武士如约前来接他，再次领他来到贵客云集的府邸弹唱平家曲。

同昨日一样，芳一的弹唱再次得到了宾客们的齐声赞叹。只是这次外出时，芳一的行踪被寺院中一位小沙弥注意到了。早上，当芳一回到寺庙时，住持喊芳一前去问话。

住持面带愠色，语重心长地跟芳一说道："芳一君，你的眼睛不方便，为何还半夜独自外出？这样实在是太危险了！你要外出，为什么不告诉我呢？我可以派一个人跟着照顾你。芳一，你昨夜到底去了哪里？"

芳一含糊其词，搪塞着敷衍道："对不起，住持大人，请您原谅，我有些私事要处理，而且只能在晚上去办，无法安排其他时间。"

住持看着芳一苍白的脸色，惊讶甚于疼惜。他察觉到事情有点儿不对头，也确定芳一肯定有事情瞒着自己，心头涌起一股不祥的预感，认为这个眼盲的青年可能被妖魔恶灵附体了。于是他便不再追问，暗中吩咐寺院的杂役监视着芳一的一言一行。若是芳一今晚再次溜出寺院，就跟随着他，看看到底出了什么怪事。

当天晚上，杂役暗中跟随，果然看到芳一背着琵琶，一只手好像是被什么人牵着似的举在空中，向寺院外面走去。杂役立刻提着一盏灯笼跟随在芳一身后。不巧的是，那晚大雨滂沱，道路一片漆黑。杂役刚转过一个街角，芳一便不见了踪影。

真是一件诡异的事情！在泥泞的道路上，一个眼盲的人竟然能健步如飞?！杂役心中诧异，又不甘心被甩，于是快步跑到镇上，挨家挨户地打听芳一的下落，但没有居民知晓芳一的踪迹。

杂役无计可施，只得沿着海边小路赶回寺院。

行到一半，他突然听到阿弥陀寺院的墓园里传来阵阵高亢激越的琵琶声。杂役壮着胆子穿过丛丛杂草，从小径走向墓园，探头向内望去。只见墓园周围有两三簇鬼火在闪动，深处则晦暗不明。

杂役小心翼翼地行至墓园深处，就着昏暗的灯光一看，立即愣在当地。

只见芳一冒雨独自坐在平氏家族的墓碑前，面对着安德天皇的墓碑失魂落魄地弹奏着琵琶，口中还声嘶力竭地唱着坛之浦会战的唱词……在他的四周，每一块墓碑上都有一团青绿色的幽光鬼火上下飘动。亡灵鬼火数量之多，简直闻所未闻，见所未见！

杂役鼓起勇气大喊道："芳一君！芳一君！你被鬼魂缠住了，芳一君，快醒醒！"

芳一却充耳不闻，越发用力地弹奏那琵琶，唱着坛之浦会战。

杂役不顾凶险，上前抓住芳一，在他耳边大声喊道：

"芳一君！芳一君！赶紧醒醒，请立刻跟我回去！"

只见芳一神色怪异，阴森森地怒斥道："尔真无礼，在贵人面前怎可失礼？你想受到严惩吗？"

芳一这句话吓得杂役全身都起了鸡皮疙瘩——芳一面前除了墓碑，哪有什么贵人！他知道芳一定是被鬼迷了心窍，当机立断，拼命把芳一拖离了墓地。

回到寺院里，芳一精神异常萎靡，一度处于痴痴呆呆的状态，压根儿没发觉自己浑身湿透了。住持吩咐杂役给芳一换上干爽的衣服，接着便要求芳一对自己的反常表现做出解释。

芳一踌躇半天，眼见着住持不高兴了，只好将事情的来龙去脉一五一十地说了出来。

住持听完芳一的讲述，凝神思索半天，终于叹息道：

"芳一君，我可怜的朋友！你应该早点儿告诉我实情，现在你已经身陷危险当中了！你在琵琶上惊人的造诣为你带来了祸端。这件事非常恐怖，你耳中听到的所有情境都是幻觉。这些天前来接你的武士并非活人，其实是平家的亡魂啊！你弹奏琵琶的地点并非什么贵人的府邸，而只是寺庙后边的墓园罢了！那些战死的平家亡魂们，因想听你弹唱，打算把你永远带去阴间，所以幻化诸多异象来诱惑你。你听从了亡灵鬼魂的召唤，它们的意志力就附着到你身上了。假设你继续服从鬼魂的命令，那你迟早会被它们带去阴间，丢掉性命！更糟糕的是，我今晚不能留在你身边，必须去主持一场法事。但是，在离开之前，我会在你身上写一道辟邪经文，这样可以保证你的安全。”

在日落之前，住持准备好了毛笔和朱砂，叫小沙弥帮助芳一脱去衣服，沐浴净身，然后在芳一赤裸的身体上——头、脸、颈部、胸部、背部、腹部、手脚和股之处，密密麻麻地用蘸满朱砂的毛笔写下《般若波罗蜜多心经》的经文。

完成之后，住持对芳一劝诫道：“今夜，我出门之后，你马上到后院的走廊上坐着。差不多半夜的时候，那个鬼武士一定会来接你。因为你身上有朱砂经文的庇护，阴世的魑魅魍魉看不到你的肉体，所以不管发生什么事情，芳一君都要保持安静，千万不可开口说话，更不能移动身体，必须以入定之心静坐。假设你移动了，或发出了声音，武士的鬼魂就会发现你，还会把你撕成碎片。你不需要害怕，也不用试图喊人救你，因为没有人可以救你。但是，只要按照我说的去做，你的性命便可暂保无虞。”

夜幕缓缓降临，住持带着小沙弥出门而去。

芳一按住持的吩咐来到走廊上，把琵琶放在身边的地板上，以参禅的姿势坐在琵琶边上，屏息静气，一动都不敢动。

这样坐了几个时辰之后，远处终于传来了鬼武士的脚步声。那声音穿过后院，来到芳一所处的走廊上，停了下来。

“芳一！”武士用粗重而焦急的声音喊着芳一的名字。

芳一屏住呼吸，大气都不敢喘一下。

“芳一，快点儿出来！你在什么地方?”

武士喊叫的声音越发严厉，像磨刀般刺耳。

芳一忍住心中的惊恐感，不敢发出一点儿声音。

“芳一！”武士又呼喊了一次，语气变得越发凶戾残暴，“真是可恨！你究竟在哪里？我一定把你找出来撕碎！”

武士一边在走廊上搜索，一边咒骂，沉重的脚步声在芳一的周围来回梭巡。芳一惊恐万分，四肢僵硬，连心跳都好似停止了一样。

在一阵缄默的死寂之后，武士突然自言自语道：“咦，琵琶就在这里放着，芳一为什么不在呢？奇怪啊，这里有两只耳朵飘浮在空中，难怪他没有回应我，原来是嘴巴没了，看来身体也消失了，只剩下了一双耳朵！那好吧，既然找不到人，那我只能把这对耳朵带回去给主公看了，最起码这也算是曾来找过琴师的证据！”

芳一突然感觉自己的双耳被一对铁钳般寒冷的手指给拽住，然后硬生生地被拧了下来。那股撕心裂肺的疼痛感，简直无法形容。

芳一强忍疼痛，仍然不敢发出一点儿声音。

走廊上的脚步声渐行渐远。芳一感觉头两边热乎乎的，肩膀上全是黏糊糊的液体，血还在不停地往下流。耳朵两侧疼痛至极，但他依然不敢发出声音，甚至不敢抬起手去擦身上的血迹。

天快要亮的时候，住持赶回来了。刚来到后院，住持就感觉脚下踩到了黏稠湿滑的东西，提灯一看，竟是一滩鲜血。住持忍不住惊呼了一声：“糟了！”心想，芳一终究未能幸免于难。

住持急忙大步赶到走廊下。一打眼，他就看到身子僵直的芳一依然保持着坐禅的姿势，鲜血从他耳根的伤口处不停地流下来，将全身都染成了红色。

住持急切地问道：“可怜的芳一！怎么会搞成这样？你为何会受伤？”

听到住持的声音，芳一紧绷的心弦突然放松下来，随即放声大哭，边哭边讲述自己昨晚的遭遇。

住持听完芳一的讲述，双手合十，轻叹一口气，念了几句佛经，说道："这是我的错！为了方便，捏着耳朵往你脸上写经文，居然忘记在你耳朵上写上经文，让你受苦了！不过，现在后悔已于事无补，还是先来治疗你的伤吧。经此一劫，那些亡魂再不会来纠缠你了，放心吧！"

经过名医诊治，芳一的伤口不久便愈合了。

这件奇事很快在当地传播开来，芳一的名字也更加家喻户晓。很多达官贵人听闻此事，纷纷到赤间关倾听芳一的弹唱。芳一因此大红大紫，成了一个非常富有的人。从此之后，人们称呼他为"无耳芳一"。

（小泉八云）

噬　神

01

黄昏时分，太阳的余热依然晒得土路上火辣辣的，长吉饿着肚子拖着身躯走在路上。狭窄的道路脏乱不堪，道路两旁是琳琅满目的店铺，有卖点心的，卖香烟的，卖面条的，卖酒的，卖和服的，卖杂货的……树篱把店铺分隔开来，还有许多农舍夹杂在中间。

从他身边经过的，有马车、马儿、自行车，还有一个脸上蓄着八字胡、穿着和服和皮鞋的男人。到了小酒馆的门口，马夫有说有笑地把马拴好了，走了进去。

所有的一切，都是小镇该有的氛围和模样。各种味道弥漫在空气里，酸甜苦辣……似乎还能闻到烤鳗鱼的味道。

长吉深深吸了一口气，停下了脚步。

这一刻，他实在是太饿了，饿得无计可施。

在他眼前的是一家点心店。门口的台面上放着许多玻璃罐，装满了可口的蜜饯和糕果，其中一罐是糯米糕。长吉盯着那些罐子不放，他显然很想尝一口糯米糕。但是他也很有自知之明，他身上并没有足够的钱。

所以，他只能呆呆地在那儿幻想糯米糕的美味了。昨天的事儿他不想再发生了。昨天，他也是因为非常饥饿，去了附近小镇的一家小餐馆，吃了四五碗可口的米饭，吃饱喝足了。

但是，却没有足够的钱买单。

老板娘看他是个吃霸王餐的，立马拉下了脸子，狠狠地揪着他的胸口，毫不留情地破口大骂，最后，还叫来几个大汉，把他扔了出去。

长吉站在店门口发呆，想起了昨天那个老板娘恶狠狠的模样。他印象太深了，老板娘非常生气，甚至都气得头疼了，还在太阳穴上贴了一个能够缓解头疼的梅干。

罢了，罢了，糯米糕就甭想了，万一再遇到昨天那样的老板娘……长吉叹了一口气，默默地往前走。

但是，他真的太饿了，几乎快要饿晕过去了。不过不管他做什么，都似乎一直对糯米糕的香气念念不忘。

可以说，这就是这段时间的常态了——为了解决温饱而奔波劳碌。

有没有什么东西可以拿去换钱呢？他看了看自己。毋庸置疑，现在的他非常狼狈，除了身上的破衣裳，就只有一块脏兮兮的手巾和一点点火柴了。如果一定要找出一样稍微值钱的东西，恐怕只有脚上那一对橡胶鞋。尽管其中一只鞋之前已经破了一个洞，但是修补之后，依然像新的一样。

过去长吉在一家小酒馆里打工，他偷了酒馆的钱以后，在逃跑的路上买下了这双鞋。也勉强称得上有点儿纪念意义吧，当然也是实用的东西。

那么该不该卖呢？还是得再考虑考虑，毕竟把鞋子给卖了，倘若以后找到了工作，那可连一双像样的鞋都没有了。

然而不卖鞋，就没有钱了……他不由得发愁起来。

此时，迎面而来的是一股煮蚕蛹的腥味。原本长吉对这个味道很讨厌，但是对于一个快饿晕的人来说，不管闻到什么味道，只要是食物的味道，都不会觉得恶心了。他吸了吸鼻子，朝香味的方向看过去。

这是一家小杂货店，和刚才那家点心店一样，也有个台面。台面上有一套男性的夏装，看上去很高档，应该很值钱。

长吉想，要是能拿到它，糯米糕就有希望了，他忍不住兴奋了起来，像疯了似的朝那件夏装走过去。这一刻，夏装在他眼里已经是那一盘香气四溢的糯米糕了。

“你干什么？”长吉还没有碰那件衣服，一个身材魁梧的男人从屋里走了出来，问道。

“哦，我……我有点儿累了。”长吉支支吾吾地说，“我有点儿累了，只是想在这儿休息一下，没有其他意思。”

“谁让你坐这儿，这儿也不是茶馆。”

“我就坐一会儿……”

“得了吧，我看你就是想偷东西！”男人果然看出了长吉的心思。

“怎么了，阿由？”

就在长吉语无伦次的时候，屋里走出来一个老人。男人看到老人后，一五一十地把事情告诉了他。

“行吧，你不要生气，剩下的我来处理就好。”老人说。

“好的，但是您千万不要让这小子走了，他就是个小偷！”男人进去之前恶狠狠地瞪了长吉一眼。

长吉忐忑不安地看了男人一眼，其实他并没有任何依据，所以长吉很想反驳他，但是如果双方吵起来甚至打起来，自己是抵抗不了这个魁梧的男人的，要是他再喊来一帮人，自己就更不可能赢了。于是，他安静地由着那个男人骂骂咧咧。

还好老人家是个善良的人，把男人给劝走了，这事情才算是告一段落。

长吉灰心丧气地离开了杂货店，依然非常饥饿。然而，眼前忽然出现了几个风风火火的小学生，长吉赶紧躲到一边去，小学生们继续肆无忌惮地往前面冲。

眼前的路望不到尽头，在路旁有一家荞麦面馆。长吉很快就被香味吸引住了。

罢了，还是进去吃碗面吧。如果要买单，就把鞋子给他得了。然而万一又遇到一个恶狠狠的老板娘……长吉一想到这儿，心里一揪，又犹豫不决了。

此刻，突然有个包子滚到他的脚边。一个五六岁的小男孩迎面走来，原来这个包子是他不小心掉的。

长吉不管三七二十一，赶紧捡起包子来吃。

“你把我的包子偷了，你把我的包子偷了！”男孩看到包子被他吃了，一把抓住长吉，着急地哭了出来。

长吉根本没想到男孩会是这样的反应，吓死了，赶紧甩开男孩的手，转身就跑。

不料男孩竟然追着他跑，一边跑一边还重复刚才的话。

“怎么了？谁把你的包子偷了？”过了一会儿，一个身材高大、工人模样的男人从旁边冲了出来，路见不平的样子。

“就是他！抓住他！”男孩一边说，一边指了指长吉。

“这个混账东西，连小孩儿的东西都不放过！”男人一把揪住了长吉的脖子，生气地骂道。

长吉知道这下逃不掉了，想着反正包子已经吃进去了，干脆争辩一下！

“你到底在说什么？我根本没有看见什么包子。”长吉一边回味着包子的香味，一边狡猾地回答。

“混账！居然还不承认！”男人没有放过他，好像亲眼看到了一样。

“就是他，就是他，他把我的包子吃了。”小男孩在一边不依不饶。

男人听了，非常生气，恶狠狠地给了他一记拳头。

很快路边来了一群围观的居民，他们一边看热闹，一边嘲笑长吉。长吉很恼怒，但是也不能怎样，只好拼命甩开男人的手，逃进了一条小巷子。

要是可以的话，长吉多么希望自己有瞬间转移的特异功能，就能避免刚才那尴尬的一幕了。

他拼命跑了一段时间，才敢停下脚步，慢慢往前走。

走着走着，眼前出现了一座长满了苔藓的石鸟居。长吉并不想到神社里头去，但是没有其他去处了，只好穿过鸟居，继续往前走。

在这条通往神社的路上生长了许多高大的杉树和榉树，形成了浓密的树荫，只有少许阳光穿透进来。所以，整个树林非常阴暗。长吉依稀可见树林里有几座瓦房子，大概就是神职人员住的地方。

树林的右边，一条石板路的旁边，有一座铁皮屋子，大概是消防小屋。

神社大殿就在不远处。长吉穿过屋子往前走，四周静谧，阴森森的。

他很快就走到了葫芦池边，有一块洁白的石板浮在池水上，石板上铺着一层枯枝烂叶，长吉走上石桥，不小心把一团树叶踢到了水池中。

两条鲤鱼闻声游了过去，误以为那团树叶是食物。

长吉心想，你们才是我的食物呢！于饥肠辘辘的他而言，这两条鲤鱼简直是上天赐给他的礼物，于是他打算捕捉上来烤着吃。

然而，长吉想，得先有一点儿鱼饵，于是他朝四周看了看，往池塘的左边走过去。朱红色的花儿布满了那个角落。长吉蹲下去，把那些花拨开，用力往下挖。

果不其然，他挖出了很多蚯蚓。

挖到蚯蚓以后，他又找来了树枝和布条，做好了钓鱼钩儿。但是，为了不被大殿中的人发现，他特地往前走了几步，在山茶花与黄杨树的树林中躲了起来，静悄悄地把钓鱼钩儿投进水里。

即便如此，他依然很怕被别人发现，好在鲤鱼并不是什么聪明的家伙，一会儿就上钩儿了。

他生怕别人发现自己抓鲤鱼，就把衣服脱下来包住鲤鱼，小心翼翼地朝神社的入口张望。确认没人以后，他稍微放下心来，想要寻觅一处隐蔽的地方烤鱼。

他急急忙忙地走到神社门口的一条小路上，那里没有人，眼前是一片旱地，只栽种着一些黄瓜和桃树。有一对父子正在黄瓜地边上喷药。

长吉本来还想偷偷顺走两根黄瓜的，但是黄瓜上刚喷上去的药湿答答黏糊糊，怪恶心的，他就断了这个念头。

黄瓜地的不远处，大概六町的地方是一片杂树林，长吉觉得那里应该是适合烤鱼的地方，于是爬上了那个小土丘。

然而，那个地方不好生火。于是，他打算到土丘另一边的树林里去试试。

他走着走着，在一棵榉树下停了下来，发现有一座小小的神龛，神龛前面居然供着五六根黄瓜和两瓶神酒。这实在是太让人惊喜了，他自顾自地拿起来吃，直到吃完了黄瓜，才想起了用衣服包着的鱼。

忽然，他的手一滑，鲤鱼掉了下去，活蹦乱跳的。他吓了一跳，马上抓住了鱼。

鱼裹上了一层沙子，总不能就这么和沙子一起吃吧，长吉心想：得找点儿水洗一洗。

他朝四周张望，发现树干下方有一个洞，洞里正好有积水。正当他想把鱼放进去洗一洗时，听到了人声。

他一紧张，鲤鱼掉进了水中。

长吉安慰自己，还好水坑不深不大，待会儿再抓吧。

他站起来，把衣服穿了回去，假装一副事不关己的样子。

两个路人渐渐靠近了，一个是身穿短衣的农民，一个是身材瘦小的老人。

老人走到神庙前面，发现黄瓜不见了，吓了一跳，说："怎么会这样！明天我得供上新的！"

长吉有些心慌，心想，老人一定会知道是他偷吃了。

这个时候，树洞里叮咚作响，长吉又想，糟糕了，偷鲤鱼的事儿也马上要被发现了，他可不想再一次被人又打又骂了。于是，他强装镇定，朝他们俩的方向走去。

"天啊，神明显灵了！"这个时候，那个老人家朝着树洞一边喊，一边合掌跪拜。

长吉凑了过去，那个农民也一样，和老人一起盯着那个树洞，目不转睛。

02

过了一年，刚刚进入冬季，长吉拖着受伤的腿在路上走着，他遇到两个人，一个是身体强壮的小伙子，一个是面色红润的老人家，他们正在赶一辆装满白萝卜的人力车。

老人家看着长吉的腿，关怀道：“怎么了？你腿脚不好？”

“是的。”长吉叹了一口气。

他离开树林后，成为了一名矿工，因为在矿上和别人发生了摩擦，跑了出来，在翻越矿山的时候不小心摔到了谷底，把右脚摔伤了。

老人听了长吉的话，忽然很感兴趣，给长吉介绍了一处神灵的位置，让他赶紧去拜祭一下，或许可以把腿伤治好。

老人说得神神道道的，煞有介事的样子。长吉一开始还饶有兴趣地认真听，后来转念一想，不就是之前那个树洞吗？

“那个树洞啊，曾经神明显灵，化作了一条鲤鱼呢。”老人神乎其神地讲述着，“现在那里有个老人家带着孙子，贩卖一些人们拜祭用的东西，你可以跟他们买一点儿，好好拜拜，保佑你身体健康。”

长吉听了，身子禁不住为之一震，所谓的鲤鱼，不就是自己不小心放掉的那条吗？

“好的，谢谢你，我会去看看的。”那两个人的身影越来越远了，长吉忍不住冷笑了一声，回想起那个让自己受尽屈辱的城镇。

“那座小镇的人真是愚昧、荒唐而不自知。”他喃喃自语地穿过了鸟居，过去的那条小路，如今已经铺上了河沙。不久后，熟悉的榉树就出现在他眼前。

然而，或许天色已晚，他走进神社的时候，已经没有人烟了。

他穿过神社，朝那个树洞走去，有两个小男孩正在烤火。

“只有你们两个在吗？你们的爷爷呢？”

“去镇上了，刚刚去的。”

“哦，那他什么时候回来？”

“很快的，没关系啊，您也是过来拜祭的吧，这里有您需要的大米和灵符。”

“好的。”长吉回答着，忽然想，不如把那条鱼吃掉，正好可以吓一吓这些愚昧的人们，反正那条鱼本来也是他抓的。

于是，他装作不在意地问起那条鲤鱼，还说是自己当年抓到它的。小孩儿当然不相信了，觉得他就是在骗人，还大喊道：“骗子！”

长吉冷笑道：“你们不信？那我把它吃了好了。”

他轻易地就把洞里那条鱼抓住了，在火上烤了起来。

很快，鱼被烤熟了，长吉高兴地把鱼肉掰了下来，大口大口地吃了起来。

这个时候，佝偻老人回来了。

小男孩们看到爷爷，着急地大叫道：“爷爷，爷爷，那个人居然把神仙烤熟吃掉了！”

“你……你居然……你把神仙给吃了……你这是不怕遭报应啊！”

老人吓得面如土色，差点儿要跌倒在地上，费了很大劲儿才稳住自己，瞪大了眼睛，步履蹒跚地朝长吉扑了过去。

此时长吉呢？当然是头也不回地，拖着伤腿越走越远了。

（田中贡太郎）

葛西家族的诅咒

这个故事发生在很久以前的明治时代。在明治十七年和十八年的时候，正值新思潮广泛盛行，许多有志青年为了实现自身价值和远大理想，加入到轰轰烈烈的民权运动中。

本故事的男主人公葛西芳郎正是这样一位热衷民权运动的年轻人。

回顾过去，葛西家族曾经也是名门望族。后来逐渐没落，到了葛西芳郎这一代，虽不似过去声名显赫，但仍然算是富贵人家。他们住在东京小石川某町。芳郎身为家族继承人，从小便受到良好的教育和严格的管束，还曾经留学法国。从法国回来后，他便全身心投入到民权运动中，成为新一代的民权运动家，前辈们对他抱有很高的期望。

葛西家的宅院很大，周围还有一片杂树林。现在杂树林的一部分因捐赠给了政府，而成了公共用地，两片杂树林中间用一个小坡隔开。芳郎平时很喜欢来小坡上散步，尤其在他每次演讲之前，总会利用散步的时间思考演讲的内容。

这一天，和往常一样，芳郎走上小坡，因为傍晚芳郎需要进行一个演讲，他非常重视这个演讲，因此他来到小坡上认真构思演讲内容。

虽然这个小坡属于公共场所，但是平时并没有几个人来。芳郎的右手边是葛西家新建造的土墙，而左边则是新开辟的空地。杂树都被砍掉了，取而代之的是几株梅树，然后在周围扎上篱笆，这就构成了一处简单的景致。此时此刻，芳郎正在眯着眼睛欣赏梅树上尚未凋谢的几朵白色小花，梅树下的土地已经开始泛绿，青草也已经长出嫩芽，仿佛随时都能茁壮成长。

芳郎在心里感叹，真是一派生机勃勃的景象啊！这是不是预示着民权运动也会迎来更加灿烂的春天呢？

芳郎此刻正想着怎样更好地把自己的情感和心境在傍晚的演讲中传达给听众，突然，他感到前面有个人影闪过。于是，他马上抬起头，一个陌生的女子出现在芳郎的眼前。她梳着西式发型，穿着打扮时尚又得体，迈着轻盈、优雅的步子走在芳郎的前面。芳郎只能看着她的背影。即便只是背影，也足以让芳郎这样的世家子弟着迷。

但是，这个陌生女子发髻上的一朵红花才是最引人注目的，虽然美艳却不显得俗气。

芳郎暗自给这个女子取了一个名字：红花。他猜想，这个女子有如此气质，一定是某个显赫家族的大小姐。同时他还想，如果能够幸运地结识到她，自己的人生很有可能也会迎来巨大的转折。他并不是想图谋对方的家世和背景，只是希望能和她成为知己，相互依靠。

这个女子的出现，使得周围的景色都暗淡了下去，她也成了芳郎唯一的追求，芳郎差点儿忘记了傍晚要进行的演讲一事。

那位女子走得不算很快，但是芳郎可不想错过这个可以结识她的机会，于是不知不觉加快了自己的脚步。不过一眨眼的工夫，女子已经走上坡顶，如果再继续向前，芳郎可就看不到她了。想到这里，芳郎心中焦急，索性小跑着冲向坡顶。

原本这里就比较空旷，因此芳郎小跑的行为便显得更加突兀。没过多久，女子便发现芳郎在自己身后追赶，然而她并没有停下来质问芳郎，也没有因此被吓跑。相反地，她慢慢转过头，看了一眼芳郎，唇角还带着一抹似有似无的微笑。

天哪，这个女子竟是如此的漂亮而且精致。突然，芳郎意识到自己的做法有些不妥，他怕吓到这位大小姐，不自觉又放慢了脚步。而那一刻，女子加快了脚步，转眼从坡顶上消失了。等芳郎反应过来追过去的时候，女子已消失得无影无踪了。

坡顶上有两条小路。右手边的一条是直路，一眼能看到很远。芳郎看了看，那里不像是有人走过。左手边的一条是弯路，它通往近处的一间寺庙，寺庙的墓地也在那边，周围被篱笆围了起来，里面并没有人。

依照女子行走的速度分析，似乎不太可能在这么短的时间从右边的直路上消失。于是，芳郎沿着左边的弯路向寺庙走去。一路上，芳郎就在想，等到一会儿若是两人见了面，该怎么开口打招呼才不会觉得尴尬呢。但是很奇怪，直到芳郎走到寺庙，都没有看到女子的身影。

寺庙门口矗立着一尊巨大的佛像，因年久失修，佛像有些斑驳和破旧。四周非常荒凉，还时不时能听到几声乌鸦的叫声。无论怎么看，这里都不像是世家小姐散步的好地方。

芳郎感到非常失望，但也没有别的办法，他只能按照来时的路走回去。

想想就觉得自责：她怎么就突然消失了呢？要怪就怪自己脸皮薄，没有主动跟近一点儿。与此同时，芳郎也在想：不知那位女子是哪家的大小姐？她怎么会去小山坡上呢？附近的贵族他差不多都认识，并没有听说谁家还有这样一位美丽的千金，难不成非得家家户户去打听吗？

自从二十五岁开始，芳郎便常常要应付那些为自己婚事奔波的家族长辈。他的父母都已过世，况且他又是家中独子，理应肩负起延续香火的义务。但没办法，芳郎始终没有遇到爱慕的女子，他也不想随意凑合，只有一直硬着头皮以民权运动当借口一拖再拖。有时候，也有女子主动表现对芳郎的喜爱，但她们更多的是看上了他的家世。因此，芳郎从来不理她们。

但是这次，这个陌生的女子却引起了芳郎的兴趣。以至于当天傍晚的演讲，他都没有准备好，只是草草地敷衍了事。虽然听众们有些失望，但谁都能看出来，芳郎心不在焉，他们都认为这是他最近操劳过度导致的，也都没有放在心上。

从那时起，芳郎的心就一直无法平静，那女子婀娜多姿的身影总是浮现在他的眼前。连续十几天，芳郎每天都去小坡上来回走，偶尔还在那里待上一整天，仅仅是为了再次遇见那个女子，但是结果却不如意，每次他都失望而归。

芳郎想，也许那个女子并非住在这里，她只是偶尔路过，要不然为何这么多天都不见她来这儿。

在那期间，芳郎基本快要放弃寻找了。即便有的时候头脑中还是会出现女子的身影，但是如果注定无法再遇到，也就只能这样了。

不知不觉便到了春天，院里的樱花树也将要开花。芳郎重新打起精神，把全部身心都投入到民权运动的演讲中。那一天，和往常一样，芳郎在小坡上边散步边思考演讲稿。不过在他的内心深处，仍旧抱着一丝希望，希望能再次看到那个女孩！

他的精神一分散，便无法再集中。突然，他似乎感觉到了什么，猛然抬起头，眼前正是那个令他魂牵梦萦的身影。

芳郎心里异常激动，他竭尽全力按捺着狂跳的内心，保持原来的步调一边向前走，一边想：春天果然是个令人向往的季节。

女子已经快走到小坡顶上了，她的脚步还是和上次一样轻盈。芳郎不由得加快了自己的步伐，想追上女子。但是，当女子回头时，芳郎便立刻停住了脚步，就像是自己偷窥别人被发现了一样，他的脸因为窘迫而涨得通红。也许越喜欢就越不敢冒犯。就在他犹豫的瞬间，女子从坡顶上消失了，与上一次一样。

芳郎心里十分自责，赶紧追上山坡。这次，他先是顺着小坡右边的直路追，追了一阵，什么也没发现，他又返回坡顶，到左边的通向寺庙的路上去追，后来还在寺庙和墓地的周围找了很久，以至于最后竟然忘记了演讲的时间。

从那天开始，芳郎就像着了魔，完全没有心思再参加民权运动了。他的脑海里全是女子的容貌和身影。

但是芳郎并没有把这个遭遇告诉别人，因而他的家人和朋友只知道他的身体状况越来越差，却不知道是什么原因。他们劝芳郎去热海疗养，希望他换个地方也能换种心情。

开始的时候，因还对遇到那个女子抱有很大的幻想，所以芳郎并不想去热海疗养。但是他一直不想自己的秘密被别人发现，而且，每天面对空旷的小坡，他的心情也很糟糕。最终他决定去疗养。

热海的相模屋是一家非常有名的温泉旅馆，环境和服务都非常好。旅馆挨着海边，周围环境清幽，十分适合静养。芳郎来到这里之后，感觉心情平复了很多。

转眼间，芳郎已在这里住了一个夏天。他的身体状况一天天好转，到了秋天的时候，他已经可以在空闲时间写文章，并且能够和来探望的好友讨论民权运动了。所有人都希望芳郎能够继续民权运动的事业。

事情似乎也正朝着人们期待的方向发展。

有一天，芳郎看月色不错，便想出门散散步。月光照在大海上，周围的海岸线呈现出了一种冷峻的美。海水不断地起伏摇曳，海浪拍打着礁石发出细碎的声响。

芳郎慢慢走着，他绕过停靠在沙滩上的渔船，看看时间，也到了该回去的时候，于是便往回走，心想着早点儿回去休息。就在返回的途中，他突然看见海边的石头上有两位女子在坐着聊天。其中一位女子像大小姐，容貌秀丽，气质不俗。还有一位看上去像是女仆，虽然没有特别的光环，倒也算干净利落。

当走到两位女子身边的时候，芳郎不由自主地向她们看过去。两位女子也听到了芳郎的脚步声，抬起头看过来。顿时，芳郎感觉自己有些晕眩。那位大小姐的相貌跟自己之前遇到的红花女子一模一样！只是眼前这位女子没有佩戴红花，两人的发型也不一样。但是，同一个人会有不同的打扮也是常理啊。

其实这个时候，芳郎已经走过了两位女子的身边，但是他想返回去，想要仔细看看那位大小姐。他再也不想错过结识心上人的机会了。但是很不巧，他刚打算转身，便看见两位女子一边说话一边站了起来，应该是打算回家了。那位小姐临走前，与芳郎对视了一下。这一眼对视后，芳郎又感觉这位小姐跟自己的梦中情人不太像。但是，无论怎样，这次，芳郎一定要搞清楚对方的身份。

芳郎悄悄跟在两人身后，他刻意跟她们保持距离以免被发现，那两位女子一边走一边聊天，她们说得很起劲儿，根本没有回头看，芳郎的担心显得很多余。没多久，她们进入了一个看起来很豪华的院子，院子里有一幢两层的别墅。芳郎走上前，借着月光看了看门牌，上边写着“杉浦”，芳郎心想，果真是大户人家的小姐。附近这一带，很少有这样气派的豪宅，很可能这家也是从东京过来的。现在不妨先回旅馆，以后再找机会跟别人打听。很快，这个机会就来了。

不久后的一天，一位和芳郎熟识的记者来到旅馆跟他约稿。他们两人谈得很高兴，便决定在旅馆共进晚餐。

吃饭的时候，他们相对而坐，喝完几杯酒，芳郎假装很随意地说："你对这里应该很熟悉，所以我想跟你打听打听。前几日，我散步的时候看到一幢很豪华的别墅，我看门牌上写着'杉浦'二字，你知道这家吗？"

"杉浦！杉浦！"那位记者歪着头想了一会儿说，"啊！我记得有一位御用商人是这个姓氏，看来应该是这家！"

"我前几天散步遇到的那位大小姐，应该就是杉浦家的小姐了。"

"哦？是吗？杉浦家那位漂亮优雅的小姐，我之前也听说过，没想到您竟然遇到她了。您感觉她怎么样？有没有想法？"

话说到这里，记者似乎已经知晓了芳郎的想法，只是碍于情面，不便说得太直接了。

"您说的哪里话，我只是见过她一面，并没有跟她打招呼。"

"没关系，如果您真的对她有意，我来想办法。估计您不知道，我跟杉浦家有一些交情。平时杉浦先生并不在这里居住，他的夫人的身体不是很好，一直以来都是那位大小姐陪着夫人在这里休养。所以，也许我能帮助您实现愿望！"

"啊？什么愿望？"

"您就别隐瞒了，如果您和那位大小姐能够两情相悦，你们两个便可以尽早结婚。再说，您的家人不是也希望您能早些成家嘛！"

过了几天，记者亲自去杉浦家，把芳郎介绍给杉浦先生，当然免不了极力渲染葛西家的家族背景。杉浦先生非常高兴，他立刻去了相模屋，拜访芳郎之后还邀请他到自己家来做客。

因此，第二天，芳郎就依约去了杉浦家，并成了他家的座上宾。

杉浦家那位大小姐名叫喜美代，她和芳郎也算一见钟情。杉浦先生也很欣赏芳郎。慢慢地，芳郎和喜美代便开始公开交往。芳郎经常到杉浦家去，有的时候也会和喜美代到海边或者周围别的地方散步聊天。

很快，杉浦家和葛西家便着手操办二人的婚事。

非常不巧，在两家第一次确定好婚礼日期的时候，芳郎突然得了神经痛的病，婚礼只能推迟。然而到了当年冬天的时候，喜美代的母亲又生病了。因此，两家人商量后决定，来年春天再举行婚礼。

到了第二年三月，杉浦夫人的病终于痊愈了，婚礼的日期也最终定了下来。当时正赶上政府镇压民权运动积极分子，芳郎需要避风头，不方便回东京。因此，两家决定让芳郎和喜美代在杉浦家的别墅内举行婚礼，结婚以后，两人先在别墅住一段时间。

还有三天就是芳郎和喜美代举行婚礼的日子，因此芳郎和东京来的家人朋友都十分忙碌。由于疲惫，芳郎晚上便早早入睡了。夜里，他做了一个梦，梦到自己走在小坡上，又遇到了当初的梦中情人。这一次，他大步走上前，红花女子居然站着没动，好像专门在等着他。

还没等芳郎开口说话，女子就伸手把自己戴着的红花取了下来，放到芳郎的手里，笑着对他说："原来你不是想跟我结婚的吗？"

女子虽然说话时是笑着的，但是芳郎能感觉到她有些不开心。他看着手里的那朵红花，心中深深地自责起来。是啊！自己明明是爱慕她的，为什么要和别的女子结婚呢？她肯定是伤心失望了，所以才会出现在自己的梦里吧！

梦醒后，芳郎执意要回东京。任凭旁人怎么劝说，都无法改变他的心意。一定要回去，然后去小坡寻找自己真正爱慕的女子。

他的确是这样想的，也真的这么做了。

原本和喜美代举行婚礼的日子，也就是芳郎回到东京的第二天，他一早便告别家里人，独自向小坡走去。但是这一去，便再也没有回来。

不久之后，芳郎的家人发现了他的尸体，正是在小坡入口的地方。然而不论医生们如何努力，都没能找到他的真正死因。

没过几天，芳郎突然离世的消息就在东京的大街小巷传开了，百姓们对此议论纷纷。这也勾起了一些老人的回忆，听他们说，像这样离奇的事情已经不止一次发生在葛西家族了。葛西家的邻居们也依稀想起，芳郎的父亲当年也是这样离奇去世的。

一时之间，邻居们都躲着葛西家的宅院，大家议论纷纷。

“芳郎的父亲和他都这样不明不白地死去，真的很可怕！”

“谁说不是呢？我这几天出门都避开他家的宅子走，要不真的害怕呢！”

“听说他们家的宅子现在已经没人住了，冷清清的，更让人害怕。”

“我听说他们家被诅咒了！”

“啊？真的难以置信，也许像葛西家这样古老的家族确实会发生一些离奇的事情。”

葛西家被诅咒这件事在当地几乎人尽皆知。正巧，一位年老的云游僧人云游至此，他对人们口中说的葛西家的怪事很感兴趣，于是暂时住在亲戚家，想弄清楚这件事。

“我听说这里最近发生了一件离奇的事情？”他向亲戚问道。

“是的，葛西家的新家主葛西芳郎前不久离奇地死了。”这位亲戚想了一下又说，“啊！我记得您就是在这里出生的吧？按照您的辈分，应该知道葛西家过去的事情吧！您还记得吗？”

“当然了，我小的时候还去他家周围的树林里抓过野鸡、野兔呢。虽然那是他家的地盘，但是我时常偷偷过去玩儿，被发现也没关系，况且他家的人不会介意外人去玩儿的。”

“那您还记得发生了哪些奇怪的事情吗？”

“我想起来了，当年，葛西芳郎的祖父，就是当年他家的家主，也是突然就死了。”

“啊？这如果是真的，那就太可怕了。葛西芳郎的父亲也是这样死的。如今，芳郎也是……他本来是有希望成为民权运动领袖的。这么看，他们家真的是被诅咒了吧？”

“有没有被诅咒，我还真不知道。但是，在我很小的时候，有次到树林里玩儿，偶然发现一个被人挖过又被填上的大坑，就在一棵很粗的老树旁边。当时我还想去‘寻宝’来着，不过后来因为别的事情也没去成，之后就忘记了这事。大概过了两三年，我就听说他家的家主在那个大坑附近死了，他既没有受伤，也没有生病，当时我就觉得很奇怪。后来我便离开了这里。”

“照这样看，是不是那个坑有问题？”

“我也觉得是，有可能那个坑里埋了不干净的东西。”

“您现在还记得那个坑的大概位置吗？”亲戚突然来了兴致，想一探究竟。

“那都是很久以前，明治维新之前的事儿了，我都记不清了。”

“那没关系，您能记得大概在哪儿就行。您明天不妨带我们去看看，我们以后再路过的时候也能绕开。”

第二天一早，亲戚便拉着老僧人到山上去找大坑的位置了。

老僧人绕着葛西家的宅院走了好几个来回，最后在小坡入口的地方停了下来。

“我觉得，应该就在这附近吧！”

亲戚听了这句话，顿时露出惊讶的表情，老僧人一看便猜出，葛西芳郎应该也是死在这个地方。至于为何出现这样的情况，恐怕永远是个谜了。

（田中贡太郎）

蛇　妻

阿泷朝纸门外望去，看到一个少年的背影。少年身上穿着一件条纹衣衫，泛着若隐若现的光，看上去像是黑色或是墨绿色的样子。

阿泷一直盯着少年看，直到他渐渐远去，再也看不清。她心里不禁害怕了起来，“他就这么走了，万一被人发现了呢?”

阿泷转过身来，忽然想到，我是不是在做梦啊，快点儿从梦里醒来!

阿泷想着，用力睁开眼睛，忽然脑袋一片空白，四肢也不听自己使唤了，她有些慌张了。

此时，那个已经远去的少年再一次浮现在她眼前，面容姣好，英俊无比。

我难道不是在做梦？阿泷拼命想要挣扎。

少年近在眼前，但是她却无法动弹。

她感到很羞愧，睡梦中的感觉越来越明显，她明显觉得自己眼睛酸痛，两只眼睛似乎看到两个不同的世界，一只眼睛看到自己的梦境，而另一只眼睛则看到丈夫安静地睡在自己身边。

“啊，我真的是在做梦！天啊，真的是恬不知耻……”

阿泷翻了个身，枕头发出了声响。周围一片寂静黑暗，没有人知道自己做了什么梦。她轻轻吁了一口气，心里羞愧的感觉减弱了。

怎么会做这样的梦呢？阿泷简直要哭了。

此时，丈夫清一郎正在旁边熟睡，发出了均匀的呼吸声。

阿泷心想，还好丈夫没有醒来，不然自己真的没脸面对他了。阿泷越来越清醒了，翻来覆去睡不着，又回想起刚才的梦境，那个少年在自己耳边说着悄悄话，呼出的暖暖的气息在耳边打转，她的身上弥漫着少年淡淡的清香。这一刻，梦中的气息让阿泷感到非常清晰。

“梦境太真实了……”

阿泷本来打算把丈夫唤醒，告诉他自己做了什么梦，然而话到嘴边又觉得那个梦境暗含着危机。黑暗中，她看着清一郎熟睡的脸，不知道该怎么办。

后来，那个面容姣好的少年每晚都出现在阿泷的梦境里。

一开始，阿泷对他是拒绝的，她讨厌他总是这样靠近她。但是梦境慢慢发展起来，阿泷已经很愿意听他说话了。就这样，阿泷更无法对丈夫说出这样不守妇道的梦了。

“醒醒，醒醒，是做噩梦了？”

清一郎把阿泷叫醒了。不少次，当阿泷沉浸在梦中浑身发抖的时候，都被清一郎发现了，并且被他及时叫醒。

“阿泷，快醒醒！快醒醒！”

阿泷听到声音后从梦里慢慢苏醒了过来，睁大眼睛才知道自己刚刚是在做梦。阿泷身体一直很虚弱，结婚之前，因为每天过度思念清一郎，茶饭不思。后来如愿以偿与他结婚，又总是躲开他，常常独自躲在昏暗的房间里。清一郎以为阿泷闹情绪，想了不少法子逗她开心，有时候带她散散步，有时候让她弹弹三味线。然而不管是散步还是弹三味线，阿泷都不乐意，也不高兴。清一郎实在是没办法了，只好去请教他的后妈。

清一郎的后妈是个非常善良的人，对清一郎和阿泷都非常好。清一郎家里是经营大饭店的，在他十二岁的那一年，母亲生病去世了，后来父亲的妾室成了正房，也就是现在他的后妈。清一郎的后妈包办了家里大大小小的事务，包括照顾饭店里那三十个歌伎。她不仅勤快能干，而且性格温和，对清一郎非常疼爱，清一郎对她也是敬爱有加。

打从清一郎上大学离开了家，就会常常抽空回去看望后妈。有一次回家，他认识了刚来饭店的新歌伎阿泷。那会儿正是夏末，天气不再酷热，芙蓉花开得正好，假期差不多结束了，清一郎准备返回东京。后妈亲自带着清一郎的两个弟弟去给他送行，随行的还有阿泷。

然而清一郎刚离开，阿泷就生病了，而且病得很重，所有大夫都没有找到原因。但是后妈心里清楚，那晚她去找了阿泷，替她想了一个法子。第二天早上，梳妆打扮好的阿泷就假装出去看病，离开饭店后再也没有回去。

两三年后，清一郎毕业了，衣锦还乡，并且担任了当地中学的副校长。大伙儿讶异地发现，那个失踪了好几年的阿泷居然站在清一郎身边，并且梳起了圆圆的发髻，如今已是副校长夫人的身份了。

清一郎告诉后妈阿泷的情况，后妈非常担心，来到他们家。

“抱歉啊……”阿泷一看到后妈，不禁泪流满面。

“傻孩子，你这是什么话……赶紧要个孩子吧，有个孩子一切都会好起来。附近有不错的温泉，你们一起去玩一玩。”

“不了不了，我会很快好起来的。”

“不是生病了才泡温泉的，人们说泡温泉有助于怀孕，你们俩赶紧去。”

“太浪费钱了……”

“不要在乎钱，难道钱比孩子还重要？”后妈不断地劝她。

阿泷一直在生病，直到春天都快过去了。这一天，雨一直淅淅沥沥地下个不停，让人心里郁闷不堪。三天后，是清一郎和阿泷去后道温泉游玩的日子了，但是阿泷一直把自己锁在房间里，灯也不开，就那么低声哭泣着，似乎有所忧思。

睡觉前，阿泷忽然对清一郎说：“夫君啊……”

睡得迷迷糊糊的清一郎听到阿泷的声音，睁开眼睛问：“怎么了呢？”

阿泷起初默不作声，后来忽然哭着说：“对不起呀……”

清一郎听不明白：“怎么了你？怎么突然哭了？”

阿泷又不说话了，只是一直哭，清一郎只好追问：“怎么了？是不是弄坏了什么东西？没关系的，别哭了啊。”

“不是，夫君，我犯错了，我犯了大错，不是你想的那样……”阿泷哭得很惨。

清一郎轻轻地拍着阿泷的肩膀，温柔地说：“阿泷啊，没关系的，不管你做了什么事，我都不会怪你的，快告诉我发生了什么事吧。”

阿泷还是泪流满面，默不作声。

“没事的，阿泷，说出来就好了。”清一郎轻声劝说。

“我犯下了大错……”阿泷一边抽泣一边说。

清一郎想，估计阿泷真的病得不轻，所以有些胡言乱语，还是不要逼得太紧了。

“要不好好睡觉吧，不想说，我们就下次再说？”

“但是夫君……如果我今儿不说，怕是以后再也没有机会了……”

“怎么会呢？以后有很多机会啊，我们还有很多时间。”

“可是……”

“好了好了，赶紧睡吧。”清一郎已经很困了，闭上了眼睛，没有再去理会阿泷接下来说什么。

阿泷依然低声哭泣，哭声和外面的雨声交织在一起。

清一郎睡着了，那晚他梦见阿泷披头散发地跪在自己面前，表情痛苦地说：“夫君，我要和你永别了。前世我与他人有约，今生恐怕无法陪在你身边了……”

说罢，阿泷站了起来，转过身去跑远了。清一郎摸不着头脑，只好连忙追上去。阿泷头也不回地跑着，跑到了护城河边上，看着河里的水发呆。清一郎怕她做傻事，赶紧冲过去拉住她。

可是，阿泷却在他眼前一跃跳进护城河里去了，并朝他看了一眼，说：“夫君，永别了……”

清一郎被噩梦吓醒了，发现已经天亮，但是屋里没有关灯，阿泷也不知道哪里去了。

那天晚上，自从阿泷失踪了以后，就再也没有回去过了。

有人猜阿泷大概是离家出走，也有人猜她估计已经跳河自尽了，反正阿泷再也没有出现过，也没有人见过她的尸体。那年夏天，清一郎因为悲伤过度，一夜白发，索性辞去了工作隐居起来。伤心欲绝的他常常到护城河边上发呆，一待就是一整天。

到了第二年，依然没有阿泷的消息。正值暮春，家里饭店的歌伎们结伴到附近的弁天岛去参拜，同行的还有厨房的龟三，他负责带饭菜和划船。

水面平静，天气温和，天空中飘着朵朵云彩。弁天岛是坐落于护城河口的一个小岛，岛上长满了郁郁葱葱的大树。小祠堂就在岛屿的正中。龟三负责划船，小船随着护城河水朝河口的方向驶去。护城河上还有许多游玩的船只，大家都趁着好天气在喝酒吹风。龟三故意偶尔让船左右晃动，逗几个年轻的歌伎玩儿，一路上大家有说有笑的。

船只终于抵达了弁天岛。因为已经退潮了，所以岛屿附近本来也并不深的水都退了下去，小草露出了柔软的头，看上去就像是一片绿油油的草原。船刚停下，一名歌伎就赶忙要下去。

龟三大喊："有蛇！好大的蛇啊！"

下船的歌伎听了，怀疑地说："真的假的啦？"

年长一点儿的歌伎说："这儿不会有蛇的啦！"

"真的没有吗姐姐？"

"真的，要是有蛇啊，就没有人敢过来参拜了。"

歌伎们这才放下心来，嬉闹着上了岸。正是春天的好时节，岛上的树枝发出了新芽，翠绿欲滴的，和歌伎们身上的艳丽衣裳相得益彰。

龟三留在了船上，把带出来的饭菜拿出来加热。没过多久，歌伎们就回到船上了，龟三高兴地说："饭菜已经准备好啦！"

歌伎们把自己的鞋子给弄脏了，一个个蹑手蹑脚地回到船上。此时，有人发现同行的歌伎中少了一个人。

"小花去哪里了？你们谁见到她了吗？"

队伍中最后面的歌伎向四周张望了一番，没有发现小花的身影。

"是不是去方便了呀？"船上的歌伎一边擦拭着脚尖一边抬眼张望了一下。

"这么小的岛，还能到哪儿去呢？大家喊喊她吧。"有人提议。

于是，大伙儿一起喊小花的名字，却没有看到小花的身影，也没有听到任何的回应。

"太奇怪了，小花哪儿去了？"

"这可怎么办才好？"

"要不谁过去找一找她吧？"

大家都有些担忧呢，小岛的风也似乎阴森了一点儿。

年长的歌伎问："谁去找一下小花吧？"

大家互相看了看，没有人愿意站出来。

这时龟三说："我去吧！"他站起身来，穿上鞋子下船去了。

龟三一边走一边四处看，岛屿真的就巴掌大，一览无余。龟三走到了一个石阶前面，那里有一个小祠堂，正好在弁天才女的祠堂正对面。祠堂后边还有一座鸟居，周围花草遍布。龟三一直走到了祠堂跟前，发现那里除了祠堂和一些花草树木以外，并没有其他的。

"难不成是到鸟居附近去了。"龟三一边想，一边走到了鸟居附近，但是依然没有看到小花的身影，一转身，忽然发现有一个草屋，还传来了幽幽的三味线的声音。

"难道这岛上还有人住？"龟三有点儿惊讶，心想小花会不会就在这户人家里，于是打算到草屋前面去看看。草屋没有关门，龟三看到一个披头散发的年轻妇人在门口弹奏三味线。

龟三觉得那个妇人有些眼熟，白皙的肤色，乌黑的长发……这不就是失踪很久的阿泷吗？龟三不禁喊了出来。

屋里的妇人听到声响，停下了演奏朝龟三的方向看过来，平静地说："原来是龟三啊。"

"夫……夫人……"龟三一时语塞。

阿泷看了看龟三，说："你现在看起来过得也挺好的。"

"没有没有……夫人，您到哪儿去了？自从您不见了以后，老爷因为思念过度，整个人都老了不少，工作也辞了，每天就是在那儿发愣。老夫人也是天天念叨您，到处寻找您的下落，要不您赶紧跟我回家吧，不要再待在这里了。"

阿泷站起来，放下了手中的乐器说："龟三，麻烦你代我跟母亲和夫君道歉，我已经回不去了……你随我去看点儿东西吧，小点儿声……看完你就赶紧回去吧……”

龟三蹑手蹑脚地跟在她身后，阿泷拉开了纸门。

“你一定要看清楚……”

龟三往门口一看，不禁被吓了一跳：一片绿油油的草地上，扭动着数十条小蛇。龟三吓得捂住了嘴巴，脸上全是惊慌失措的表情。若不是阿泷之前已经提醒过了，他早就忍不住叫出声音来了。

“这些全都是我的孩子……”

龟三满脑子“嗡”的一声，一句话都没说，步履蹒跚地冲出了草屋。跑了一阵子以后，龟三回头一看，发现根本没有什么草屋，更没有阿泷的身影。

“龟三，你去哪儿了？”

船上传来了歌伎们的声音，龟三吓得面如土色，但还是鼓起勇气往草屋的方向回头看过去，但是刚才看到的一切却根本不存在，仿佛做了一场梦一样。

回到饭店后，龟三忍不住把这一切都告诉了清一郎。自那以后，本来颓废不堪的清一郎开始四处去参拜，成为了虔诚的朝拜者。

（田中贡太郎）

牡丹灯笼

01

很久以前，在江户的牛込地区住着一位名叫饭岛平左卫门的旗本。他妻子早逝，膝下仅有一女，名叫阿露，取的正是“清晨之露”的意思。

阿露当真是人如其名，清丽脱俗。在她十六岁时，平左卫门续弦，但他很快就发现，女儿阿露与继母之间的关系很不融洽。于是他便在柳岛专门为爱女兴建了一座漂亮的别苑，并让一位名叫阿米的婢女前去服侍她。

阿露便在柳岛别苑过着无忧无虑的生活。某天，经常出入于饭岛家的医师山本志丈带了一位年轻的武士萩原新三郎前去拜访。萩原新三郎家住根津清水谷，生得一表人才、温文尔雅，是位有名的美男子。阿露对他一见钟情，萩原对她也颇为心动。短暂的拜会结束前，他们已经暗自许下了山盟海誓，发誓厮守一生，永不变心。

临别的时候，阿露低声叮嘱新三郎道：

“请记住，如果萩原君你不来见我，我绝不会独活于世！”

萩原新三郎牢牢记住了阿露的话，一心一意地想再寻机会前去与阿露相见。

然而，当时社会的价值观、门第观念等都束缚着他，让他无法单独去与阿露幽会。他只有等，等有机会跟山本志丈医师一起，再次去阿露家拜访——这位老医师曾满口应承，下次去拜访时会带他一起去。

遗憾的是，老医师没有遵守诺言，因为他已经察觉到两个年轻人之间擦出了爱的火花，他担心，一旦事情败露，阿露的父亲会追究自己的责任。要知道，饭岛平左卫门素来以残忍嗜杀而闻名于世，萩原新三郎是经过自己的引荐才得以进入柳岛别苑的，若是闹出点儿什么事，饭岛追究起来，后果不堪设想。老医师越想越怕，所以决定让这两位年轻人断绝来往。

一转眼，数月时间过去了，新三郎从未踏入别苑一步。阿露心灰意冷，她认为新三郎已经移情别恋，自己被欺骗了。积郁成疾的她日渐消瘦，没过几天便香消玉殒了。

阿露死后不久，与她情同姐妹、忠心耿耿的婢女阿米也因为伤心过度而去世。主仆俩合葬在位于谷中三崎町的法受寺墓园中。法受寺是一座千年名刹，坐落于足立区，每年都会举办菊花展。

02

萩原新三郎此时并不知道阿露去世的消息，在被老医师冷落之后，他在极度沮丧和焦虑中病倒了，不得不卧床休养。虽然此时他的身子已慢慢康复，但仍然非常虚弱。就在此时，山本志丈因种种原因去拜访了一趟饭岛家，回来后，这位老医师不住地为自己的行为表示歉意。

新三郎满脸愠色地对他说道：

“您从前曾经亲口答应再带我去一次阿露小姐家，我也一直寻思着送她些礼物，好感谢上次她对我们的热情款待。可是，我无法独自前往，怕惹人非议。可您为什么这一段时间都要冷落我呢？开春以来，我的病越发严重了……”

山本志丈神情严肃地打断他，说道：

“萩原君，我必须要告诉你一件事——我非常遗憾地通知你，阿露小姐……已然去世了。”

“你说什么？”新三郎浑身一震，手足冰冷地说，“……谁去世了？”

他面色大变，用嘶哑的声音重复着：“你说阿露小姐她去世了？”

老医师沉默了一会儿，点了点头。他缓缓地说道：

“我犯了个巨大的错误，我当初就不应该介绍你们俩认识。你们在别苑一见钟情，还避开我，单独躲在那间小屋——那时候我就知道，你肯定对情窦初开的阿露小姐说了一些甜言蜜语，令她对你念念不忘。我其实已察觉到了她对你的好感，所以开始感到不安，害怕她父亲知道此事后会将所有的责任都归咎于我。因此我决定冷落你，很长一段时间都拒绝你的邀请，故意和你保持一段距离。然而，几天前我因故去饭岛家拜访时，竟意外地听闻阿露小姐去世的噩耗，据说她的婢女也追随主人一道身赴黄泉。我把过往这些事件联系起来，可以断定，她必定是相思成疾，因爱而亡。”

说到这里，老医师苦笑一下，继续说道：

“唉，萩原君，其实你才是罪魁祸首啊！没错，就是你！难道你不觉得，正是因为你故意撩拨，所以才使可怜的阿露小姐对你一见钟情，最后还为你相思至死吗？这难道不是一种罪过吗？”

看到新三郎的脸上浮现出痛苦的神情，老医师也不忍心再说下去。

“罢了，我们不说这个了，事到如今，再深究下去也毫无意义。你现在要做的就是多为她诵经祈福，让她安息。再见。”

山本志丈医师说完便匆忙告辞了。他并不愿意与新三郎进行深入的交谈，因为他觉得自己在这件事情里，也负有一定的责任。

03

知悉噩耗之后，萩原新三郎深陷于阿露之死的悲痛中难以自拔。他找到一块木牌，为阿露做了个灵位，并将这个灵位摆在家中的佛龛处，日夜供奉，并请僧人为自己早逝的恋人诵经祈福。从此以后，他每天都更换祭品，擦拭灵位，诵经祈福。阿露虽已逝去，但永远活在新三郎的记忆中。

日复一日，新三郎就这样孤独凄冷地活着，宛如行尸走肉。转眼到了七月十三，民间的鬼节即将到来，新三郎期待与阿露“相见”。一早，他便开始清理屋子，为迎接阿露做准备。他在门口挂上灯笼，摆好了供品，引导亡魂归来。

鬼节的头天晚上，夜色降临后，他守在阿露的灵位前，焚香祭拜一番，然后便点亮了门口的灯笼。

其时正是夏日，月明星稀，天地间没有一丝风，酷热难当。萩原新三郎信步踱到走廊乘凉，坐在地上心潮起伏，回味着与阿露的过往，时而开怀，时而悲伤。他的住宅是独栋，没有邻居，也没有什么路人经过，四周一片寂静。他能听到的，只有花园池中水流轻柔的流淌声和不知名昆虫细微的鸣叫声。

突然，一阵脚步声划破了这寂静的夜空。那脚步声毫无疑问是女子所穿着的木屐发出的，脚步声越来越近，一直到了屋子的篱笆边，终于停了下来。

萩原新三郎心中微感诧异，自己目前已经与外界断绝往来，谁会在深夜前来拜访自己呢？

他踮起脚尖朝篱笆外望去，只见访客是两名女子，当先一个婢女模样的女子手提一盏漂亮的牡丹灯笼在前引路，后面跟着一位十七八岁、体态轻盈的女子。只见她身穿绘有秋花图案的和服，正站在篱笆外背对着自己。此时，两名女子一齐转身，面向萩原新三郎。

新三郎如遭电击，他已认出，两名女子赫然就是阿露和她的婢女阿米！

两名女子也立即认出了新三郎，婢女阿米惊叫道：

“啊，小姐！这男子竟是萩原君！”

萩原新三郎也朝婢女喊道：

“阿米！我记得你！”

“萩原君！”阿米错愕地喊道，“这到底是怎么回事儿？不可能！我们听说你已经去世了，为何会出现在此处？”

“不会吧！”萩原新三郎脸都绿了，急忙道，“为何我得到的消息却是你们俩已经死了呢？”

“啊，太可怕了！”阿米摆手道，“为何今天老是出现‘死’字呢？到底是谁告诉你我们死了？”

“还是进屋说吧。外面谈话不方便，我来开门。”萩原新三郎连忙让她们进屋。

三人进了屋，互相施礼后分宾主坐定，新三郎道：

“两位请原谅，我因为生了一场大病，所以那么长时间没有再登门拜访。但是，大约一个月前，山本志丈医师亲自来拜访，告诉我你们去世的消息。”

“他这样告诉你的？”阿米惊呼道，“真是个卑鄙的老狐狸！实不相瞒，正是这可恶的家伙对我们说萩原君去世了。如今想来，定是他故意欺骗咱们，拆散你跟小姐的大好姻缘。这并不难做到，因为你和小姐都太容易相信别人了。这件事情的起因，可能是我家小姐不小心透露出对你的情意，消息传到我家老爷那儿，小姐的继母阿国素来与小姐不睦，于是密谋要让你们二人分开。我家小姐知悉你去世的消息，立时要削发为尼，长伴孤灯。但我察觉事情不对，所以阻止了她，并最终说服她放弃这个念头。后来，小姐的父亲硬要让她嫁给另外一个年轻人，小姐坚决不从，于是继母便时不时地对我们找碴儿挑衅，万般无奈之下，我们只好搬出别苑，在谷中三崎町附近寻觅了一间小屋居住，靠招揽些杂活儿来维持生计。小姐每天都以泪洗面，为你诵经祈福。今天是鬼节，我们刚去完寺庙拜佛，回来得晚了些，不想遇到了你。”

“噢，这真是太不可思议了！”萩原新三郎喜出望外，“这不会是做梦吧？看，这是我为她立的灵位牌，我也每天都在为她诵经祈福呢！”他指着阿露的灵位说道。

“嗯，你们俩也算是情深意重了。”阿米微笑地说道。

“至于我家小姐……”她扭头看向阿露。

进门以来，阿露一言不发，始终用袖子半掩着脸，显得格外端庄娴静。

“我家小姐为了你，已经与父亲恩断义绝。老爷已公开宣称，今后七世都不再认她为女儿，甚至扬言，倘若她再踏入家门，就杀了她！唉，既然你们情投意合，不如这样，今晚就让小姐留下来陪你过夜，你可愿意？”

萩原新三郎惊喜交加，原本今夜他期盼的是阿露小姐的魂魄能回来与自己相会，好一诉衷肠，让她知晓自己的苦衷，却不曾想小姐根本没有死，而且今夜还要留宿于他家中！

他只觉心跳加速，喉头干涩，用颤抖的声音说道：

“请……请你们务必留下来……但千万不可大声说话……因为我附近住了一个怪人，那是一位名叫白翁堂勇斋的相士。他本领高强，能通过察言观色预测出祸福吉凶。他这个人脾气十分古怪，所以最好不要让他知晓你们住在这儿。”

于是，两名年轻女子当夜便留宿在萩原新三郎的家中。次日天亮前，她们匆忙起床告辞返家。此后，无论刮风下雨，阿露夜夜都会准时来到新三郎家中，与新三郎极尽缠绵之美事，这种神仙般的日子持续了七天。萩原新三郎对阿露的迷恋日益深厚，两人如胶似漆，难舍难分。

04

离新三郎家不远的地方有一间小屋舍，里面住着一位名叫半藏的人。半藏和他的妻子阿梅都是萩原新三郎的家仆，平日负责照看新三郎的生活。他们都曾受过新三郎的恩惠，对他感激不尽。

某天的深夜，半藏起来巡视，突然听见主人房中传出女人的阵阵欢笑声，心中顿感不安。主人新三郎不是一直处于单身状态吗？房中为何会有女人的声音？他担心善良的新三郎会被水性杨花的女人给引诱了，于是决定前去探个究竟。

在夜色的掩护下，他蹑手蹑脚地来到主人屋外，从门缝中向室内窥视。透过寝室中昏暗跳跃的烛光，他依稀瞧见，主人和一位陌生的女子正在蚊帐里聊天。起初，由于女子背对着门，半藏看不清女子的样貌，但从其衣着和发型可以看出，这是一位年轻且婀娜多姿的美女。半藏将耳朵贴在门上，这才听清了他们的对话。

只听那女子道：

"如果我父亲与我彻底断绝父女关系，萩原君你愿意娶我吗？"

萩原新三郎斩钉截铁地答道：

"自然！我一百个愿意！执子之手，与子偕老，是我的毕生心愿。但你也不必把事情想得那么糟。你父亲未必就会和你断绝关系，你是他唯一的女儿，他肯定非常疼爱你！我反而担忧有一天我们俩会被他残忍地分开。"

那女子温柔地答道："你放心，萩原君。我从未想过要嫁给其他人。即使我们私会的秘密被公诸于众，即使我父亲为此而杀了我，到了九泉之下，我依然会想你念你。而且我也确信，如果你失去了我，肯定也不会独活。"

说到这里，她慢慢地靠近萩原，用湿润的双唇亲吻着他的脖颈，他也动情地回吻着那女子。

半藏在窗外深感疑惑，听这女子的谈吐十分文雅，身份看起来颇为尊贵，不像是下三滥的狐媚女子，她到底是谁呢？

半藏决定冒点儿风险，一定要看清楚这女子的容貌。于是，他开始在屋子周围巡视，寻找能够看清楚那女子容貌的位置。

功夫不负有心人，他终于找到一处可看到那女子正面的地方。他满怀期待地向内一望，却被吓得魂飞魄散、手脚冰凉！

原来，他看到主人新三郎怀中紧紧搂住的，竟是一具白骨森森的恐怖骷髅！它留着齐腰的长发，纤长的指骨爱抚着它的情郎。墙上映出它纤细的骨架倒影，鬼气阴森，令人毛骨悚然。

这就是传说中的骨女！没想到，新三郎眼里所见的美貌情人，在他人眼中，却是阴森恐怖的骷髅！

半藏惊慌失措，竟不小心发出了声音。屋中另一名女子发现了，察觉到了他的存在，破门而出，迅速地向半藏扑去。半藏扭头就跑，跌跌撞撞地向白翁堂勇斋的屋子逃去。到了门口，他也顾不得什么礼节，疯狂地敲着门，最后终于吵醒了里面的主人勇斋。

05

相士白翁堂勇斋是一位上了年纪的老者，他年轻时曾游历过许多地方，见多识广，不会轻易对怪事感到震惊。然而听完半藏的叙述后，他也大惊失色，脑中猛地想起过去曾读过的中国古书中关于人鬼恋的故事。本来他觉得那只不过是虚构的传说而已，现实中根本不可能发生。但此刻，他开始相信半藏所说的话——荻原的屋中此时正发生着某种恐怖、怪异的事情。若事实正如半藏所猜测的那样，那这位年轻武士的性命已危在旦夕。

“如果那女子是鬼魂，那你家主人的性命已岌岌可危，”勇斋对受惊过度的仆人说道，“除非我们用一些特殊的办法来救他。要知道，大多数鬼魂的脸上必会显出尸气，而活人脸上则显示出纯净的阳气，将死之人的脸色则阴气沉沉。阳为清、阴为浊，若浊气不断侵蚀清气，即便是精血旺盛、能活百岁的人，也禁不起鬼魂邪秽的浊气消蚀。所以我们必须尽快去解救萩原君。半藏，今晚看到的事情，你千万不要再对任何人提起，就连对你的妻子也要保密。等天亮之后，我去找你的主人谈谈。”

06

次日一大早，勇斋就前往萩原新三郎家中当面质问屋中女子之事。起初，新三郎竭力否认，但无论如何掩饰，也无法解释半藏昨晚上所见的一切。而且新三郎也能感觉到，眼前这位老者对他并无恶意，所以便一五一十地将整个事情和盘托出。说完，他恳求勇斋暂时替自己保守这个秘密，因为他已打算尽快与阿露完婚。

“天哪，我从未见过如此愚蠢的人！”勇斋喊道。他心急如焚，再也没有耐心慢慢劝解新三郎了。

“萩原君，你知道吗？这几日每晚跟你幽会的那个女人，其实早已去世了！你日思夜想的阿露，已化成一堆白骨了！你正被某种可怕的幻觉所纠缠！你想，你曾不断地为她诵经，每天都为她的灵位更换祭品，难道这还不够明显吗？

“现在，你已经被鬼魂的嘴唇亲吻过、被鬼魂的手指爱抚过，看看你此刻的脸色吧，上面明显地出现了死气！你可能不相信我的话，可是，荻原君，你现在已经危在旦夕了！如果你还想活命的话，请务必要听我的话，否则，你极有可能活不过二十天！”

看新三郎的脸上依然浮现出一副不相信的神色，勇斋下定决心道：“你若不相信，我有办法证明！她们曾告诉你，她们目前暂住在谷中三崎町，你去那里看过吗？没有。我敢肯定你没有！你如果想要证据的话，那么今天就去找找吧！越快越好，找到她们的家，看看我说的是不是实话！”

说完这番话后，勇斋便告辞离开了。

荻原新三郎听得心惊肉跳，却又半信半疑，沉思片刻后，他决定接受勇斋的建议，立即动身去一趟三崎町。

说走就走，新三郎很快便赶到了谷中三崎町，开始努力寻找阿露的住处。然而，他走遍了每条街巷，查看了每个路口，还问遍了每个行人，却始终无法找到阿米所描述的小屋。

他耐着性子又去了偏僻的村庄，向村民们逐一询问，但没人知道村里曾有这样一间住着两位妙龄女子的小屋。

最后，心情沉到谷底的新三郎满怀失望地离开了三崎町。

此时天色已晚，他想早点儿回家跟阿露问个清楚，于是决定抄个近路，而这条捷径恰好会经过法受寺。

当他步行到法受寺后的墓园时，目光突然被这里的两座坟墓吸引住了。第一座坟墓的造型普通，应该盛放着地位较低者的棺椁。而另一座坟墓则占地宽广、庄重肃穆，墓碑前还挂着一盏漂亮的牡丹灯笼。

新三郎心中吃了一惊，这盏灯笼，与鬼节那晚阿米提着的那盏牡丹灯笼竟一模一样！

这个巧合令新三郎疑窦丛生。他走上前去仔细地观察了一下墓碑，但上面什么字也没有，连死者生前的名字也没有，只有一个戒名。

于是，他决定去寺里一探究竟。

一位知情的僧人告诉他，那个规模较大的坟墓，是饭岛平左卫门女儿的埋骨之处。而旁边那个小坟墓里，则葬着她的婢女阿米，忠心耿耿的阿米因主人之死伤心过度而去世。

至此，真相水落石出。萩原新三郎的脑海中突然浮现出那晚阿米所说的话：

“万般无奈之下，我们只好搬出别苑，在谷中三崎町附近寻觅了一间小屋居住，靠招揽些杂活儿来维持生计……”

新三郎只觉得一阵寒意从脚底涌出，一直凉到额头。他以最快的速度跑到勇斋家中，恳请他搭救自己。但勇斋表示自己从未遇到如此情况，对此无能为力，便把新三郎送到法受寺的长老良石大师那儿，希望大师能给他帮助。

07

良石大师是一位德高望重、神通广大的得道高僧，传说他能从他人的相貌上推断出此人的前世今生，并探寻出人的本质。

大师听完萩原新三郎的诉说后，丝毫没有惊讶的表情，缓缓开口道：

“施主如今的境遇非常凶险。唉，因果循环，报应不爽，前世冤孽，报应到今，必有此劫。此刻施主身上阴气缭绕，多说无益，贫僧只能告诉你，那小姐的鬼魂并非因憎恶而要伤你的性命。相反，她对你满怀爱意。你们二人的孽缘，或许在前世甚至更早之前，就已经开始了。虽然她的外貌、家世、社会地位等在每一世都不尽相同，但这些都不能阻止她对你的爱。所以，你想摆脱她是一件非常困难的事情。现在，我将一个极其灵验的护身符借给你。这个护身符是一尊纯金的佛像，名叫海音如来——他讲法的声音能够穿透大千世界，听起来声音浑厚如大海。你必须时刻将这个护身符放在腰间贴身的地方，它能保护你不受邪魔歪道侵害。此外，我还要在寺里为你做一场布施饿鬼的法事，超度那两位孤独的亡魂。另外，我手中还有一本佛经，叫作《雨宝陀罗尼经》，施主回家后，每晚都必须在屋中认真诵读。此外，我再给你一些法符，你将它们贴到家中所有的门窗上。记住，无论多小的窗户都要贴上。只要你按我所说的去做，就能退散死灵、逢凶化吉。切记切记，无论发生任何事情，都不能停止诵经。”

荻原新三郎恭恭敬敬地向良石大师行礼致谢，带着大师赐予的护身符、佛经和法符，赶在太阳落山前，回到家中。

08

他回家之后，勇斋已在家中等候。在勇斋的帮助之下，新三郎终于在天黑透前将屋内所有门窗都贴上了法符。随后勇斋离开了他的住处。

虽是夏天，夜凉如水。荻原新三郎独自在家，心中不免惴惴不安。他闩好门，将纯金护身符藏于腰间贴身处，然后缩进蚊帐里，借助微弱的烛光开始诵读《雨宝陀罗尼经》。他一字一顿地诵读佛经，尽管事实上他完全不明白经中的含义。不久，他觉得有些倦乏，想闭目休息，却无论如何都睡不着。

一到午夜，他睡意全消，侧耳听着佛寺中传来的钟声，丑时终于到了。

钟声停止了，熟悉的木屐声从老方向传了过来。与以往不同的是，这次的脚步声听起来十分缓慢。新三郎的前额冷汗直流，他颤抖地打开佛经，大声诵读起来，一边读一边听着外面越来越近的脚步声。

脚步声到了篱笆边，突然停了下来。萩原新三郎很想知道原委，于是从蚊帐里出来，一股强烈的好奇心压倒了恐惧心理，驱使他探出头去看个究竟。他放下佛经，慢慢移到窗边，由窗缝中往外看去。只见阿米依然提着牡丹灯笼，和阿露一起站在门外，两人望着门口处贴着的法符，没办法进屋，显出焦急的神色。

新三郎注意到，阿露小姐今天显得特别美丽，甚至比生前更娇艳三分，浑身散发出一种令他难以抗拒的魅力。萩原新三郎虽然被她深深地吸引住了，然而对死亡的恐惧又迫使他不敢轻举妄动，内心的挣扎使他备受煎熬。

片刻之后，新三郎听到门外阿米对阿露难过地说道：

“小姐，咱们回去吧！萩原君肯定已经变心了！昨晚他所许下的诺言，都不过是欺骗的谎言而已。小姐啊，你快看！所有的门都闩上了，所有的窗户都关上了。今晚我们肯定是进不去了。很明显，他不想再见到你了。你要下定决心忘记他，这样才是明智的。因为他对你的感情已经改变了，你何必再为一个负心汉伤心？”

阿露却不肯走，她泪如雨下地说：

“真是不敢相信！他昨晚还对我海誓山盟，今夜他就变心了！为什么男人的心跟夏日的天空一样阴晴不定呢？不，一定是哪里弄错了，我绝不相信萩原君会如此残忍地抛弃我！阿米，我求你想想办法，让我见他一面。倘若你不答应我，我绝不跟你回家！”

她用长袖半遮住自己的脸，不断地为新三郎说着好话，软语相求的哭泣模样好似梨花带雨，娇羞动人。新三郎见此情景，又爱又怕，躲在屋中一声都不敢出。

阿米跺跺脚，说道：

“小姐，你这又是何苦呢？人家已经不要你了，你竟然还痴情于这等负心汉！唉，也罢，咱们去瞧瞧屋后有没有可以进去的地方。来，小姐，跟着我！”

于是，阿米便牵着阿露的手，绕到屋后。牡丹灯笼里的烛火忽明忽暗，倒映在两个女子的冰冷面孔上。她们细细地察看一番，发现后门也被法符保护着，根本无隙可入。

天色渐亮，两人只得暂时退去。

09

遭遇挫折后，阿露和阿米并不死心，每晚丑时，这两个鬼魂都如约而至。以后发生的事情就如同写好的剧本一样：萩原新三郎总会听到阿露在外面哭泣，然后阿米想方设法要进屋，最终以失败告终。此时，新三郎终于确信自己已经高枕无忧了，佛法的威力限制了鬼魂，良石大师果然是一位值得信赖的高僧。

我们再把目光投向新三郎的仆人半藏。半藏最先发现了主人被恶鬼缠身，然后他答应勇斋，绝不把所见到的怪事告诉任何人，包括他的妻子阿梅。可没过多久，半藏就开始受到鬼魂的骚扰。每天夜里，阿米都会来到他的住处，阴森森地叫醒他，逼他去将主人屋后门窗上贴的那些法符揭掉。出于恐惧，半藏每次都假意应允她们，谎称一定会在次日日落之前办好。但他从没有真正去实施这个行动，因为他知道，如果那么做了，主人新三郎就会一命呜呼。

在一个狂风怒号的夜晚，阿米又一次来到半藏家，在他枕边现形，威胁道：

“你真是个胆大包天的仆人！居然敢将我们的命令当成耳边风。如果明晚你还没有按照我说的去做，我会把你撕成碎片！”

说完，她露出一副狰狞的表情，把半藏吓得魂不附体。

半藏的妻子阿梅至今仍被蒙在鼓里，对所发生的事情一无所知。她知道丈夫近日一直惊惶不安，以为他是休息不好所以才会噩梦连连。但这晚，她突然被一阵女人的说话声吵醒，连忙侧耳倾听，竟是一名女子在跟半藏说话。阿梅扭头去看时，女子的话音立刻停止了。阿梅起身点亮烛火，看到了丈夫因恐惧而变得苍白的脸。

然后，那女子消失了，但门窗紧闭，她是如何进来的呢？

起初，阿梅并没有意识到事情的严重性，她只是因为陌生女子与丈夫在家中交谈而感到嫉妒，她严厉地斥骂并质问半藏。半藏不得已，终于将这个秘密说了出来，同时告诉妻子，自己正处在一种怎样绝望的境地中。

妻子的愤怒顷刻间烟消云散，取而代之的是惊慌和恐惧。然而她是一个精明的女人，立刻就想到了搭救丈夫的办法——牺牲他们的主人荻原新二郎。她伏在半藏的耳边，讲述了一个巧妙的法子，教丈夫如何避开死亡的威胁，或许还能从中大捞一笔。

次日的丑时，阿露和阿米再度前来威胁半藏。阿梅躲在一旁，听着她们的脚步声走近，急忙让半藏出去与她们会面。

半藏壮起胆子，近前道：

“我的的确确地想为二位效力。但是，我没有撕掉法符也是事实。这并不是我有意惹恼你们，而是因为我和妻子现在要靠萩原君吃饭。在这种情况下，我们当然不希望自己的饭碗有任何危险。可是，如果我们能有一些积蓄，比如说一百锭黄金，那就另当别论了。那时，我们已不需要仰仗主人生活。所以，只要二位能赏赐我一百锭黄金，我马上就去帮你们揭下贴在门窗上的法符，而我也不需要担心失去唯一的生活支柱了。”

听完这番话，阿米和阿露对视了一眼，沉默片刻后，阿米用乞求的声音说道：

“小姐，我最后一次劝您，不要再为萩原这个负心汉费神了。我们的本意也并非想要伤害他，既然如此，您也不必再为他伤心烦恼了，变心的人根本不值得留恋。小姐，我最后一次恳求您，放下吧！”

阿露凄然泪下，摇头道：

“阿米，你根本不懂得爱情。不管发生什么事情，我根本无法控制自己对他的思念。阿米，我知道你肯定有弄到一百锭黄金的办法，我求你，帮帮我这个忙，让我能有再见他一面的机会。我求你了！”

她定定地看着阿米，语气中透出无限的幽怨与恳切。

“唉！你真的想这么做吗？”阿米说道，“你也知道，我生前就没什么钱。可是，既然不管我如何劝说，你都始终坚持要见萩原君，我只好尽量想办法弄到这笔钱，并把这笔钱明晚带到这儿来……”

她转过身来，对卖主求荣的半藏说道：“半藏，我必须警告你，萩原君身上有一个叫作海音如来的护身符，只要它依然在萩原君身上，我们就无法接近他。所以你如果想要黄金，必须想办法将这个护身符取走，还要揭掉门窗上贴的法符。”

半藏低声答应道：“二位，有钱能使鬼推磨。只要有一百锭黄金，不管你们想要什么，我都能为你们做好！”

“小姐，”阿米幽幽叹息道，“那就请您耐心等到明晚吧。”

阿露泣不成声地说道：“今晚咱们又见不到萩原君了，真可惜啊。”

说完，她们便缓缓离去。

10

次日晚上，天色黯然，没有一丝月光，空气中弥漫着死亡的气息。新三郎的门外不再有阿露的叹息声，而屋里却传来一阵恐怖的哀号声与女子的叹息声。

出卖主人的半藏今晚早些时候已得到了一百锭黄金，于是他蹑手蹑脚地将某个窗户上的法符揭走了。这还不是全部，白天趁着主人洗澡时，半藏用一个伪造的铜制护身符替换了原先那个海音如来纯金护身符。做完之后，他在一处荒无人烟的地方，将法符和护身符尽数焚毁。如此一来，阿露和阿米的鬼魂终于可以出入萩原家了。她们用袖子遮着脸，化作一团轻烟，慢慢从窗户中飘了进去。

屋里后来发生了什么恐怖的事情，半藏就不知道了。

等到夜色退去，东方现出朝阳的时候，半藏壮起胆子，来到主人屋前敲门，然而屋内无人应答，一股寒意涌上他的心头。他开始高声叫门，但里面仍然没有回应。

半藏急忙叫来阿梅，在她的帮助下，砸开门进入屋中。

半藏来到寝室前，轻声呼唤着主人的名字，里面依然是死一般的静寂。他卷起竹帘，向里望去，寝室中毫无动静。最后，他战战兢兢地掀开了主人栖息的蚊帐，只看了一眼，他便惊叫着逃出了屋子。

萩原新三郎已经去世了，死状恐怖。从他脸上的表情，可推断出他死前必定受到了极大的惊吓。在他的身旁有一具女人的骷髅，骷髅的一头黑发披在骨架上，两条只剩下森森白骨的胳膊紧紧搂着新三郎的脖子。

11

在半藏的苦苦哀求下，勇斋答应前来查看尸首。当目睹那可怖的一幕时，勇斋也感到万分惊骇。惊骇过后，他恢复理智，用专业的目光仔细观察着尸体以及现场。他很快发现，屋里小窗上贴的法符不见了。

检查新三郎的尸体时，他又诧异地发现，良石大师赐给萩原新三郎的那个纯金护身符已被一个铜制的伪造护身符掉包。他怀疑这一切都是半藏在后面捣鬼，但人命关天，在采取进一步措施前，他决定先将这件蹊跷迷离的事情告知良石大师。

完成尸检后，他以最快的速度赶到了法受寺。

良石大师正端坐在禅房里，未等他开口，先说道：

“你能来，在我意料之中。请坐，快请坐。嗯，有件事你怕是已经知道了，萩原君不幸去世了。”

勇斋大吃一惊，惊讶地喊出声道：

“是的，他的确死了！我刚刚去验过他的尸体。可大师您怎么会知道他死了？”

良石大师叹了口气，答道：

“萩原君的死是因果报应的结果。他的仆人见利忘义，出卖了他。这种情况下，萩原君哪里还有生机？唉，数世纠缠，缘尽还无。这一悲剧是不可避免的，萩原君的命运在出生前就已经决定了。所以，你也不必再为此事奔走了。”

勇斋点头道：

“此前曾听传言，大师您神通广大，能知过去和未来。今日见了，方知此言非虚。不过在下心中还有一事……”

“我明白你的意思，”良石大师打断他的话道，“是海音如来护身符遗失一事吗？若是为此，请无须担忧，护身符虽被半藏带到荒野焚毁，但来年八月，它还会重新回到我这里。所以你不必挂怀了。”

勇斋越发惊讶，他小心翼翼地问道：

“在下不才，虽然也学过阴阳道和占卜，却不明白大师如何未卜先知的？”

良石大师脸色变得严肃起来，道：“我怎样才能未卜先知并不重要，现在我唯一关心的是如何筹备萩原君的葬礼。萩原家族虽有自己的族坟，但把萩原君葬在那里并不合适。我认为他必须和阿露合葬在一起，这两个可怜人之间有着极深的孽缘，只有葬于一处才能了结这段孽缘。你必须出资为他修一座墓，把你前世欠他的人情还上。”

于是，在谷中三崎町的法受寺墓园中多了一座新坟，这就是葬在阿露和阿米墓旁的荻原新三郎的坟茔。

（小泉八云）

风之少女

01

三郎锄地累了，腰酸背痛的时候，就会抬起头来撑着锄头看一看这田间的景色。这是一片无边无际的田野，有麦子，油菜花，不远处还有梨树。再放眼望去，可以看到在山脚下稀稀落落的几户人家，听到时不时传来的耕牛的叫声。

今天天气不错，和风习习，天空中飘着几朵白云，鸟儿无忧无虑地嬉闹着。三郎专注于耕地，不知不觉间已是中午了，肚子饿得咕咕作响。

三郎把锄头放下，朝着田野边上一个又破又小的草棚走过去，与其说是草棚，不如说是一把草伞，三郎在那儿舒展舒展筋骨，把早上从家里带来的饭菜拿了出来，还有简单的茶水，草草吃了午饭。吃完以后，三郎正准备站起来，忽然眼前刮起了一阵大风。

大风不仅把砂石吹了起来，还差点儿把他也刮倒了。三郎用双手捂住脸，侧过脑袋，避开大风。这时候，三郎发现龙卷风中居然还站着一个人。

三郎把眼睛眯成了一条缝，看到龙卷风中有一个穿着友禅和服的少女，和服的下摆被风吹了起来，露出了少女白皙的脚踝。

“天哪，救命!”三郎听到少女在呼救。

“怎么了？出什么事了?”三郎疑惑地看着少女说。

“这个风太大了，太可怕了，都快吓死我了!”大风吹起了少女的衣袖，拍打在三郎的身上。

“不怕，就是刮风而已，不然你到草棚里躲一躲?”

“这风太可怕了，大哥你一定要救救我，这风一直在追赶着我啊，我躲你身后去可以吗？你帮我挡一挡吧!”说罢，少女也像一阵风一样躲进了草棚。

“大哥你帮我挡挡吧，不然我得被风卷走了!”少女发出了颤抖的声音，躲在三郎身后好像一只小白兔。

三郎看到她那么怕，索性就用自己的身体挡在草棚门口。此时，风越来越大了，刮着草棚，发出了巨响，三郎感觉草棚也快撑不住了。他依然坚持挡在草棚门口，生怕风吓到了身后的女孩。

过了一会儿，风已经往西边吹了，随着一阵打雷一样的巨响，黑色龙卷风瞬间消失了，四周也恢复了平静。

三郎终于松了一口气，转过脸去看少女，她正抱着膝盖坐在草棚的最里面，吓得浑身发抖。这个草棚又小又矮，少女无法站起身来，只能蜷缩在那里。

三郎看到少女只有十七八岁的模样，她身穿一身高档的友禅和服，长相姣好，白皙可爱。

“不怕了，风停了啊。”

少女听到三郎这么说，才敢放心，抬起头来，朝着三郎展开了笑脸。忽然间，这甜美的笑容把三郎给迷倒了。

“没事了……已经……安全了……”

“真是太感谢您了，我真的特别害怕大风……”

“举手之劳……”三郎有点儿害羞地笑着。

“如果不是您出手相救，我今天肯定被大风吹走了，太可怕了。”

“为什么这么怕风啊？”

“这不是普通的风啊，这阵风真的太可怕了，我从来没有见过这么大的风，反正今天就谢谢大哥相救了。”

“也是，刚才那阵风确实挺可怕的，这一带春天总会有大风，有时候还会下冰雹呢，不过刚才那种风我也是第一次见。对了，我好像没有见过你啊，你是哪里人呢？”

“你不认识我也正常，自打我曾祖父那一代起我家就离开这里去东京了，以前我们家也是住这里的呢。”

“所以，你是从东京过来的？”

“对啊，去年我父亲走了，今年我母亲也去世了，我就成孤儿了。我本来是打算出去旅行的，换个地方住。出发之前想着不如回来这里看看吧，祖辈也曾经住过这里。结果我早上一下火车，居然一路就遇到这么大的风，天啊，衣服都坏了……”

三郎听她这么说，仔细看了一眼，果然衣服上坏了好几处，肩膀啊、袖口啊都是被风刮破的痕迹。

“天啊，居然被风刮破了这么多地方，要不这样吧，我先拿我妹妹的衣服给你凑合着，不过我们的衣服可不是什么好料子，毕竟都是乡下的粗人。”

“哟，大哥您还有个妹妹啊?”

“是啊，我也是爹娘都去世了，只剩我和我妹妹了。”

“就剩你们俩，也是够苦的啊。”

“还行啦，已经习惯了，不然你去我家歇一宿吧，不过我们家条件一般，你可别嫌弃啊。”三郎不知怎的，想和这个少女多待一会儿。

“那就太好了，今儿可真是遇到好人了，不过我想先去一趟镇上，那儿有火车站，而且还可以买到衣服。”

“不客气的，我们相遇一场也是缘分，你不要见怪我们乡下人就好了。”

“怎么会呢? 我很喜欢旅游的，而且还住过不少深山里头的庙宇，或是穷人家的屋子，不过去你们家过夜会不会太冒昧了……”少女说罢，想要离开了。

三郎见状有些慌了，赶紧说:“不要紧，不要紧的，你过来我们家吧，不要见怪!”他忽然伸出了手，轻轻触碰了下少女的手，不敢握住。

“好吧……大哥您盛情难却，谢谢您啦。我独自一人在外头，真的从来没有遇到过像您这么善良的大哥呢……”少女的脸上忽然出现了一种害羞的表情。

“行，那就这么决定吧，我妹妹一定也是欢迎你、喜欢你的。”这一次，三郎鼓足了勇气，握住了少女的手。

少女也没有把手抽出，表情更加害羞啦。

三郎握着少女温暖柔软的手，感觉整个人都要飘起来了:“呀……我……你……你可一定要跟我回去啊……”

“大哥……我还是觉得不太好……我一个姑娘家就这么唐突地去你家过夜……不太合适……我还是先走了……”

“不要紧的，你真的不要太介意，尽管我家条件一般……”

“但是……这太冒昧……也太打搅了……”

“求求你了，好不好，就到我们家歇一晚吧，就一晚……别走嘛……你快点儿答应，不然我可不松手了啊！”三郎着急起来，索性握着少女的手不放。

“不太好吧……要不改天吧！”少女脸上笑意盈盈的，抽走了手。三郎着急起来想要一把抱住她，但是少女却如同一阵风一样，倏地溜出了草棚，一下子就见不到人了。

三郎赶紧追了出去。

02

外边的阳光有些弱了，三郎睁大了眼睛四处看，依然没有发现少女的踪迹。他估计少女应该是从后边跑掉了，于是就走到草棚右边去。果不其然，远方有个隐隐约约正在奔跑的少女，那里是一片草地，然后是一片树林，接着就该跑出马路了。

三郎看着少女的身影渐行渐远，灰心丧气了起来，不知该怎么办才好，心思全没了，就一直绕着草棚转，仿佛把自己的宝贝给弄丢了。转了好几圈后，他突然醒悟过来，抬起头朝着少女的方向追了过去。他一边追一边到处寻找少女的踪迹。不久后，他似乎找着了方向，朝着小树林径直走过去，没有来得及收拾自己的锄头和饭盒。

此刻的三郎，仿佛着了魔似的，朝着小树林直奔过去，小麦在他的身边左右摇晃，并没有引起他的注意。他的眼里，只有少女那一身高档的和服，还有那个温婉可人的笑脸。他的心里仿佛在回荡着一个声音，那个可爱的姑娘就在不远处。

当三郎的脸被树枝划过的时候，他终于意识到自己已经进入那片树林了。但是三郎对这一切似乎没有感知，也不知道自己是在什么情况下走进去的，大概是因为满脑子都是她了。

三郎一边往前走，一边回想着。但是过了很久，依然没有找到树林的出口。

他觉得有点儿奇怪，说：“这到底是怎么回事？”他并不是不熟悉这片树林，就在田地和马路中间，平日里不需要多长时间就可以穿过，今天怎么好像走不出去了。

“奇怪了，得快点儿走出去，不然怎么可能追得上她呢？”三郎停下步伐看了看四周，在他的右边，似乎有很大一块空地，他没有多思考就往那边跑过去。

那里确实是三郎熟悉的地方，在一片长满了野草的空地周围，是高大的松树和栎树组成的树丛，而空地中间，有一棵突兀的朴树。这里是众所周知的朴树大宅，不过已经不存在很久了，只剩下一些断壁残垣了。

三郎忽然生出了一种不祥的预感，因为传说中这个大宅风水不好，曾经有人想要在那块空地建点儿什么，结果却生了一场大病。

三郎顾不上这些，只想赶紧穿过这片空地，到马路上去搜寻少女的踪迹。他小心翼翼地走到大宅去，周遭全是荆棘，除了荆棘，还有一些白色的花朵。走了几步，有一块大岩石，还有一片生长着芒草的地方，过去似乎是假山和池塘。

三郎朝那个方向看过去，发现石头上坐着一个人，正是那个美丽的和服少女。

少女背对着三郎，在石头上坐着，似乎在发愣。三郎怕自己吓着了她，蹑手蹑脚地走了过去，不知道该说些什么。

三郎还在踌躇，少女忽然转过脸来，一脸的笑意，似乎她一直在等着三郎。

“你怎么跑这儿来啦？”三郎看着她可爱的笑脸，也跟着笑了。

“因为这里就是我们家的祖宅啊。”

“你说这朴树大宅，是你家的祖宅？”

“是的，父亲还没去世的时候跟我说的，不过我也不知道这里发生过什么事。”

“哦，是这样啊……”

“大哥，您是准备回去了吗？”

“对，我是准备回家了……”三郎想起自己刚才唐突地握住她的手，还说了一系列不该说的话，这下子不敢再提让她去自己家过夜的事了。

“你妹妹今年多大了？”

“十八岁，生性好动，还跟个孩子似的。”

“那我和你妹妹一样大呢，您这么好的人，妹妹也一定特别好。”

“我们不过就是农民的孩子，粗人，没有见过什么世面，不过她倒是把家里都收拾得干干净净的……不好意思啊，我刚才说了那么多胡话，不要在意……我不是什么坏人……你要不介意，可以去我家和我妹妹一起玩……”

“大哥您真的太好了，尽管我现在也不知道该去哪里好，不过实在是不好意思给您添太多麻烦……”

“说什么呢，不麻烦，你要是愿意来，我们才高兴呢。你看，我这为了来找你，把自己的农活儿都给忘了。”

“好吧……那我就打搅啦……到您家去借宿一宿？”

“行，走吧。”

“那就先谢谢您啦……”

此时，两个人的目光正好对上了……

“我们走吧，你看，太阳快下山了……”

三郎抬头，发现天都快黑了，那棵高大的朴树上，亮着几颗星星。

03

三郎和少女并肩，慢慢走出了小树林，然后回去收拾了一下自己落下的东西。三郎心想，要是她能一直留下来就好了。

“你刚才跟我说，你想要一直就这样旅游？我看啊，你一个女孩子家在外头太不安全了，不如你就凑合着住我家吧，我尽管就是一个干农活儿的农民，但还是可以养活你的。”

“大哥，您刚刚跟我说的，我在祖宅那边的时候也仔细考虑了，我一个孤儿，无依无靠的，确实不知道该往何处去，能遇到您这么个好心人，真的倒不如留在乡下过一点儿简单舒服的小日子……”

“是啊，我们家没有别人，就只有我和我妹妹，你要是能留下来，我就多了个妹妹，更热闹了。而且你放心，我和我妹妹都会好生照顾你的！”

“我会点儿针线活儿，也懂点儿乐器，或许可以到附近的小学去找一份差事……”

“没关系的，你就踏实住下来，不用出去辛苦工作，我能养活你的。”

俩人就这么聊着，很快就到家了。

“你快进来，没关系。”三郎带着少女走进屋里，她有些害羞地跟在三郎后面。

里头是红土小院子，灯火从纸门里透了出来。

“阿高，我回来了！”三郎兴奋地喊了妹妹一声。

“哥你今天怎么这么晚啊？”纸门后面传来了妹妹的声音，不久后，妹妹露出了圆圆的脸。

“阿高，今儿我们家有客人，我们聊天忘了时间了。”三郎转身对少女说：“这是我妹妹阿高，你快进来啊。”

少女抬头朝屋里看，只见阿高正跪坐在屋里，膝盖上是还没有完成的红色布料。

“阿高，她是从东京来的客人，今天太晚了，让她去外面住不太安全，我就把她带回我们家了，你好好招呼人家啊！”三郎兴奋地向妹妹介绍，然后回头对少女说：“我先进去梳洗梳洗，很快出来，你别客气啊。”

三郎自己走进去，清洗了一遍，回到屋里的时候，发现妹妹和少女正在聊天。

“阿高，我们赶紧开饭吧，客人也饿了，你今儿做了什么好吃的呀？”

妹妹一脸笑意地说：“我正和客人说今天没什么好菜，凑合着吃，哥你快去把这身衣服给换了。”

“行、行。”三郎一边说一边走到无人的角落，把身上的脏衣服换了下来。

等他出来以后，妹妹已经把饭菜都端出来了。

“看看今天有什么好吃的。”

“今天就煮了笋，凑合着吃一点儿，明儿我再好好招待客人。”

“好啊，这位客人可能得一直住我们这儿呢。”

“真的吗？”

“对啊，你可得好好招呼人家，她才愿意留下来呀。”

“哥你是说真的吗？咱们家这么破这么小，她愿意留下来？”

三郎听着妹妹的话，对少女说：“你看吧，我都说我妹妹会喜欢你的，她现在已经舍不得你了……”

少女听了忍不住笑了起来：“你们真的太善良了，怪不好意思的，你们这么好，不如我就留下来吧？”

“对啊，干脆就留下来！我和我妹妹都希望你留下来！”

这时候，阿高从里面出来了。

“哥，要不我们到客厅去吃吧，这里头太脏了。”

三郎看了一圈，确实有些太脏了，“好吧，我们还是到客厅去吃饭吧。”

“没关系的，不用这么麻烦，你们特意这样，我就不好意思留下来住了。”少女佯装有些生气了。

“客人都这么说了，没关系了，我们就在这里吃吧。”

于是，三个人开始吃晚饭。阿高热情地给少女夹菜，尽管有些让人尴尬，但是却温馨而舒服。

“没什么好吃的，不知道合不合你的口味？”三郎有些踌躇地问。

少女一直吃得挺高兴的，三郎也就不再那么客气了。

吃了饭以后，三郎本来想聊聊少女的身世，但是妹妹对这个话题似乎不感兴趣，或许她们之前已经聊过了。

“客人今天一定也累坏了吧，不如今晚就早点儿睡吧。”说了一会儿话，阿高就匆匆结束了话题。

三郎还有些意犹未尽，他本来想再了解一下少女的，但是也觉得妹妹说得对，于是说：“对，你一定累了，今晚我就睡这屋，阿高和客人睡客厅吧。”

阿高点了点头，拉着少女到客厅去：“走吧，我们一起睡客厅。”

少女也点了点头，并且转头朝着三郎笑，一脸温柔的模样，把三郎都给迷倒了。

阿高取下了灯笼，领着少女往客厅走，问哥哥需不需要留一盏灯。

三郎表示不需要，目送着二人走出去。没过多久，外头的灯熄灭了。三郎这才把被褥拿出来，在炉子边上铺床睡觉。

然而，满心都是少女的三郎根本睡不着。他翻来覆去地过了很久，迷迷糊糊地刚要入睡的时候，感觉有人进来了，并且在用力晃动自己。

“快醒醒！哥哥！别睡了！”

三郎睁开眼睛，发现是自己的妹妹。

三郎摸不着头脑，迷迷糊糊地问她：“发生了什么事儿？”

“快起来，我有事儿跟你说。”

“什么事儿？”

“你快起来嘛！”

“这时候了你有什么事儿就直接说嘛，我躺着你就不能说吗？”

“我是要告诉你，外头那个客人叫满津子，她刚刚跟我说，她愿意嫁给你，一直住在我们家。你快起来啊，大好机会你可别错过了！”

三郎一听妹妹的话，立马从睡梦中清醒过来，急急忙忙地穿上衣服，跌跌撞撞地走到客厅去。

04

就在那天夜里，三郎和满津子成了婚。接下来，三郎继续去田里干活儿，满津子和妹妹阿高则留在家里料理家务。满津子会做针线活儿，获得了邻居们的夸奖，大家都愿意出钱请她帮忙做衣服。

很快，就是立夏了。这年夏天雨水特别多，一直持续到了秋天，田地收成不好。眼见着交租的日子一天天近了，但是却没有粮食可以换钱，村民们交不上地租，都叫苦连天的。

今年三郎家得上交三十块钱地租，然而他们根本凑不到这么多钱。虽然非常烦恼，但是三郎也没有把这件事情告诉妻子，只是和妹妹两个人在想办法。他们思来想去，只有把田地抵押出去，才可能有钱交上地租了。

一天早上，三郎借故出去，其实是去一个放贷的富农家借钱。但是三郎想尽了办法，还是没有借到。三郎回家的时候，阿高正在准备早饭，看着哥哥灰头土脸的样子，问他："没有借到是吧？"

"是啊，看来被大伙儿捷足先登了，他们说家里也没有钱外借了……"三郎灰心地坐在地上，无计可施。

"这可怎么办？眼见着就是交租的日子了，不然我去纺织厂干活儿吧。早上我看到小松，她告诉我只要先签下卖身契就可以换到钱了，换三十块了，就能解决问题！"

"唉，实在不行，或许这是唯一的办法，但是哥哥真的舍不得看着你去吃苦啊……"

“这哪里算什么苦啊，家里有嫂嫂，你不用担心啦。”

“不，阿高，让我再想想办法，一定有其他办法的……”

“哥……没有其他办法了。其实去纺织厂也没什么大不了的……你就放心吧……”

“不行不行，纺织厂很累的……”

“哥，不用担心，我迟早得出去见见世面的，况且不是还有小松结伴嘛，我们相互能有个照应，你就放心吧。”

兄妹俩你一句我一句地，谁也不服输。

他们忽然听到了一阵脚步声，一回头，发现满津子已经站在了他们身后。

“阿高你要出去做什么？”满津子听到他们的对话，问阿高。

“啊，嫂子你什么时候站这儿的？都听到了？”

“并没有，就听到你说要出去，是要去做什么？”满津子坐了下来。

“看来也是瞒不住了，阿高说要去纺织厂。”

“为什么？为什么要去纺织厂？”满津子吓了一跳，“纺织厂可是累死人的活儿啊！”

“情况是，我们快要交不上地租了……本来我早上想出去借钱的，但是没借到，阿高就打算去纺织厂签三年卖身契，可以换点儿钱回来……我不愿意让她去的，想要再看看有什么办法……”

“那……地租要交多少钱？”

“三十块……准确来说，是二十八块。”

“我以前听我父亲说，我们家祖宅底下埋了很多金币，就是在那块大石头下面，你还记得吗？我之前坐在上面的那一块，本来我父亲是想去挖的，可最后去世了也没有去成。不然我们去碰碰运气吧。”

“真的吗？”

“是真是假我不确定，但是现在事情已经到这个地步了，我们也没有其他办法了不是，不然我们就等夜里去挖挖看？白天过去怪不好意思的。”

“也行，今晚我就过去看看！”

“如果没有，就当我开了个玩笑吧……”

“嗯，今晚去碰碰运气。”

结婚以来，满津子没有对三郎撒过谎，三郎觉得这下事情有着落了。

到了晚上，三郎带上了锄头，到了朴树大宅。

正好这天天晴，头上有弯弯的月亮，三郎怕被村民们发现，故意绕道走的，小树林里铺满了落叶，三郎的脚步声窸窸窣窣的。

兜了不少远路，三郎才到了朴树大宅，他朝周遭看了一圈，附近没有其他人，于是他就小心翼翼地走进了草丛。

草丛中那棵朴树依然屹立不倒，那块大石头也突兀地立在那里，三郎一眼就认出来了。他回想了一遍白天满津子说的藏金币的位置，然后对准那个地方，开始挖了起来。

没过多久，三郎就挖出了很多石块，三郎停下来，想要用力把大石头推开，不承想只是稍微用力，大石头就滚到边上去了。

这下，三郎铆足了劲头开始往深里挖。

石头下是泥土，三郎很快就挖出一个两尺深的洞。但是再深就不好挖了，因为土质软，里头的土不太好挖出来，而且锄头也不够长，三郎只好先把洞挖宽一点儿，再继续往深里挖。差不多挖了三尺深的时候，锄头就发挥不了作用了，三郎索性把它丢在一边，整个人趴在地上，用手一点一点地挖。这时，他摸到了一个硬物，三郎想用锄头把硬物给弄上来。

那是一个糊满了泥土的陶罐子。

“罐子里头肯定有金币。”

三郎生怕锄头弄坏了陶罐子，于是用手去把泥土拨开，很快，泥土就拨得差不多了。

三郎伸手往上提那个罐子，用尽力气才把它从泥土里弄出来。就着头上的月光，三郎仔细地看了看，那是一个细长细长的罐子，大概有一尺高，非常重，罐身也没有什么花纹了，看起来应该有一些年代了。

三郎小心翼翼地朝四周张望，确定没有其他人后，兴奋地打开了陶罐子的盖子。仅仅一眼，就马上把罐子盖上了。

三郎迅速地把刚刚挖出来的泥土又填回洞里，又使劲把大石头推到原位。心里正想着不知道会不会被他人看出端倪，忽然头上一片乌云，大雨倾盆而下。

三郎抱着罐子，扛起锄头，冒雨回家。

05

村民们都看见三郎不知道从哪里找来了一个美丽的妻子，如今又听说他在改造自家的仓库时居然挖到了一大罐金币。三郎的事儿成了村民们茶余饭后的谈资。

村民们都很羡慕，因为装满了金币的罐子被发现以后，三郎家就盖起了新房子。三郎也听了满津子的话，买了很多地皮，栽种茶树，饲养桑蚕，开始学做生意。三郎家的日子过得风生水起，再也不像过去那样为了一点点地租发愁了。

第二年秋天，阿高和嫂子满津子把家里的事情安排妥当以后，就结伴到田野去散步，散步的地点就是靠近朴树大宅的那片田野。如今，那里的野草都结满了籽，田野上也开满了胡枝子花和女郎花，美丽的紫色桔梗在草丛中随风飘扬。

满津子在原野上到处找好看的桔梗花，想要摘些回去。

阿高正在摘女郎花，忽然大叫："嫂子你快过来，这里的桔梗花好美啊！"

满津子凑过去，果然看到了两朵非常漂亮的桔梗花。满津子走过去，蹲在花儿前面。

今天她头上梳了一个花月髻，在阳光的照耀下，非常好看。

"很抱歉，我可以给你们拍个照吗？"

阿高被突如其来的声音吓了一跳，抬头一看，是一个穿着大学制服，捧着相机的年轻人。阿高忽然有些害羞，拿手挡住了自己的脸，但是年轻人很快咔嚓一声，就拍了照。

"谢谢你们！"年轻人笑着朝她们点头，满津子摘了桔梗花，站起身来，也朝年轻人点头微笑。

"你刚才是在拍照？"满津子笑着问。

"对啊，谢谢你们。"

"你是在附近读大学吗？"

"不，我住在隔壁村子，二位是住在这个村子吗？"

"对啊。"

"可以知道你们叫什么名字吗？"

"不过是乡下妇人，没什么名字的，这是我家姑子。"满津子介绍了一下阿高。

阿高有点儿害羞地低下了头。

"总有名字的吧。"年轻人看着阿高害羞的样子笑了。

"这样吧，你看我手里捧着桔梗，你叫我桔梗吧，我家姑子就叫女郎花，她手里不是正捧着女郎花吗？”

“名字很好听，我就把它写在照片上面了，谢谢你们！”

年轻人笑着告别了她们，最后的眼神落在了阿高的身上。

06

突然有一天，副村长来到三郎家里。三郎有些惊讶，因为副村长从来没有来过他家，这是第一次登门。他三十出头的样子，国字脸，来了以后也不说话，只是自顾自地抽烟，过了一会儿，才开口对三郎说：“我今天，是过来给你妹妹说亲事的，我得先了解一下，阿高还没有找到婆家吧？”

三郎回答：“还没有。”

“那刚好了，我这儿有个合适的人选，你们看看。”

“嗯，我这个做哥哥的也是一直在帮阿高寻觅一门好亲事，不知道副村长您介绍的是哪户人家呢？”

“就是我们隔壁村的山形家，你也应该听说过吧？”

“山形家？就是很富有的那家人？”

“是的，他们家的三公子山形名，马上就要大学毕业了，所以这才托我过来说亲。”

“这个……我妹妹没有念过书，没什么知识，哪里配得上人家呢？”

“不要紧的，是山形名自己的意思，他已经见过你媳妇儿和阿高了。”

“哦？不可能吧，她们居然认识山形公子？”

“是的，我听山形家人说之前你媳妇儿和阿高在采花的时候见过三公子，山形公子那会儿已经倾慕阿高了，还给阿高拍了照片，那张照片他一直随身携带呢。不过估计阿高并不知道他是哪户人家的公子。”

三郎听了，回想起满津子的确是有跟他提过一嘴，不承想她口中的“大学生”竟是山形家的公子啊。

“原来是这样。”三郎明白了。

不过，阿高的终身大事三郎不可能一口答应，于是他先跟副村长说，他会去问明阿高自己的心意。

副村长离开以后，三郎把这件事情告诉了妻子。

他本以为满津子对这门亲事是满意的，不承想她居然说：“这门不当户不对的，不太好吧？”

然而三郎却不以为然，他觉得这个机会来之不易，于是赶紧告诉阿高。

阿高听了，平静地说：“我们不过是乡下人，哪里配得上有钱人家的公子？你问过嫂子了吗？她同意吗？她要是同意的话我就答应了。”

没过两天，副村长又登门了。

“你和阿高提过这门亲事了吗？”

“我是跟她说过了，阿高也没有拒绝，不过心里到底是不踏实的，毕竟对方是富有人家，不论家境还是地位都在我们之上。”

“这都什么年代了，还讲究门当户对呢？你看现在多少高官，不也是娶了歌伎吗？哪里来的说法大学生的妻子就一定也得是大学生？只要他们两个人互相倾慕就可以了。况且，三公子尽管生在富有人家，但不是长子，今后也得靠自己打拼，无法继承产业的。你看，读书人都看上你家小妹了，高兴还来不及呢！”

“这个……”三郎有些犹豫了，毕竟这真的是一桩不错的婚事。

副村长走了以后，三郎又和妻子提了一次，但不知怎的，妻子总是不同意这桩婚事。

“尽管我们阿高确实可人，三公子也是真的钟情于她，但是这阶级门第差太多了，阿高嫁过去是会被他们轻视的，是得吃苦的，我们还是给阿高找一个门当户对的婆家吧。”

三天以后，副村长又来了，因为满津子不同意，三郎还是不敢答应。

“这桩婚事确实很好，但是我们也确实配不上大户人家……”

“我都跟你说了，不要再管门当户对这茬了，你就问问阿高自己的心意，只要阿高愿意，其他都是小事，今儿你就给我个答复吧，我也得去答复人家了。”

“今天恐怕是没办法了，要不过两天吧……”

三郎好说歹说，副村长才答应过两三天再过来。

接着，三郎天天劝说满津子，尽管满津子没那么抗拒了，但始终是不赞成的。

后来，副村长又来说了三回，但是三郎还是没有给出确定的回答。副村长实在没辙，又请了一个说客过来。

他是一个挺了不起的人物，名叫山村，是附近的一个政治人物，之前还当过议员。

那天天气不错，阿高和满津子在家里浆洗衣服。她俩在院子里放了好几块木板，木板上放了上浆的布。

副村长带着山村过来的时候，刚好看到阿高她们在院子里。

于是向山村介绍道：“左边就是阿高姑娘，右边是三郎的媳妇儿。”

山村看了一眼，阿高她们头戴白巾正在院子里说话，满津子听到声音，回头看了看。

那个山村一看到满津子就大喊：“你这个妖怪！居然躲在这里！”

满津子一看到山村，着了魔似的冲进客厅，院子里刮起了一阵狂风，把木板全部都吹翻了，阿高被吓得坐在地上，副村长他们也被大风刮得几乎站不稳脚，互相搀扶着。

“快点儿拿火来，那是妖怪啊！”山村大声喊。

副村长和山村跑到厨房去，大风越刮越猛，看来是想把两个人刮倒了。他们顶着大风到了厨房，看到三郎正坐在里头抽烟，三郎被突如其来的两个人吓了一跳。

山村没有解释，从衣袖里掏出来一张奇怪的字条，丢进了炉火之中。风越来越猛烈了，眼前乌黑一片，让人根本看不清。紧接着是一阵又一阵的巨雷。

忽然，大风停了，屋里恢复了平静。

山村说：“你是从哪儿找来这么厉害的媳妇的？”

“你说满津子？她出什么事了吗？”

“还满津子，那可是妖孽！”

“你说什么？”

“你快说你在哪里遇到她的？”

“这……去年暮春的时候，我在田野里耕地时遇到她的。”

“那天是不是也刮起了黑色的大风？”

“对。”

“那就对了，是她没错了，想不到她躲你这儿来了。去年正月，我在朋友家做客的时候遇到她，结果把她带回家没多久，我就生了一场大病，还好后来遇到了一个大师，大师告诉我她是妖孽，给了我两个符咒用来对付她。那天我烧了一道符，她就跑掉了，刚刚我又烧了一道，估计这会儿她应该灰飞烟灭了吧。”

副村长、山村和三郎到处看了看，发现后门那里有一只黑色的狐狸，身上穿的是满津子的衣服。

它的嘴巴里流淌着血，看来已经死去了。

满津子死了以后，三郎把所有家产都卖了，带着妹妹阿高离开了家乡，云游四海，再也没有回去过。

（田中贡太郎）

果心居士

天正年间，京都北部地区住着一位老人，人们都称呼他为“果心居士”。他仙风道骨，留着一把花白的长胡子，常年法服着身，以展示佛教绘画和传播佛教教义为生。每逢不下雨的日子，他都会到祇园神社的庭园去，在那里的树上悬挂出巨幅的《地狱变相图》，以供众人观看。

这幅佛教名画着实优秀，画功精湛，栩栩如生。果心居士时常向围观的民众解说因果报应的法则。他用随身携带的僧杖指着画面，逐一说出地狱各种酷刑的不同细节，以此劝诫民众向善。每天都有大批民众聚集在树下观看这幅《地狱变相图》，并听取果心的解说，有时候，果心居士面前收集功德钱的草席都会被成堆成堆的功德钱币覆盖。

当时，织田信长统治着京都及附近诸国。信长手下有一位名叫荒川的家臣，他有一次前来视察祇园神社，碰巧见到了这幅《地狱变相图》。事后，他在议事厅里谈到此事，这无意间引起了信长的兴趣。于是，信长派人让果心居士即刻带着那幅名画前来相见。

当《地狱变相图》展现在信长面前时，信长被这幅画作上所描绘的画面惊呆了：画中那些恶魔和死后在阴间受苦的鬼魂似乎真实地在他眼前移动；哭号声从画中传出，在他耳边萦绕；滔天血海也仿佛正从画中汩汩涌出。

信长甚至情不自禁地伸出指头触摸字画，想验证血迹是否真的流出来，但指头并没有血迹，这说明画面是干的。

信长越看越觉得惊奇，于是询问这幅神奇的画到底出自哪位名家之手。果心居士告诉他，此画作者乃是著名画家小栗宗湛。作画之前，小栗宗湛闭关苦修、斋戒了一百日，并向清水寺观音菩萨虔诚祷告、祈求灵感，最终才精心绘制成此画。

荒川在旁察言观色，发现主公信长很想拥有这幅画，便旁敲侧击地询问果心居士是否愿意将这幅《地狱变相图》当作礼物进献给织田信长。

但果心居士毫不犹豫地拒绝了，他斩钉截铁地说道：

“此画乃我拥有的唯一值钱的东西，日后我还要靠展示此画来谋生。假如我现在将其进献给信长大人，那我就失去了谋生的工具。如果信长大人真的想拥有它，请赐给我黄金百两。有了这笔钱作为本钱，我下半生也就衣食无忧了。否则，我绝不会献出此画。”

信长对他的回答十分不满，但他碍于身份，一直保持缄默。荒川见状，在主公耳边说了些话，信长点头表示同意。

随后，他们赏了几个小钱，就把果心居士打发走了。

不过，当果心居士离开主城的时候，荒川就开始秘密尾随他，他要不择手段地弄到这幅画。很快，机会就出现了——果心居士抄近路，选择了一条直通城外山岗的偏僻小路前行，当他走到山脚某一无人处时，荒川现身，一把揪住他道：

“天堂有路你不走，地狱无门闯进来！你早早把画献给大人不就完了，为何如此贪婪，竟敢要黄金百两？现在，我就用一把三尺利剑代替黄金百两！”

说完，荒川拔剑杀死了这位老人，抢走了《地狱变相图》。

第二天，荒川将《地狱变相图》进呈织田信长。这幅画的画轴并没有被任何人打开，还是与果心居士离开时一般无二，信长立即命人将它展开并悬挂起来。

然而，画被展开后，众人都傻了眼——画上空空如也，就是一张白纸。

荒川根本无法解释原画为何会变成这样。这样不管有意或是无意，他都犯了欺骗主公之罪，因此被判监禁之刑。

荒川出狱后，无意间听到果心居士正在北野神社的庭园展示《地狱变相图》的消息，他几乎不相信自己的耳朵：自己明明在山道中杀害了这个老人啊！但这个消息又给了他一丝希望——如果能够再度得到《地狱变相图》，并把它献给主公，或许主公能够原谅他之前的过失。于是他匆匆召集了一批手下，迅速向北野神社赶去。

等他赶到时，果心居士已经离开。

几天之后，荒川又得到消息，果心居士正在京水寺里展示那幅画，向观画者们讲解佛教教义。

荒川连忙赶往京水寺，可惜又来迟一步，果心居士再度神秘消失。

踏破铁鞋无觅处，得来全不费功夫。某日，荒川在一家酒馆里跟果心居士不期而遇。他立马上前抓住果心居士。

果心居士对他笑了笑，说道：

“阁下放心，这次我不会消失了，但请允许我再喝一会儿酒。”

荒川想了想，没有反对，于是果心居士在店里开怀畅饮，前前后后一共喝了十二碗酒，旁观者连声喝彩。第十二碗酒下肚后，果心居士表示可以走了，荒川便命人用绳子将他捆得结结实实，然后带回主公的都城。

公堂之上，果心居士被信长的主审官严厉斥责。最后主审官对他说：

“你一直在用某些见不得人的妖术迷惑人们，为此，你必须受到严惩！不过，倘若你肯无条件地把那幅画献给信长大人，本堂可以考虑宽恕你的罪过。否则，我们一定会对你大刑伺候！”

面对如此威胁，果心居士神秘地笑着，大声道：“我并没有犯下任何罪行。”

随后，他转身面向荒川，斥责道：

“你才是一个骗子！你想以这幅画来邀功，所以暗算我，再把画献给主公，因而借机杀死我偷走了那幅画。你偷走那幅画后，对那画起了觊觎之心，想据为己有，不愿把它献给信长大人，于是你便假造了一幅空白的画呈给大人，偷藏起《地狱变相图》的真迹。然后你以为死无对证，又造谣说我用空白的画取代了真画。现在我所展示的画，只是一个精致的赝品。你的所作所为，才是真正的罪大恶极！可能是上天垂怜，我没有死在你的刀下。倘若你得偿所愿，你又怎样为自己的行为辩解呢？那真画在哪里，我绝对不知道，你心里才最清楚。”

听到这番话，荒川惊怒交加，朝果心居士猛扑过去，若不是警卫阻拦的话，他可能已经杀死了果心居士。他怒不可遏的神情，反倒使主审官怀疑他要杀人灭口，便下令将果心居士暂时押下去，然后开始严审荒川。

局面演变至此，大出荒川意料。情绪激动的他结结巴巴地为自己辩护，好多地方自相矛盾，无意中还泄露了企图谋杀果心居士的往事。主审官下令对荒川用刑，直到他肯吐出真相为止。荒川被打得皮开肉绽，昏死过去。

有人将荒川所吃的苦头告诉了监狱里的果心居士。果心居士听罢哈哈大笑，随后主动对狱卒说道：

“荒川那家伙卑鄙无耻，所以我故意让他吃点儿苦头。现在，请你去告诉主审官，荒川的确不知情。我要见你们主公，将整件事情解释清楚。”

果心居士再次被带到织田信长面前，他侃侃谈道：

“一幅真正杰出的画作，必定蕴含着灵魂。这样的画多数有其自身的意志，它可能会拒绝与作者或者主人分开，历史上有很多例子可以证明这一点。众所周知，有着‘法眼’之称的狩野元信曾在一处屏风上画了一只麻雀，结果麻雀竟然飞走了，画面变得一片空白。同样，他的另一幅画作中的一匹马，半夜竟然跑出来吃草，这故事也非常有名。话说回来，上次荒川抢回来的那幅画其实是真迹。我认为，主公应该是没能成为《地狱变相图》认可的主人，所以画轴展开时，纸上的画自动消失了。但是，倘若您能给我最初要求的那个价格——百两黄金，我相信，这幅画会心甘情愿地出现在空白纸上。到底是真是假，我们试试又何妨？反正也不会有什么损失。如果画作没有重现的话，我立即退还黄金。”

听完这奇妙的理论后，信长兴趣剧增，马上下令给予果心居士百两黄金，然后等着看结果。

画轴再一次在信长面前展开了。在众人惊讶的目光中，画作果然再度显现，而且一笔不差，只是画上的颜色稍微褪了一点儿，而且画中鬼魂与恶魔的形貌看起来也不如之前那么生动。

察觉到这细微的变化后，信长便叫果心居士解释原因。果心居士答道：

“您最初见到此画时，它是无价的。而现在所见的画作，应该就值您所付的百金之价。除此之外，应该没有别的解释了。”

听到这回答，所有在场的人都觉得这位老居士很难应付。于是，信长释放了果心居士。荒川这时也被释放了，他所受的惩罚已远超其罪行。

荒川有一个弟弟叫武一，也是织田信长的家臣。目睹哥哥荒川被惩罚，武一心中愤愤不平，于是下决心杀死果心居士。

果心居士被释放后在一间小酒馆里饮酒，武一追踪而至，杀死了果心居士，并割下了他的头颅。随后，武一又抢走了信长买画的百两黄金，并将人头与黄金分别用布包裹起来，赶回家拿给兄长荒川看。

但当他回家后，打开包袱却发现里面的人头已变成空酒葫芦，黄金则变成一堆粪便。他们大惑不解，派人去酒馆里寻找无头尸身，居然也一无所获。没有人知道尸体是什么时候、如何消失的。

过了一个月后，又传来了果心居士的消息。当时，侍卫们发现一个喝醉酒的老人在信长的殿廊前熟睡，鼾声如雷，一位家臣认出这个醉汉是果心居士。果心居士因此狂悖行为而被关入了监狱，但他依然没有从宿醉中清醒过来，在牢里继续酣睡了十天，打鼾声传得老远。

就在此时，一代枭雄织田信长死于部将明智光秀的突然叛乱中，明智光秀篡夺了京都的统治权，但是其统治仅仅维持了十二天。

明智光秀成为京都之主后，听闻果心居士的异事，便下令将他带到跟前。果心居士来后，光秀亲切地同他谈话，把他奉为上宾，设宴招待。

酒足饭饱后，明智光秀问道："我听闻您酒量豪爽，不知一次能喝下多少酒呢?"

果心居士答道："具体能喝多少，我也不知道。当醉意上涌时，我就停杯不饮。"

明智光秀于是命人在果心居士面前放置一个大酒杯，告诉手下，只要果心居士还能饮，就尽管为他倒酒。果心居士接连喝了十大杯酒，仍示意下人们倒酒，佣仆却发现酒壶里的酒已经被喝光了。众人大感震惊。

光秀问道："先生可曾尽兴?"

"哦，差不多了。"果心居士答道，"大人的美意我十分感激。为了报答您的款待之情，我为大家表演一手幻术，请仔细看这扇屏风。"

他走向一扇画着近江八景的八折屏风，在场之人全部盯着那扇屏风。

屏风正中绘着一名正在琵琶湖远处划船的船夫，这艘船占了不到一寸长的屏风空间。只听果心居士念念有词，朝着船的方向一招手。只见原本处于远景的船，竟慢慢地向着前景部分移动。随着船的距离越来越近，船身竟也不断扩大。不一会儿，那船夫的面貌已清晰可辨。

最终，船几乎已到了众人的眼前。突然间，湖水从屏风中汹涌而出，满屋都是水。当积水没膝时，在场的人纷纷卷起他们的裤脚。正在此时，这艘船由屏风里划出，成为一艘真正的渔船，人们甚至听得到划桨的声音。此时，屋里湖水继续上涨，竟然淹到了人们的腰部。

那渔船缓缓划近果心居士，居士上船后，船夫掉转方向，划向屏风。随着船只远去，屋里的水面也快速下降，水纷纷涌回屏风内。船进入屏风之后，屋子立刻就干了！但画上的船仍然不停地向远方划去，越来越远，越来越小，最终变成了一个点，消失在画中的水天之间。

果心居士也随之消失，此后，日本再无人见过他。

（小泉八云）

穿墙姬

在馆林城，有一个无人不晓的女贼，甚至都已经成了城里的热议人物。据说她是个妖妇，长得非常妖媚。有一天，她忽然出现在城内，被人追赶的时候居然可以穿墙，一瞬间就消失了踪影。自从那件事以后，她就被人们称作“穿墙姬”。

“昨天晚上，我们家后院的狗一直叫个不停，我就起床去看，发现一个黑影掠过，不知道是不是穿墙姬。”

“有一晚，某家老爷在街上走着，然后和一名女子擦肩而过，好像就是穿墙姬。”

“前天晚上，某户人家在院里看到穿墙姬了，主人家举起大刀想要砍她，她转瞬就不见了。很可能，是穿墙了呢。”

“我也听说昨天晚上穿墙姬又盗窃了，偷了五十两银子呢！”

“穿墙姬到某户人家家里去偷衣服，那家女主人不饶她，想要用刀砍杀，结果亲眼看见她穿墙不见的。”

“今天早上，有人路过一家寺庙，看到一个长得很像穿墙姬的美女，刚想上前去逮她，结果看着她穿过了寺庙的墙壁，无影无踪。”

“昨天中午，我还亲眼看到她假装成路人的模样，走在大街上呢。”

“穿墙姬好像还有很多手下呢！”

“她那些手下好像也有精通穿墙术的。”

“我曾经看到她身边有个青年男子，不知道是不是她的丈夫。”

“前天傍晚的时候，我看到一户人家前面走过一个美女，感觉就是穿墙姬，我想要仔细观察一番的时候，她居然回头冲我笑……”

大街小巷流传着各种穿墙姬的传闻，大家都被吓得心惊胆战。

那年秋天，某町一个有钱人家办了宴席，请了很多亲朋好友和街坊去参加。男人们都前往赴宴了，家里就剩下妻子和孩子，他们留守在家里很害怕，生怕这时候穿墙姬会到家里来。

“老爷不在家，你们可要好好守着！”武士家的夫人对家里的下人们说。

“阿松，后院的木门要紧锁！据说那穿墙姬最喜欢挑男主人没在家的时候下手！”商人家的夫人叮嘱下人说。

“如果今晚那穿墙姬敢来，我就一棍子打死她！”在厨房角落里的男仆喝得醉醺醺的，吹着牛皮。

月光清冷地洒在各户人家的院子里，微风轻拂，吹落了树上的叶子。

“是什么声音？”女孩竖起耳朵听。

“哪儿来的声音？”她的母亲假装镇定地说。

“但是我确实听到沙沙响！”女孩子非常担忧。

“不过就是风声。”妈妈安慰说，这样的对话在很多人家都能听到。

差不多九点的时候，一个女人惨叫了起来。

“来人啊！穿墙姬来了！快来人！”

女子惨叫了好几声。

大家所害怕的事情到底还是发生了！外面的开门声接二连三地响了起来，不少人举起大刀就往外冲，这些人里头，除了有身为一家之主的人，还有人家门下的年轻武士。反正，听到了惨叫声的人，统统都往外面冲了。

叫声来自步卒家，十多个人闻声冲了过去。但是那户人家看起来不像是有贼人光顾的模样，身材娇小的女主人在大门口和街坊们一五一十地交代着事情的发展。

“不是我们家！是我听到后门有人在惨叫，本来以为是邻居家夫人，但是我过去也没看到任何人，真是奇了怪了。”

大伙儿聚集在门口，也是觉得很奇怪。

“太奇怪了。”

“到底是谁在惨叫？”

“是不是路人？”

“一个人影都没看到，太不可思议了！”

月下飞过几只大雁，人们听到了几声雁叫后，抬头看了月色，暂时把这事给抛诸脑后了。

“穿墙姬来了！穿墙姬来了！”

远处又有女人的声音传来。

大伙儿马上停止了讨论，侧耳倾听。

“穿墙姬！穿墙姬！”

大家立刻朝声音的来源地冲过去，是来自一户门口有小沟的人家，小沟上放着一块木板，嘎吱嘎吱作响……

惨叫声来自西面，那户人家的男主人是在江户工作的，站在玄关门口的是男主人的父亲。

“真是活见鬼了，我明明在院子门口听到妇人在惨叫，出来连个人影都没有……”

烛光映照着老人家头上的白发。

“活见鬼……活见鬼……”他嘴里不停叨叨。

很多参加宴会的人们也都听到了惨叫的声音，闻声赶了过来。

“是不是有人故意要我们的呀?”

“也不是没有可能，这段时间关于穿墙姬的传言很多，恐怕是有人故意在恶作剧。”

“不过确实是一个女子的惨叫声啊!”

“是的。”

这个时候，大伙儿又一次听到了诡异的惨叫声，所有人都闭口不言。

“穿墙姬！穿墙姬!”

声音来自这户人家的屋后，大伙儿跑过去一看，是一块长着几棵光秃秃的桐树的旱地。旱地那头有一个民宅，估计就是那个民宅传来的声音。

五十多个围观的人借着月光朝那个方向走去。

一名年轻妇人走了出来，腰间别着一把长刀。

“怎么回事?”一名认识年轻妇人的男子过去询问。

妇人站好后，认出了这名男子。

“原来是山上大人啊，我刚才在书院前面的院子里听到女人在惨叫，所以才出来看一眼。”

话音刚落，惨叫声再一次响起。

武士藤枝已经因为惨叫声跑了好几个地方，但是都没有发现什么异常，只好回家去了。今晚的事情实在滑稽，但是他却因为感觉被戏弄了而非常生气。和他一起寻找穿墙姬的伙伴们最后还留在那户人家门前讨论，只有他，怒气冲冲地回家去。

锁好大门，关好玄关那边的纸门后，藤枝把身上的装备摘了下来，走到里屋去。

不曾料到，屋里居然有个美女盘腿而坐，而且还把装满了食物的橱柜拉到自己身边，正在大快朵颐。

藤枝被吓得面如土色。

“来者何人?”

女子放下手里的东西，看了看藤枝。

“竟然擅闯民宅，而且还偷我们家的东西吃，你好大胆子!”

只见那女子赶紧坐好了说：“饶命啊大人！小女子因为某些缘故离开了家，身上又没有钱投宿，本来是想过来讨些食物，但是家里一个人都没有，小女子当然明白不应该偷取食物吃，但是小女子实在饿得走不动了，这才出此下策！大人一定要饶恕小女子啊!”

那个女子看上去非常真诚，解释起来也说得过去。藤枝本来想着责骂她两句也就放过她的，谁知道她忽然朝身后的橱柜溜了过去，不过一眨眼的工夫，好像一缕青烟，穿过橱柜不见了。

“穿墙姬！穿墙姬!”

藤枝马上把刀抽了出来，朝着橱柜使劲地砍，但是并没有砍到任何人。他顿时像疯了一样，四面八方一顿乱砍。

“穿墙姬!”

忽然，厨房有光亮，藤枝过去一看，发现是刚才进来的时候已经锁好的后门被打开了，月光透了进来。

穿墙姬通过后门逃跑了!

藤枝随后追了出去，看到隐隐约约的人影穿过后院的木门，消失了。

“穿墙姬跑了，跑了!”

藤枝大声喊道。

众人听到喊声赶了过来，跟他一起追到了立根川那边。但是到了河边，并没有任何女子的身影，只好作罢。

云雾像一层薄薄的面纱遮挡着月亮。

两个赶路的人从远处走了过来。大家都朝着他们看，是两个男人，一个年纪比较大，个头也比较高，另一个则相反，两个人都挑着行李。

“你们！”围观的人群中走出来一个人问他们，“二人是否有看到一个奇怪的女人？”

“奇怪的女人？”年纪稍大的那个男人转过头去问另一个，“说的是刚才那个？”

另一个男人回答说：“估计是了，刚才钻进芦苇丛的那个！”

年纪大的那个男人又说：“刚刚是有个女人，钻到码头边的芦苇丛中去了。”

“长什么模样？”

“肤色很白。”

“是的！是我们要找的那个人！赶紧带我们过去吧！”

赶路的两个人尽管有些不太乐意，但也拗不过他们，只好给大伙儿引路了。

那个奇怪的女人，正坐在芦苇垫子上，数着手上的钱。她一边数，一边捋一捋额头上的碎发，焦躁不安的模样。手指会发光，远远地看着，就像是蛇身上的鳞片一般。

大伙儿跟着他们到了附近。女子听到声响，透过芦苇的缝隙朝外头一看，发现众多人影朝她袭来，她赶紧站起身来，当然也不忘带走身边装着钱财的包袱。

“穿墙姬在那里！快点儿抓住她！”

“非杀了她不可！”

大家都把刀拔了出来，刀光在芦苇丛中闪现。女子撒腿要跑的时候，已经有五六个人紧跟在她身后。此时，她伸手往包袱里一掏，然后回头一扬手，就有哗啦哗啦一大堆金银珠宝掉了出来，砸在后面人群的头上。

大家惊呆了。接着，女子继续掏出很多钱财，大量的钱财散落到芦苇丛中去。

人们不由得停下了脚步，于是女子趁机躲了起来。大家忽然又醒悟了过来，赶紧到处搜寻。

“穿墙姬已经死了！被我杀了！”

这个时候，远处又传来一阵叫声，大伙儿循声过去，看到这个刚刚还和大家在一起的年轻男子手握着刀，刀尖上有血迹，而旁边是死去的穿墙姬。

“无论她想怎么藏匿，我就盯着她的脚看。想不到，她居然丧命在我刀下了。”男子对大家说。

大伙儿你看看我，我看看你，都感慨不已。

（田中贡太郎）

雪　女

武藏国的某个村庄里住着两个樵夫，他们叫茂作和巳之吉。茂作已垂垂老矣，而他的徒弟巳之吉则是个年仅十八岁的英俊青年。他们每天都结伴去离村子二里远的森林中砍树。

去森林的途中有一条宽广的大河，奇怪的是，这条大河上只有一个渡口可坐船。虽然人们曾多次尝试在渡口附近搭架木桥，但每次一搭桥，河水便会泛滥，冲毁搭好的木桥。因此，这条河上一直都没有桥。

故事发生在一个异常寒冷的傍晚。那天，茂作与巳之吉在归途中遭遇了猛烈的暴风雪袭击。他们顶风冒雪，历经艰险来到渡口，却发现船夫已将小船拉上了岸，人也离开河边，不知跑到哪里逍遥快活去了。幸好渡口旁有一间船夫搭建的临时小屋，两人急忙躲进去避雪。事实上，在如此恶劣的天气下，能找到一处挡风避雪的地方，已足够幸运。

小屋里没有准备火盆，因此无法生火取暖。除了两张榻榻米和一个门之外，这个房间连窗户也没有。茂作与巳之吉把门紧紧闩住后，便披上蓑衣，躺到榻榻米上睡觉。

起初，两人并不觉得有多冷，心想，暴风雪持续不了多长时间，也许很快就会过去。年迈的茂作精力不如年轻人，躺下不一会儿就进入了梦乡。巳之吉却翻来覆去，怎样都睡不着。他倾听着屋外狂风暴雪不断拍打门板的声音，心情异常沉闷。

外面风速不断加强，小屋就像出没风波里的一叶孤舟，发出“吱吱嘎嘎”的声响，仿佛随时都会倒塌。真是一场可怕的暴风雪啊！仿佛连空气都被冻住了。巳之吉的身体在蓑衣下颤抖着，寒气刺骨，到了午夜，方才在昏昏沉沉中睡去。

迷迷糊糊间，睡梦中的巳之吉觉得有雪花扑脸，猛地睁开了眼睛。不知什么时候，屋门竟已无声无息地敞开了。

借着微弱的月光，他看见一位浑身沾满雪花的美貌女子正站在小屋里。那女子一身素白，正弯腰对着熟睡的茂作吹气，她吐出的气息，宛若一缕白色明亮的轻烟，在屋里袅袅散去。

随后，她转过身，走到巳之吉身边，俯下身子，直勾勾地盯着巳之吉。巳之吉心中异常惊惶，想大喊却发不出半点儿声音。白衣女子弯下身子，脸庞与巳之吉越来越近，几乎相触。

巳之吉终于看清了那女子的真容。她气质高洁，美若天仙，同时有种说不出的娇艳动人——尽管她冰冷的眼神令人心生寒意。

女子凝视着巳之吉，仿佛在思索着什么。片刻后，她慢慢地笑了，小声说：

“我本打算像对付其他男子那样除掉你，但不知为何，我突然对你动了恻隐之心，可能是因为你如此的年轻和英俊吧！巳之吉，我今天不会伤害你，但你绝不能将今晚见到我的事告诉其他人，包括你的亲生母亲。如果你敢说出来，无论何时何地，我都会第一时间知晓。到那个时候，就算追到天涯海角，我也会杀掉你。请记住我说的话！”

说完后，白衣女子转身而去。过了好一会儿，巳之吉发觉自己的身子终于可以动弹了。他赶忙爬起来，打开门向外望去，却发现天地一片茫茫，哪里还有白衣女子的踪影？

打开门的那一刻，狂风夹着飞雪刮进屋来，巳之吉急忙关上门，又在四周寻到几块粗大的木柴，将门牢牢顶住。

他冷静下来之后，细细一琢磨，越发觉得不可思议，自己明明睡前已经把门闩死了，这房间没有窗户，女子是怎样进来的呢？难道是狂风吹开了大门？又或许，这仅仅是个梦，自己错把门口积雪的白光看成了白衣女子？

到底是真是假，巳之吉已经无法确定。他伸手摇了摇茂作，想把师父叫醒，请教一番，不料老人家却气息全无。巳之吉大惊，连忙伸手去摸师父的脸颊，不料，师父的脸竟像冰块般僵硬——原来，茂作已死去多时了。

天亮后，暴风雪终于停了，船夫也回到了渡口摆渡。一到渡口，他发现巳之吉坐在茂作僵硬的尸体旁，神情呆滞，面色哀伤。

过了很久，巳之吉才强打起精神，抱起师父的尸体，搭乘小船，回到了村里。这个雪夜里所发生的恐怖故事，就此扎根于他的脑海，挥之不去。他对师父离奇死亡的原因惊惧不已，但又无法确定这是不是那梦一般的白衣女子所为。

以后的日子里，巳之吉只能独自往返于森林，继续干着砍柴的老本行。他早上到森林中伐木，傍晚时分带着成捆的薪柴回来，然后交由母亲拿到集市上卖。

转眼就到了第二年的冬季。这天的黄昏，巳之吉背着木柴走在回村的道上，突然，一位少女从后面追了上来。她身材高挑苗条，容颜清秀美丽。

巳之吉忍不住打了声招呼，少女也温柔地应了一声。这一声回应，宛若黄鹂啼叫，巳之吉不由得怦然心动。

两人并肩而行，谈天说地。少女说她名叫雪子，双亲最近亡故，她打算到江户投奔一位亲戚。巳之吉对雪子颇为心动，小心翼翼地问道："不知你是否已经许了人家？"

雪子看起来对巳之吉印象颇佳，她含情脉脉地告诉他，自己尚未婚配。接着，她羞答答地回问巳之吉是否已婚，有没有心仪之女。

巳之吉回答说："我与老母相依为命，还未考虑娶妻之事。"

说完这些话后，两人竟双双沉默不语，肩并肩缓步同行。他们四目相对，眉目中尽是浓情蜜意。回到村里时，两人早已被情丝紧紧相连，彼此觉得难舍难分。巳之吉于是邀请雪子去家里坐坐，雪子犹豫了一会儿，便娇羞地答应了，跟着巳之吉回到家中。

巳之吉的母亲对雪子的到来极其欢迎，煮了可口的饭菜款待她。席间，雪子举止得体，温柔大方，深得老母亲的欢心。这位老母亲极力劝说，让她打消去江户的念头，不如留在这里。

雪子顺水推舟，住了下来。她与巳之吉的婚姻也便水到渠成了。

婚后的雪子非常贤惠，将里里外外都打理得井井有条，小两口感情很好，如胶似漆。后来，巳之吉的母亲去世了，在临死前依然对雪子赞不绝口。雪子陆续为巳之吉生下了十个孩子。无论男孩还是女孩，个个都肤色雪白、面容俊美。

尤为惊奇的是，生过十个小孩儿后，雪子的容颜依然美艳无双，跟少女时代一般无二。村里许多女子都衰老甚至去世了，雪子却和刚到村里时一样年轻，村民们都感到不可思议。

某天晚上，孩子们都睡下了，雪子在灯下缝补衣服。

巳之吉盯着雪子，突然想起了什么，说："雪子，我今天突然觉得你的模样……有点儿似曾相识。”

雪子嗔道：“你我都做了十多年夫妻了，为何说似曾相识？”

巳之吉摇摇头道：“这件怪事，就发生在没遇到你的时候，大约十八年前。那天晚上，我见过一位身穿白衣的美貌女子。今天看你灯下的侧脸，我突然感觉，你们俩实在是长得太像了。”

雪子低下头，道：“这么巧？你能告诉我关于那个女子的详细情况吗？你在哪里遇见她的？”

于是，巳之吉就把那个雪夜里发生在渡口小屋的骇人之事——包括白衣女子与自己的近距离接触、她的警告以及师父离奇死亡等事情一股脑儿地告诉了雪子。最后，他说：“从那以后，我再也没见过那么漂亮的女子。现在想来，她定然不是人类。我非常惧怕她，特别是她那浑身的雪白，我一想起就惴惴不安。可是，那或许也只是一场噩梦罢了。”

雪子突然丢下针线，猛地站起身，弯下腰，悲伤地靠近丈夫的脸，用幽怨的语气说道：

“其实，我就是那个白衣女子啊！当年我曾郑重地警告过你，若对任何人吐露半句我的事情，我一定会杀了你。现在，你已违背了誓言，本应付出生命的代价，但看在咱们孩子们的面子上，我就饶你一命吧！从今以后，你一定要好好照顾我们的孩子，如果孩子们受了委屈，我立刻来取你的性命！”

说完，雪子厉声尖叫，化身为一个浑身雪白的冷艳女子——十八年前那个雪夜巳之吉见过的雪女。

后来，雪女的身子逐渐透明融化，伴随着宛如哀怨哭泣的狂风，飘上屋顶而去。从此，再也没人见过她。

（小泉八云）

院中怪事

月光下，光长坐在回廊中，一边喝酒一边看着天空中闪烁的繁星。

尽管已经入秋了，但是白天依然很闷热，让人感到困乏，傍晚就会凉快不少，就这么在回廊里头喝酒，非常惬意。

这个晚上似乎有些昏暗，院子里安安静静的。光长的院子杂草丛生，而且结满了草籽，星光洒落在杂草上，这番景象也是挺美的。

突然间，传来了一阵脚步声。光长循声看了看，借着微弱的烛光，他看到是端着酒壶过来的女仆。

光长发现自己的酒已经快喝完了，就和女仆说：“你放这儿吧。”

女仆安安静静地把酒放下，低着头回去了。光长给自己倒了一杯酒，没有喝，只是盯着那杯酒发呆。

此时，院子里响起了一阵虫子的鸣叫，光长听着，举起了手中的酒杯。这酒有些特别啊，只是轻轻小酌了一口，就让人想要再痛饮一番。他放下酒杯后，脑海里出现了无限的联想，顿感空虚寂寥，忽然间觉得人生百无聊赖，难过了起来。

然而，光长的人生并不是毫无意义的，相反很多人羡慕都来不及。他在兵卫府负责保护天皇，那是相当令人尊重的职业，而且家里也没有什么需要他操心的事。

哪儿来的想法呢？光长摇了摇头，或许是因为天气太热，让人昏了头吧？不过，这会儿他确实浑身无力，于是就躺在了回廊上，一只手撑着脑袋，看着庭院发愣。

秋风吹拂着脸庞，院子宁静令人惬意。光长叹了一口气，感觉把一身的污浊给排空了。不久以后，草丛里传来一阵声响，本来昏暗的院落好像忽然亮了起来。

光长心想，大概是什么小动物跑进院子里了，仔细一看，草丛里爬出来一个瘦弱的男孩，正朝着光长的方向过来。

“有盗贼！”光长惊叹了一声，不过他一直以来胆子很大，也有极强的好奇心，于是他决定先看清楚情况，况且居然是一个孩子，这么小就做贼，必须得好好教训一番！

这么想着，草丛又发出了声响，那个瘦小的男孩往后一看。

光长也察觉到了，心想：“难不成这个孩子只是在那儿望风的？后面还有大人？”

光长往声音的来源方向一看，又是一个男孩，是一个特别胖的男孩。

胖男孩举着双手去追瘦的男孩，然而瘦的男孩却轻易就把他推了出去。

光长的目光被他俩吸引住了，在一旁看他们玩相扑。他们时而贴身扭打，时而又拉开距离观察对方，非常好玩。

这下子，光长已经忘记要捉贼的事了，不过他不明白，草丛里怎么会有两个孩子钻了出来？从哪儿来的呢？这个院子建在海的高地上，是有武士守在院子里的，怎么可能会让孩子轻易爬进来。况且，哪有孩子大半夜地跑到院里玩相扑的？肯定有什么异样！

光长思索了一番后，心里一紧：难道他们不是人？

此时，两个孩子在草丛里玩得正兴奋，不分上下。

“你们到底是什么人？”光长大喊了一声。

两个孩子听到声音后，停下了举动，钻进草丛里不见了。

“来人啊！”光长大声喊。

家里的武士听到声音，手里握着刀赶了过来。

“不知道哪里来的，草丛中出现了两个孩子，躲起来了，把他们找出来！”

武士听令，在草丛中仔细寻找。

光长坐了下来。过了一段时间，武士搜遍了整个院子，报告光长说：“没有在草丛里发现任何可疑人物！”

光长这下更加确定了，那两个孩子果然不是人。

“行吧，你下去吧。”

第二天晚上，光长依旧在回廊里一个人喝酒，脑海中回想起那两个玩相扑的孩子，心里想着不知道今晚能不能遇到他们，一定要确定他们到底是什么人。不过他等了很久，却没有等到他们。光长有些烦躁了，直接躺在回廊上，酒也不喝了，只是看着草丛发呆。

慢慢地，光长困意袭来。

就在他快要入睡的时候，忽然听到一阵奇怪的响声，光长立马睁开了双眼，果然是那一胖一瘦两个孩子，又在草丛上面玩相扑。光长看到他们，小心翼翼地站了起来，回到屋里把墙上的弓箭拿了过去，又准备好一根箭羽，再一次小心翼翼地回到院子中，瞄准那两个孩子，趁他们扭打成一团的时候射出去一箭，刚好穿过了两个人的身体。

忽然之间，两个孩子又消失了。光长一边准备射出第二根箭羽，一边大声喊："有刺客！快来人！"

武士听到光长的喊声又跑了过来。

"刚才有两个刺客，我已经用箭射伤他们了，你们快点把院子仔细搜寻一遍！"光长举着弓箭说。

武士们再一次把整个院子仔细搜了一遍，依然没有找到什么刺客，不过找到了光长刚刚射出去的箭羽。

第二天一早，光长还是想着昨晚发生的事，于是又到院子里搜寻一遍。

他发现在两个孩子玩耍的地方，有两只已经死去的小虫子，一只是跳蚤，而另一只则是蚂蚁。

（田中贡太郎）

死里逃生

过去，陆奥国住着一对有钱有权的兄弟。兄长稍胜一筹，担任国介，每天忙于各种政事，很少回家住，一般都是住在府衙里。

而国介的府邸和府衙的距离很近，人们称呼他为“大夫介”。尽管他政途亨通，非常顺遂，但是四十多岁了依然没有孩子，心中还是不免有些难过。更让他心酸的是，倘若以后百年归老了，家产还没有人继承。但是，人到中年了，他觉得没有孩子应该也是命中注定的事。

然而，让他意想不到的是，和他一样已经年龄四十有余的妻子居然怀孕了，大夫介开心坏了。

过了十个月以后，妻子给他生了一个非常可爱的大胖小子，夫妻老来得子，都非常宝贝，恨不得每时每刻都守着这个孩子。

然而，就当所有事情都看起来非常美满的时候，大夫介的妻子忽然急病猝死。大夫介非常难过，但是人已经没了，再难过也没有办法。

自打那儿以后，大夫介就一个人抚养孩子，并且下定了决心：在孩子成年以前不再续弦，因为他不希望自己的孩子在继母那里受委屈。他的弟弟也没有孩子，所以也非常疼爱兄长的这个孩子，甚至对哥哥说："他也是我的孩子，以后等我老了也是得依靠他的。"大夫介点了点头，很欣慰地说："当然了，自从你嫂子去世以后，我只能独立抚养这个孩子，然而我府衙的公务很多，既然弟弟这么说了，就拜托你抽时间帮我多照看他了。"

弟弟欣然答应了。从那开始，就由叔父帮忙照看孩子。

岁月如梭，一眨眼的工夫孩子已经十一二岁了，不仅生得比同龄的孩子高大俊美，读书也非常有天赋，文章写得特别好，深得大家的喜爱。

在陆奥国，有一名寡妇，她的亡夫也是一名官员。听说大夫介的妻子去世了，就想方设法要嫁给他。但是大夫介一心只想着自己的事业和孩子，根本没有考虑续弦，而且担心这个女人照顾不好他的儿子，所以就拒绝她了。但是她依然百折不挠，还主动搬到了大夫介家里去住，跟他说："我不是一个贪慕虚荣的女人，况且我只有一个女儿，完全可以照顾好您的孩子，这样到我老了就不会无依无靠了。"

从此，她揽下了照顾孩子和操持家务的任务。但是，大夫介依然没有完全放心，很长一段时间没有理她。但是，时间一长，他发现这个女人能够一心一意地对自己和孩子好，也是难得，慢慢地，二人就成为夫妻了。

成婚以后，女人对公子视如己出，无微不至。大夫介非常感动，觉得续弦能够做到这份儿上，真的很不容易，而且他还为自己之前的冷漠感到抱歉。因为女人带来了一个十多岁的女儿，所以他也对这个女孩宠爱有加。

过了两年，女人掌握了家里的财权，对那些财产动了私心。她心想，毕竟自己只是继母，要是大夫介死了，自己该怎么办呢？如果大夫介没有这个儿子的话，一切就好解决了。于是，她开始想要除掉这个公子。

她苦思冥想了一段时间，没有办法，这时候府里来了一名新的家将。

女人一看这个人，就知道他并非善类，于是就想要拉拢他，每天想着法子给他一点儿好处。久而久之，这个家将也表示愿意为她服务。于是两个人的距离就越来越近了，因为大夫介经常住在府衙，所以他们也有机会凑在一起。

这一天，这个续弦夫人把他叫了过来："你有没有觉得，我对你和其他人不太一样啊？"

家将马上回答说："我就算是一条狗也是明白的，夫人待我恩重如山，我愿意上刀山下火海，只为报答夫人。夫人你如果有什么事就尽管吩咐吧，我一定唯命是从。"

继母听到这番话，觉得自己果然没有看错人，非常高兴地说，要把她女儿乳娘的一个女儿嫁给他。

然而这个家将已经有了家室，但是面对这样的好事，又怎么可能会推辞呢？

继母于是继续说："也不用大费周章去看好日子了，你们俩今日就结为夫妇吧。"

其实，她心里早有盘算，早就安排了新娘子在结婚当晚帮助自己做一件事。

成婚以后，妻子对家将说："既然我们已经成婚了，那么我心里的事情就应当对你坦诚。"

家将点头说："那是自然的。"

妻子接着说："你也是明白的，夫人待我们恩重如山，但是她的女儿没有父亲，跟着夫人来到这里，尽管老爷非常疼爱她，也答应过她要为她找个好婆家。但是，毕竟老爷现在年纪大了，而且本来就有自己的儿子，肯定是让自己儿子继承家产的。你想一下，要是我们小姐能分到这份家产，我们不也能分一杯羹吗？"

家将听了就说："这很简单，只要公子没了，自然是小姐分这份家产，如果夫人答应的话，我愿意亲自效劳。"

妻子看到丈夫已经中了自己的圈套，于是就说："那我们赶紧去找夫人商量商量吧。"

说完，两人一大早就去找夫人了。继母一看，心里就明白了新娘子已经完成了自己早前交代的事情，但是她依然装作没事人一样，把他们带到安静的角落去询问。

不明真相的家将假装委婉地说："夫人一直对我这么好，还给我找了一位温柔漂亮的妻子，我一直想着该怎么报答您。今天妻子提醒了我一嘴，或许我能够为夫人做一件事。如果府里的公子没了，小姐在府中的地位自然就高了，这样一来，以后这一切都是小姐的了。今天正好老爷不在，只要您答应，我马上替您处理好这件事。"

尽管继母早已知道他会说什么话，但还是假装惊讶地说："真不愧是我的亲信，想不到你这么替我着想。"

说完，她将衣服披在了家将的身上，问："那你是怎么计划的啊？"

家将信心满满地说："既然我都主动提出了这件事，夫人就放心地等我的好消息吧。"说完就下去了。

家将出去了以后，正好遇到公子在院子里玩着箭筒和小弓。他环顾了一眼周围，刚好没有他人。

似乎老天也在帮助他，正当他在心里盘算的时候，公子走到他身边去扯扯他的衣袖说："你知不知道我的小伙伴们今天为什么没有来找我呀？他们都去哪里了呀？"

家将怔了一下，很惊喜地说："可能他们都和父母出门了呢，你一个人是不是觉得很无趣？"

公子叹了一下气说："是啊，没有人可以陪我玩儿。"

这个时候，家将想出了一个计谋，他对公子说："既然今天他们都不过来陪你玩，不如我们就到叔父家去，好不好？"

公子年少，不知道眼前这个看上去和善的人心里有阴谋，于是就答应了他，说现在就和继母说一声，马上跟他一起走。家将吩咐他，不要惊动其他人，就他一个人去。

看着这个天真的孩子蹦蹦跳跳地往继母那里走去，家将的心里居然有了一丝同情之心，但很快就消失了，因为他已经答应了夫人，骑虎难下了，他去牵了一匹马等公子出来。

很快，公子笑意盈盈地拿着弓箭出来了。

叔父家距离这里只有一里来路，估计不太方便实施计划，这个时候正好路上没有什么人，于是他就把公子带到更远的郊外去。公子觉得走错路了，就问："我们这是要去哪里？走错路了吧？"

家将镇定地回答："咱们今天换一条路走走，一样可以到的，再过一会儿就到了。"

走了五里路左右，家将觉得应该不会被人发现了，就告诉公子："这里有山芋，我给你挖好不好？"

公子觉得四周很荒凉，心生害怕，催着家将快点儿回去。家将看着公子年幼天真的模样，生了可怜之心，想着国介老来得子，必定对这个儿子疼爱有加，若是白发人送黑发人，一定会很痛苦的。然而，他转念一想，自己可是答应过夫人的，就又把这一切给忽略了。

他挖土的动作非常快，公子在一旁凑过来，探着脑袋看他挖。他看到公子的表情从刚才的惊慌失措到现在的好奇，心里开始感慨孩子的天真幼稚。要是换成自己的孩子遭遇这样的阴谋，不知道是怎么样的心情，想着想着不禁湿了眼眶。

这个时候，他咬了咬牙，趁公子不留神，赶紧扒了他的衣服蒙住他的脑袋，然后一把把他推进挖好的深坑里。公子被他的举动吓得哇哇大哭：“你这是要干吗？你这是要干吗？怎么这样对我？”

家将听到他的喊声，惊慌失措，赶紧把挖出来的土填回去，并且加快了速度。此刻他的心都快跳到嗓子眼儿了，想着要赶紧离开这个地方，于是土还没有填严实，他就匆匆地走了。

家将回到家的时候，就好像没事人一样故作镇定，然而继母听说计谋已经完成了，心里不禁开始懊悔。她回想起公子平日里的可爱，还有今天过来告别时天真的神情，觉得自己的所作所为可能会起反作用，说不定会因此把自己和女儿给逼上绝路。还有那个心狠手辣的家将，今天能做出这种事情，他日如果不小心得罪了他，自己或许也会有这么悲惨的结局。再说了，要是老老实实对公子好，说不定将来的日子也不会那么难过。但是，这个时候的懊悔已经太迟了，事已至此，她除了哭也别无他法。

说回孩子的叔父，因为很多天没有看到侄儿了，心里很想念，但是家里的仆人都忙于其他事情，没有空去接孩子来家里。于是他就自己带着马夫，背着箭筒想要去接孩子。到了半路，一只兔子跑了出来。平时就喜欢打猎的叔父立马去追赶那只逃跑的兔子，把正事儿给忘了。说来也是奇怪，平时虽然他的箭法不是特别精准，但也不至于像今日这样，总是给兔子逃了，他不死心，继续追赶那只兔子。

忽然间，他听到了一阵怪异的呻吟声，他竖起耳朵仔细一听，发现那声音是从地底下传上来的。

此时，马夫也赶了过来，他也竖着耳朵仔细听。这声音很奇怪，他们循声在附近搜寻了一下。过了一会儿，发现一块松弛的似乎被人翻过的土地，马夫告诉主人：“声音好像就来自这里。”主人一听，果真是，难不成下面埋了大活人？不管是不是，都应该先救人，于是他让马夫挖土。马夫吓得双手都在发抖，主人安慰他：“救人要紧，救人积德啊。”说着就自己带头挖起土来，于是马夫也和他一起动手。

很快，表层的土就松开了，再往深处挖，呻吟的声音就越来越大了。幸亏这土不够扎实，松软且有不少缝隙，所以挖起来也是不大费劲的。他们清除了土里的树枝杂物，感觉声音就在耳边。

果不其然，土地下面活埋了一个赤身裸体的孩子。他们赶紧把孩子抱了出来，一看清孩子的模样，两个人吓得目瞪口呆——居然是他的侄儿！

叔父看到自己的侄儿被人这样活埋，又慌张又心疼。孩子脸色发白，呼吸微弱，他手足无措地赶紧让马夫找水来。他在原地紧紧抱着孩子，心中不断地祈祷，希望孩子逃过这一劫。

老天保佑，孩子的状况渐渐好了一点儿。

但是附近很荒凉，想要找到水并不容易，马夫找了很久，才找到一件沾了水的衣服回来，叔父接过衣服后对着孩子的嘴巴用力一拧，起初孩子没有任何反应，慢慢地开始有些吮吸的动作了，他才稍微放下了心。

叔父看到孩子的情况好了起来，心想祈祷还是有用的，于是接着一边祈祷，一边看着孩子的情况。他发现孩子已经恢复了吞咽的能力，尽管衣服上的水已经差不多没有了，他依旧拼命地拧，让孩子多喝点水。

孩子活过来了，尽管遭遇这样的事，还好没有大碍。这个时候，孩子慢慢睁开了眼睛，眼角流下了泪水。叔父看了，眼眶也跟着湿润了起来。过了一会儿，孩子基本恢复意识了，叔父就扶他上马，因为担心孩子不舒服，就自己在后面抱着他，三个人慢慢地往回走。

就这样，直到天黑了，他们才回到家。

叔父觉得此事非同小可，为免声张，带着孩子和马夫从侧门进去。回到家后，他把孩子带到卧室后面的套房里。妻子看到以后吓了一跳，平时活泼可爱的孩子居然成了这副模样，不停地追问到底怎么了。丈夫把今天的情况告诉她后，她依然惊魂未定，又转身想要去问孩子。但是孩子依然没有完全恢复过来，只是动了动眼皮子，并没有力气说话。叔父阻拦妻子说：“先让他休息吧，情况好一点儿了再问。”

接着，两个人守着孩子，并且商量好了先不要声张这件事情。

夜深了，两个人看到孩子已经逐渐恢复了进食的能力，方才放下了心。半夜时分，孩子忽然在梦里被吓醒了，似乎恢复了意识，他环顾了四周说：“我怎么会在这里？到底发生了什么事？”

叔父听了以后，安慰他说：“没事，你在叔父家里呢！告诉我，谁对你下这样的狠手？”

公子哭着说：“叔父，我父亲知道吗？”

叔父回答：“你父亲还在府衙呢，又怎么会知道呢？”

公子听了对叔父说：“那您快点儿通知他吧。”

“你先别着急，告诉叔父到底发生了什么事，叔父马上就去通知你父亲。”

公子揉搓着眼睛说：“我记得本来是要来叔父家的，家里那个家将就带着我到了荒山野岭上，然后说是要给我挖山芋，谁知道是挖了个深坑把我给埋了，后来，我就记不太清楚了。”

叔父觉得事情有蹊跷，一个家将而已，不可能做出这样的事，有这种歹心的，恐怕就是继母了！

叔父一晚都没有睡着，心想着要找个办法让这个女人的狐狸尾巴给露出来。第二天早上，他看着孩子吃完饭，然后叮嘱妻子好好照看侄儿，自己则带着一些人去了兄长家。

到了兄长的府邸后，发现里头冷冷清清没有多少人，他就问：“国介在家吗？”

仆从回答：“国介还在府衙，没有回家呢。”

叔父又问：“那公子在家吗？请公子出来见我吧。”

继母看到是叔父过来了，强装镇定，并且一脸惊讶地说：“咦，我家公子昨天不是去叔父家里了吗？没有回家过夜呢，是不是在您那儿留宿了呀？您别吓我，没去您那儿？”说罢还假装抹了抹眼泪。

叔父早已明白眼前这个女人的歹毒，但是事情一天没有查明真相，他也不敢贸然声张，只好耐心说：“我很多天没有看到侄儿了，昨天他也没有去我那儿啊，所以今天是特地过来看他的。”继母装模作样地让人去找公子，而那个家将这个时候也表现得特别积极，赶紧让人四处去找。

叔父这个时候把自己的仆从叫了过来，亲自给兄长写信：“今日本有事过来找你商量，不承想遇到侄儿失踪之事。你应速速归来，将此事查明。”写完，就让仆从把信送到府衙去。

仆从快马加鞭赶到了府衙，看到国介大人赶紧说：“坏了大人！公子失踪了！”

年迈的国介听到这个消息，吓得浑身发抖，没有来得及禀报国守，只是和师爷打了个招呼就往家里赶了，中途有几次差点儿晕厥过去，还好仆从在边上照料着。

国介回到家，马上问夫人：“孩子呢？孩子怎么失踪了？”

继母还未开声，就泪流满面起来，她一边擦眼泪一边说：“您年纪已大了，咱们也怕是无法一起做伴到老，本来我想着老了老了还有这个孩子依靠，不至于孤苦伶仃。现在你说怎么办？我们是不是平日得罪了什么人？孩子怎么就不见了？难道是被人贩子拐去卖了吗？怎么办才好啊老爷！”说罢她痛哭流涕。

此时，国介也是泣不成声。

了解真相的叔父看到兄长这么难过，但是霎时间又不能把真相说出来，只好瞒着他说：“事已至此，或许是命中注定的劫难，兄长不如先到我家小住几天，不要在这里睹物思人。”国介听了说：“我一定要查明此事，下半辈子我就皈依佛门。”说完又痛哭流涕起来。叔父不停地安慰他，国介这才收拾行装，带上随从到他家去。叔父看到家将也跟着过去了，心想，这下一网打尽更好。

国介到了弟弟家，忍不住又痛哭流涕。弟弟赶紧带他到自己卧室，又吩咐一个信得过的仆从带几个人去盯紧那个家将，只要他发号施令，就一举将那个歹人拿下。吩咐清楚之后，就带着兄长到自己卧室后面的套房去。

国介一走进去，就看到了自己的孩子，惊喜之余也非常生气：“这种事情怎么可以开玩笑呢？难道你不知道多么让人痛心！”

弟弟赶紧解释说：“兄长，我并没有与你开玩笑，你误会我了。”说完，把昨天的经历一五一十地告诉了国介，公子也在旁证明。

国介听了以后说：“快把那名家将给我带过来，我绝不放过他！”叔父说：“兄长你可以放心，我当然有所安排。”然后就让仆从将那名家将带上来。那名家将好像疯了似的，喃喃自语：“你们要干吗？你们要干吗？我就知道事情会这样！”

国介雷霆大怒，马上掏出刀来，叔父赶紧阻止说：“兄长且慢，你不觉得事情很蹊跷吗？单凭他一个人怎么可能敢做出这样的事？这背后必定有人指使！”国介觉得在理，就把刀暂且放下，随后向家将逼供，他一开始不愿意说，被逼问很久终于把真相说了出来。

国介了解真相以后，勃然大怒，自己娶进门的人差点儿要了自己亲生儿子的命。于是，他派人盯紧了还在家里的夫人。

那继母当然不会料到事情会发展成这样，她以为公子已经死了，怎么着自己也不会被发现的。所以家仆对她严加看管的时候，她依然倔强地说：“你们没有证据就不要乱说话，我是夫人，我会做出这样的事吗？”

国介在弟弟家小住了几天，思来想去，还是让弟弟去帮自己解决这件事。

于是，公子的叔父带着一群人到兄长家中，把那位夫人和她的女儿，连同之前她带过来的乳母等人全部赶出了家门。解决了这件事情以后，才把公子安全送回了家。

这件事情不胫而走，大家都觉得继母心肠歹毒，没有人敢再与她交往，母女往后的日子过得非常痛苦。国介本来想把那名家将杀了，但是善良的弟弟觉得饶恕了他可以为孩子积福。国介一心只想着孩子平安就好，于是只把他赶出了家门。

公子得上天保佑，死里逃生。倘若那天家将将泥土填埋得再严实一些，不是急急忙忙因为想走而疏忽，留了一些缝隙的话，恐怕他的小命早就救不过来了。

等到那位公子成年了，父亲和叔父也相继去世，他继承了他们所有的财产。后来，人们也称这位公子为“介大夫”，他成了当地颇有名气的人。而这个故事也不是杜撰的，是见过介大夫的人们亲耳听说的。

这么看来，那个继母也是非常愚蠢，倘若她心胸再宽广一点儿，不被财产蒙蔽了良心，或许后来的日子也不至于那么惨淡。如果能够好生对待那位公子，现在也是享福的人了。俗话说的好啊，恶有恶报，有因必有果。

（源国隆）

河畔的少女

从前，传说中高阳河畔常常发生怪异的事情。

高阳河在仁和寺的东边，传说那里的附近住着一个漂亮的年轻姑娘，每天傍晚她就会到河边，看到骑着马要去京城的人就会把他们拦下，并问："请问您能否捎我一程？"如果对方答应了，那个姑娘就会上马。马匹走一里地左右的路程，女子就会跳下马奔跑逃走，这时要是骑马的人追赶她，她就会变身成一只狐狸，大叫着到处跑。

这件事每天都被人们议论着，据说天天都会发生。

这一天，一群禁中侍卫也聚在一起讨论这件事。正是热火朝天的时候，有一位青年说："肯定是骑马进京的人太笨了，不然怎么可能每一次都被她给逃跑了，早晚有一天我要把她抓回来瞧瞧，看是什么妖孽！"

大伙儿哄堂大笑："鬼才相信你能抓到！"

那个年轻人见状，信誓旦旦地说："你们看着，明晚我就把她抓回来！"

就这样，那名年轻人和周围的人争吵了起来。到了第二天黄昏，年轻人快马加鞭往高阳河走去。一开始，他并没有遇到大伙儿口中的美丽姑娘，直到兜了一圈准备回去的时候才发现。果然，那个姑娘看到他骑马路过，就笑着问他："您能否捎我一程？"

年轻人点头说："可以啊，你这是准备去哪儿？"

姑娘回答说："我要去京城，但是天马上要黑了，没有找到马车。"

还没等她说完，年轻人就一把拉她到马背上了。女子刚一上马，侍卫就用绳子把她绑起来，原来侍卫早有预备，就想着今晚把姑娘带回去炫耀。

姑娘动弹不得，问他："这是怎么回事？你为什么要把我给绑起来？"

年轻人回答："我已经被你的美貌迷倒了，既然我遇到了你这样的美人儿，当然不能让你跑了呀，今晚就跟我回去吧！"侍卫说罢加快了马儿的速度。

很快，太阳就下山了，天色也黑了下来。

侍卫带着姑娘，骑着马一路往东边走，不久就来到了西大官大路的转弯处。那边有一行车队，还有不少随行的举着火把的人，一路伴随着高昂的吆喝声。侍卫看到这状况，估计是某个王亲贵胄出访路过这里。于是，他换了一条路绕过他们，转了两个弯，最后沿着东大官大路朝土御门走。

侍卫到达土御门后，吹了一下口哨，门中走出来十多个迎接他的人。原来他出发之前就已经交代好自己的随从了，天一黑就在土御门等他。

侍卫带着那姑娘和随从们一起到班房去，到了以后，侍卫把那姑娘从马上拉下来，扯着绳子把她拉进了班房，而随从们则用火把把整个屋子照亮起来。接着，与他打赌的那群侍卫也过来看热闹了，远远就听到有人问："抓到那只狐狸精了吗？"

女子看到这么多人，吓哭了，对那群人说："你们这么多人是想要做什么事？快点儿放了我！"

年轻人自然没有把女子的话听进去，扯着她到人群的中间，大声说：“你这妖孽！我怎么可能会放你走！”

大家看到这女子，都把自己的弓箭准备就绪，将其重重包围后，把弓箭对准她：“松手吧你，我们现在这么多人，她若是要跑，也得逃得出我们的弓箭才行！”

年轻人觉得自己人多势众，女子应该是逃不了了，于是就把手松开，然而就在他松开的那一刹那，女子变身成了一只狐狸，一边喊一边往外逃去。

而且，就在女子逃之夭夭的那一刻，一群侍卫也随之消失了，明明还亮着的火把全部熄灭，顿时间周围黑得伸手不见五指。年轻人惊呆了，根本无计可施，大喊着自己随从的名字，却没有换来任何回答。

年轻人方才察觉到，就剩他一个人了，而身边所有人都消失了。过了一阵，年轻人冷静了下来，才知道身处的地方是一个荒芜之地，再回想起刚才的所见所闻，他依然心有余悸。年轻人深呼吸了一口气，发现这个地方竟然是鸟部野。他怎么也想不通，刚才明明已经到土御门了，怎么是鸟部野呢？他顿时明白过来：中计了！不过都是那个妖孽给自己制造的幻觉！肯定是她施了妖术才把自己带到这种地方来！不过现在说这些已经毫无意义了，只能走路到土御门去。这个时候，夜已经深了。

第二天早上，年轻人醒来之后发现自己一点儿力气都没有，身体都是瘫软的。其他侍卫听说他回来了，就一起到营帐里去嘲笑他：“不是大言不惭地说一定把那个姑娘给抓回来的吗？人呢？藏哪儿去啦？”

年轻人没有心情去应付他们，就让自己的随从去打发他们。把那群人打发走了以后，方才可以静下来躺会儿。不曾料到，躺下去居然睡了一天两夜，一直到第三天的早上，才苏醒过来。

这天，年轻人恢复工作，到班房执勤，其他侍卫见到他了，纷纷过去问他那晚有没有抓到妖孽。年轻人很无奈，只好谎称那晚得了急病，没有去抓人，耽误事情了，但今晚一定会再去。

其他侍卫听了依然是讥讽的语气："那你今天可得抓两个回来哦!"

年轻人听了这番话，心里自然是不舒服的，心想：那晚中了妖孽的计了，今晚一定不能再上她的当，等她上马了我就用绳子紧紧捆住她，怎么也不能松绑，不能再一次让她跑掉。今晚要是再逮不住她，哪还有什么脸面回班房。年轻人很清楚，为这种事情逞强得不偿失，一不小心可能小命都丢了，但是事已至此，他已经骑虎难下了。

那天傍晚，年轻人带上了几名魁梧的随从，跟着自己骑马前往高阳河畔。

和上次一样，路过高阳河的时候没有看到那个姑娘，等他们兜了一圈准备返回的时候方才看到，河边有一个姑娘在候着，但是并不是之前见过的那一位。姑娘看到骑马的人们经过后，就赶紧凑上前去问："请问你们能不能捎我一程?"

年轻人听了爽快答应了，马上拉她上马背。这一回，年轻人的事前准备更加充分了，等女子一上马，他就用缰绳将她紧紧地拴在马背上，让她根本没有机会动弹。然后所有人就开始骑马回京城，并且沿着大路一直走。

夜幕降临之后，年轻人让前面的随从点燃火把引路，其余的随从则包围着侍卫，以防又发生任何意外。到了土御门后，侍卫把那姑娘拽了下来，这一次，任凭那个姑娘怎么苦苦哀求，年轻人都没有理会她，一直拽着她往班房走。

到了班房，一群侍卫已经在那儿候着了，看到他进来以后赶紧问："逮到那个姑娘了吗?"

年轻人说："看吧，那妖孽已经被抓过来了!"说罢他把女子拽进了班房内。为了不让那妖孽再一次逃跑，侍卫加固了绳子。接着，大伙儿对她盘问了一番，但是什么也问不出来，于是他们就用刑了。

过了一阵子，那妖孽果然就化身成一只狐狸。年轻人见状，马上拿火把将狐狸身上的毛给烧了，其他侍卫也用弓箭射它，一片混乱之下，不知道谁说了一句："看你这妖孽以后还敢不敢再出来祸害其他人！"说罢，就把它给放了。

这时，狐狸已经不像之前那样一溜烟地逃了，而是费了很大劲才走出班房。接着，年轻人才把之前在高阳河的那一次经历坦白说了出来。

过了十多天以后，年轻人想要再去高阳河附近看看情况。到高阳河的时候，他还是看到了上次那个姑娘，不过她看上去精神状态不太好，已经不像过去那般神采奕奕了。年轻人故意骑着马过去问她："你要不要上我的马，让我捎你一段？"

姑娘听了以后，低着头回答："我也想啊，但是我很怕再一次被火烧。"

说罢，就消失得无影无踪了。

年轻人心想，这狐狸估计就是想变成人的模样去祸害人，不料最后落得这番田地。

从这个故事可以看出，古时候经常发生狐狸变成人的模样去祸害人的事情。不料狐狸竟然胆子这么大，大白天的居然将人骗到荒山野岭去。但是，如果狐狸真的法力高强，那怎么被年轻人第二次抓获的时候就没有妖术可以施展了呢？由此可知，狐狸也只能去祸害那些没有做好充分防备的人。

（源国隆）

狗　夫

过去，有一个来自京都的男子到北山游玩，因为人生地不熟，天色又晚了，当晚赶回去是不可能的事了。

他正在愁着晚上要去哪里休息的时候，忽然看到谷底有一间房子，果真是柳暗花明又一村，他高兴地朝那个房子走去。

过了一会儿，屋里走出来一个二十多岁的女子，估计是听到男子的脚步声才走出来的。那个男子看到了，非常高兴，想着今晚有着落了。女子一脸惊讶地问："你是什么人？怎么在这里的？"

那名男子就坦诚告诉了她，并且问她自己能不能在此借宿一晚。

女子听了以后，脸上带着为难的表情说："真的不是我不同意帮你，只是这个地方不是普通人能来的。这个房子的主人很快就要回来了，我不能让你平白无故住这里，主人家会怀疑你的。你说到时我该怎么说？"

男子听了，马上说："你说我是谁我就是谁，我绝对不会反驳，也不会给你添任何麻烦。"

女子想了想说："行吧，那我就说你是我天天念叨的哥哥，你记得千万不能说漏嘴，知道吗？游玩的路途上迷了路，也是个好借口，不需要隐瞒。但是你还得记着，明天回去以后不能把今天的事情说出去，任何人都不能说。”

男子看她同意了，拼命点头说：“那肯定了，你都同意给我借宿了，我一定不会说出去的。”

过了一会儿，女子就把里屋收拾好了，让男子住下，并且把自己的身世告诉了他，因为一个人在此独居是令人难以置信的事情。原来她也是来自京都的，但是之前被一个怪物给抓来当妻子了，也就是她口中说的屋子的主人，他们已经在这个地方住了很久，日子倒是过得还可以。

女子一边说，一边眼眶湿润了，她抬头看了看天色，擦了擦眼角的泪水说：“它很快就要回家了，你也马上能见到它了。”

男子心想：“到底是什么怪物？难道是鬼怪？不知道还好，现在知道了，越想越瘆得慌。”

到了深夜，外面忽然传来一声巨大的吼叫声。

男子被吓得浑身发抖，只见女子淡定地去开了门，门外走进来一只巨大的白色的狗。

男子这下明白了，女子口中的怪物就是这只狗，她居然和这只狗一起生活了这么久。狗看到男子一阵狂吠，女子赶紧解释说：“这不是外人，他是我每天念叨的哥哥啊，今天刚好他路过这里，所以过来借宿。”

狗听了，点了点头，然后自顾自地到灶前躺下，女子就在边上披麻纺棉，看上去真的像普通的夫妻一样，只是不管怎么想，都觉得这场景很怪异。

男子回到里屋，女子过了一会儿把饭送了进去，男子吃了就休息了。

第二天早上，女子又来给他送早饭，而且吩咐他说：“你记得啊，这两天发生的事情一个字也不能说出去，要是可以的话，以后有机会就过来看看我吧，它相信了我说的话，不会对你怎么样的。你如果缺什么，我再给你想想办法。”男子点点头。

早饭以后，男子就回京都去了。

然而，回去之后，他就把女子的叮嘱抛诸脑后了，把自己的所见所闻告诉了身边所有人。大伙儿都觉得这是奇闻异事，于是这件事传得人尽皆知。其中一些年轻人甚至说让他带路，到北山去把那只狗杀了，把女子救出来。

于是，男子就带着两百个人出发了，每个人都背着弓箭。

很快，男子就在谷底看到那个熟悉的小屋子了。他兴奋地说：“你们看，就在那里！”可能是听到外面的声音了，那只狗出门来看，眼里还有一丝紧张。狗看到是上次的那个男子，就回屋去把女子推了出来，然后自己朝着后山逃跑。所有人看到狗逃跑了，就纷纷射箭，但是一箭都没有射中，眼见着大白狗在山里消失了。所有人都感慨地说：“这可真不是普通的狗啊！”

男子回京都以后就生病了，很快就去世了。

这个故事发生在近江国的附近，不少人都觉得那是一只神狗。而男子之所以会突然猝死，很可能就是因为接受了帮助以后没有履行自己的诺言。至于那只狗后来去哪里了，没有人知道，自古以来，神物总是来无影去无踪的。

（源国隆）

山 王

01

作为一个拥有繁荣怪谈文化的国家，日本坊间流传着各类精彩的妖魔鬼怪传说。

传说，在十八世纪的广岛，有一个名叫稻生平太郎的少年。从小因为他跟剑术师父苦练，习得一手好剑术，所以人称“稻生小天狗”。他出生之前，父母从亲戚家过继了一个养子，起名新八郎，新八郎自幼身子弱，经常生病，实在照顾不来，只好回到亲生父母身边。再往后，平太郎家里就只有他和一名仆人了。

平太郎有一位名叫权八的邻居，是个身手很好的相扑人，平日里和他的关系不错。五月的一天，平太郎去找权八，两个人聊天聊得正开心，谈起了“大熊山的妖怪”。他们口中的这个大熊山就是广岛西北部的那座山，传说中那里不仅有妖怪，还有一棵大杉树，名叫“天狗杉”。

权八觉得，上山探险是一件好玩的事儿，平太郎也是好奇心满满的。于是，权八就提议说他俩抽签，谁抽中了就上山看看，一睹妖怪的真面目。平太郎也答应了，他们说好分别回去做准备，不管抽到谁，都在亥时出发。

做了计划以后，平太郎赶紧回家吃饭，准备好了蓑衣和斗笠，去了权八家。最后，中签的是平太郎，他因此也开启了自己的冒险旅程。

到了亥时，天已经完全黑了，还飘来了阵阵小雨，平太郎一身武装朝大熊山摸索着行进。因为伸手不见五指，他一不小心就会误踩到稻田，一不小心又会被树枝和荆棘拦住，根本走不快。而且他已经走了一小段距离了，发现前面的路并不好走，但是骑虎难下，毕竟这个时候折返实在丢脸。他考虑了一下，只好硬着头皮往前走。

走了一会儿，已经到山脚了，也就是说很快就到目的地了。山路本来就崎岖，加上雨天泥泞，可谓是充满了艰难险阻，但是平太郎却觉得挺有趣的，一想到很可能会遇到妖怪，他就打起了精神。

很快，平太郎就到了传说中的三次若狭守府邸遗址，这是一块小小的平地，再往上走，就是三次冢。在三次冢旁边，平太郎伸手往后摸索，摸到了一棵大树，他想，这大概就是传说中的“天狗杉”了。

这时雨还在淅淅沥沥地下着，没有要停的迹象，平太郎在黑夜里席地而坐，屏息凝视，等着与妖怪的偶遇。但是过了半个时辰，除了雨声风声树叶声，并没有其他的异常，更不见什么妖魔鬼怪或是其他灵异的事件。平太郎没有耐心等了，想着要不就回家去吧。临走前他从地上拔了一撮小草，拴在了三次冢顶端，做个记号，以证明自己来过。而后就回去了。

走回那块平地的时候，平太郎觉得身边有声响，他判断应该是和什么奇怪的东西擦身而过。他迅速地把刀拔出，砍了一刀，没有砍中，又快速补了一刀。

刀尖与硬物相触碰，但是没有将对方砍中。正当他做好准备继续战斗的时候，一个熟悉的声音响起。

“是我！权八！”

平太郎听到以后停下了手中的刀，但是他还是不太相信。

“我不太放心你一个人上来，所以就跟过来了。”

平太郎确定是权八后，就放下心了，两人结伴一起回去。

探险旅程就这么草草结束了。

02

很快就到了夏天。和往常一样，平太郎继续与权八结伴而行。这天，两个人高兴地走在路上，正准备去河边乘凉，看到从熊山那边飘来了一大片乌云，看来是大雨将至。

果不其然，一阵响雷划破了宁静，接着卜起了倾盆大雨。平太郎和权八惊慌失措，赶紧逃回家去。

两个人都被雨水打湿了。仆人给平太郎递上干净的睡衣，他换了以后觉得很困，就想着去睡一觉。

正当迷迷糊糊的时候，他听到了仆人难受的呻吟声。平太郎立马跳了起来，跑去仆人房间一看，看到他正在地上痛苦地打滚，四肢不停地扭来扭去。

“怎么了你？怎么回事？六助，快醒醒！”平太郎大声喊。

仆人听到喊声后渐渐苏醒了过来，说："小人好像梦魇了，刚刚看到一个高大的和尚把我压倒在地，怎么也喘不过气来，还好您过来把我弄醒了……"

说罢，他心有余悸地打量着四周。

"你这胆量也太小了吧，我还以为发生什么事了呢！"平太郎听了仆人的话，没有放在心上。

平太郎回房间以后，已经没有什么睡意了。

忽然间，一阵风把屋里的纸灯吹灭了。平太郎看到门外燃起了熊熊大火，吓了一大跳，想要开门去看看，却发现不管怎么样门都打不开，只好用力把门踹开。可是，他却被屋外的景象吓得瞠目结舌：什么熊熊大火，根本连一点儿火苗都看不到！

怪事接二连三地发生，平太郎陷入了沉思。正当他在沉思中的时候，他发现自己好像被压制住了一般，动也动不了。这时，平太郎听到旁边有声响，就移开了目光，正看到院子里站着一个表情凶狠的和尚。

那个和尚朝着平太郎走过去，用力揪住了他的衣领，两眼发出了凶狠的目光。一向认为自己胆量大的平太郎也被吓到了，他想要用力挣脱，不料却摔倒在地，滚到了床边。他摸索出自己的佩刀，朝着和尚捅去，打算来一番激烈的战斗。不料，那和尚居然会遁地术，转眼就钻到了榻榻米下面！

平太郎朝着榻榻米拼命地捅了很多刀，想要捅死那个和尚。但是又有一件怪事发生了：榻榻米居然也消失不见了。他揉了揉眼睛，对眼前的一切难以置信。他把纸灯点亮以后，居然发现，榻榻米不知道什么时候被人推到角落去了……

权八听到了平太郎屋内的声音，想要过来看看发生了什么事情，结果他在平太郎家门口看到一个十多岁的小姑娘。正觉得奇怪时，那个小姑娘居然冲过去把权八给掐晕了。一直到第二天天色发白，权八才苏醒过来。他担心平太郎也出了什么事，于是在门口大喊：“出什么事了吗？平太郎！”

但是权八没有听到任何应答声，只好自己开门进去。刚走进院子，他就看到平太郎举着刀朝自己冲过来。

权八马上抬手挡住了平太郎，大声叫喊，方才把平太郎叫醒。

03

经历了一晚上的怪事之后，六助把这当成谈资和村里人闲聊了起来。很快，平太郎家里闹妖怪的事就不胫而走了。

平太郎的三个朋友在获知了消息后，自告奋勇要过去帮他捉拿妖怪。平太郎折腾了一晚上，身心俱疲，索性就把这个任务交给他们了。

三个人围着纸灯商量捉拿妖怪的事。有人说，妖怪不过就是个无稽之谈，但也有人想要借此看看妖怪的真面目。很快就到了深夜，三个人觉得太无聊了，准备沏茶打发时间。正当有一个人拿起茶具时，忽然看到茶杯飞到了半空中。

三个人都目瞪口呆了，这个时候，火盆和纸灯也飞了起来。火盆一直往上飘，直到撞上天花板后翻落，三个人被弄得满脸灰尘，吓得撒腿就跑。

自那以后，平太郎家闹妖怪的事更是传得满城风雨了，不少人说起来就好像自己亲眼所见一般。平太郎的伯父知道了这件事后，怕意外再次发生，想让平太郎去自己家住。

但是平太郎却拒绝了，坚持住自己家。

怪事接二连三地发生后，平太郎的仆人六助坐立不安。他本来就胆子小，这下更是吓坏了。百般无奈之下，他谢过平太郎，辞去了稻生府的差事。新八郎的亲生父母知道后，就派自己家的仆人过去伺候平太郎。

几乎每一天，都有好奇的村民去平太郎家看热闹，村官觉得这件事会扰乱民心，对于农作也没有好处，于是粘贴了禁止无故聚集稻生府的公告。

04

几天后，新八郎到府上去探望平太郎。那天天气不好，一直在下雨，而且似乎没有停歇的迹象，平太郎让新八郎先住下来。

回不了家，新八郎也只好留下来，他从小就害怕妖魔鬼怪这些，胆子特别小，尽管平太郎就在身边陪着，但是依然很紧张，一有风吹草动就到处张望，生怕遇到危险。

紧张兮兮的新八郎听到有东西掉落在蚊帐上的声音，担心地问："是什么声音？"

平太郎淡定地说："什么声音？妖怪在闹吧。"

平太郎的语气很平静，但是没有安慰到新八郎，新八郎紧盯着蚊帐上的东西看，发现是白天所穿的木屐，吓得话都说不出来，但是正当他还处于惊讶的时候，那个木屐居然就消失不见了。新八郎瞠目结舌，心想，妖怪已经跑了吧，今晚不会再来了吧？殊不知，正当他准备合眼睡觉，却看到自己外衣袖口那里钻出了一个小脑袋，还朝他笑了一笑。

太吓人了，新八郎吓得瑟瑟发抖，一晚上躲在被窝儿里不敢入眠。

第二天清晨，新八郎就火急火燎地回去了。平太郎陪他一起回家，一直到了傍晚才返回自己家。到家门口的时候，有好几个壮年男子准备在他家守夜。

平太郎觉得有些可笑，但是他们是自告奋勇的，一番好意，不好拒绝。

那几个青年围着火炉，看到茶杯或是纸灯在半空中飞，就认为是妖怪在闹，他们信心满满，而且还在嘲笑之前那三个人胆子太小。

夜深人静，屋里越来越冷了。几个人刚刚还有说有笑，慢慢地就都安静了下来，互相看了看对方，没有人留意到火盆里的火越来越大。忽然间，火盆中飞起一个火球，慢慢上升然后重重坠下，发出一声巨响。几个壮年男子吓了一跳，惶惶不安地迅速离开了。

火球坠落的声音把平太郎吵醒了。他来到壮年男子们守夜的房间，发现一个人都没有，而地上则有一大块烧焦的痕迹。平太郎淡淡一笑，平静地回到了自己的房间。

那天晚上，新八郎忽然就生病了，而且一病不起。

05

几天后，平太郎去朋友家里商议事情，一直待到晚上才返程。

那天天气很好，高高的明月悬挂在天空中，路上可以闻到花草的清香。平太郎沿着一条小河慢慢地走着，没过多久，他发现河边的草丛中有一个女子的身影，不知道是不是受了伤。

女子露出了小腿，一动不动地趴在那里。

平太郎赶紧过去把她摇醒，嘴里问着："你是怎么了？"

女子慢慢醒过来，抬头可见一张白净的鹅蛋脸，非常可人。

"姑娘不怕，我是稻生府的武士平太郎，姑娘是否遭遇了不测？"

那女子有些羞涩，赶紧把衣服整理好，回答说："小女子自小失去了父母，一直被寄养在伯父伯母家，前不久伯父生了重病需要用钱，为了报答他的养育之恩，我瞒着他们出来卖身赚钱。没想到，家里的熟人说好了安排我到长崎某户人家家里做婢女，但是他居然使坏，想要和他人合伙侮辱我，我拼命逃跑，跑到这里的时候体力不支晕过去了……大人，你一定要救救我啊！"

平太郎对她的遭遇表示同情，带她回到了自己的家。

他让那名女子在外面等着，自己回房子换衣服。平太郎心想，得仔细问问她的身世，把她送回去。殊不知，等他再出客厅的时候，那个女子不见踪影了。他到处寻找，怎么也没有找到，心里恍然大悟：估计那个女子也是妖怪作祟！一想到妖怪，平太郎无奈地苦笑。

06

常常有猎人出入稻生府，其中一个叫作平。关于驱魔除妖，他对平太郎建议说：“要不去西行寺拜拜菩萨，请一幅佛像回来诵经吧，可以驱赶妖怪。”

平太郎听了，就把这一重任交给了作平。

那会儿已经是傍晚了，作平出发去寺庙，过了一会儿就天黑了。他走在一条竹林小道上，如果平日里月亮高挂的话，小路是很好走的。但是那天乌云满天，遮挡住了月光，竹林漆黑一片。不过作平本来就是猎人，摸黑走路是他擅长的事，倒也没什么不妥的。

走了一会儿，作平看到前面有人提着灯笼过来，仔细一看，原来是自己的熟人曾根武士。

“作平，天色已经这么晚了，你这是要去哪里呀？”

“要去一趟西行寺，办点儿事。”

“你怎么手里也没有个灯笼？天太黑了，你一个人不好走啊，要不我把这灯笼给你吧，反正我也快到家了。”

曾根很热情，作平也就不好拒绝了，于是接过了他的灯笼。

作平有了灯笼，步伐快了很多。但是走到一片松树林的时候，他看到一个目光凶狠的魁梧的和尚。作平一下子被吓晕了。

不久，作平苏醒过来，发现和尚不见了，头上的乌云也散了，在月光的照耀下，前面不再那么漆黑。但尽管这样，作平还是不想去西行寺了，他惊慌地折返回家。

第二天，他才想起自己把曾根的灯笼落在树林中了，于是赶紧去曾根家里解释。

“是这样的，曾根大哥，昨晚我看到一个目露凶光的和尚，一时慌乱就弄丢了你给我的灯笼，我现在赶紧回去找回给您。”

“什么灯笼？”曾根摸不着头脑，“我昨晚一直在家啊，怎么会把灯笼借你呢？你是不是记错了？”

听到曾根的话，作平感到一阵脊背发凉……

平太郎昨晚等作平等到半夜，想着他应该不会再回来了。眼见天色即将发白，平太郎打算进屋休息一会儿。正当他起身进屋的时候，感觉自己的袖子被人拽了一下。他回头一看，发现正是他从河边救回来的姑娘。

平太郎果断地掏出佩刀捅了姑娘一刀，但是原本就站在眼前的女子居然消失不见了。平太郎哭笑不得。第二天天亮以后，作平慌慌张张地过来，把前一晚发生的事情告诉了他，平太郎听了，也是无奈一笑。

离开了稻生府，作平就到西行寺去。这一次，他终于成功请来了佛像。平太郎恭恭敬敬地在佛龛中挂上佛像。那天晚上，他煞有介事地坐在佛像前面，认真诵经。

但是，怪事还是发生了，佛像居然飞了出来，在屋顶上飞来飞去。然而，平太郎对于眼前的景象已经见怪不怪了，他神情自若地看着佛像飞了一会儿，然后回到原来的卷轴中。

那天晚上，半夜醒来的平太郎，发现自己床边上出现好多个小脑袋，有一些脑袋在自己的蚊帐里滚来滚去，有一些则冲着自己哈哈大笑……

就这样，平太郎和妖怪一直共处着。有一天，他看到一个孕妇躺在自己卧室中间，那个孕妇肚子很大，面目很狰狞。平太郎素来胆子很大，不仅没有一丝害怕，而且还笑着走过去，坐到了孕妇的肚子上。

接着，孕妇的肚子爆开了，许多臭气熏天的蛆虫从里面爬了出来……

07

其实，想要为平太郎驱魔除妖的，并不止作平一个人。

有一天，平太郎的朋友把一个名叫重兵卫的猎人介绍给他。据说，这个猎人曾经用捕兽夹捕捉过一只老狐狸精，不仅如此，还有一只在祠堂作妖的猫精。

到了平太郎家后，重兵卫仔细地在家里勘查了一番，然后选择在院子角落布下捕兽夹。

那天晚上，重兵卫躲进了厕所中，在厕所门前扎了一个小洞，一直观察着外面的一切，希望捕兽夹能够捕捉到妖怪。

夜色降临了，四周安静了下来，星光点点，显得愈发清冷。

重兵卫一直在厕所里观察着。忽然，厕所门发出了声响，重兵卫还没有反应过来，一只粗壮的手就伸进去把他扔出了厕所。

平太郎在卧室中听到响声，心里想着：该不会捉住妖怪了吧？

但是，当他提着灯出去一看，却发现重兵卫已经晕倒在院子里，捕兽夹那边没有任何收获。

平太郎把灯放下，摇晃着重兵卫，好不容易让他醒了过来。他心想，既然这样，那只能跟妖怪耗到最后了。

那次之后，不管谁想要给他出谋划策去除妖魔，他都拒绝了。

过了几天，平太郎的发小正太夫过来拜访他，正太夫带了一把藩主御赐给其兄长的宝刀，据说非常厉害，可以斩除任何妖魔鬼怪。平太郎看正太夫如此斩钉截铁要留下来，便答应了。

多日不见的他们有说不完的话，可当他们停下来的时候，看到厨房那边滚过来一个人头。正太夫一个箭步冲上去，在人头上砍了一刀，人头被劈开了，但是马上也消失不见了。两个人屏息凝神地等待妖怪再次出现，只见那把宝刀的刀身居然从刀柄上掉了下来，弹到了柱子上，断裂毁坏了。

看着此情此景，正太夫生气极了，他说："既然宝刀已经断裂了，那我也只好以死谢罪。"平太郎赶紧阻止他的切腹行为："你也不是有意损毁的，不过是一片好心想要帮我斩妖除魔，不如等明天一早，我再陪你到府上请罪？"

"你的好意我心领了，但是作为一名武士，一人做事一人当……"话音刚落，正太夫就切腹自尽了。

平太郎眼睁睁地看着正太夫在自己面前死去，没有来得及阻挠。

一直以来，尽管家里怪事连连，但是并没有要人性命。这一次，看到自己的发小因为自己家的事情死在自己面前，平太郎怎么也原谅不了自己，他越想越难过，根本没有颜面去和正太夫的家人交代，想到有一天自己也可能会被妖怪除掉，与其活下来被世人诟病，不如……想到这里，他也生出了自杀的念头。

平太郎留下了两封遗书给伯父和新八郎，准备自尽。

可是正当他拔刀准备切腹的时候，有一个人突然冲进来拦住了他。

"你想要做什么？"居然是一病不起的权八。

平太郎看到权八以后，把整件事情告诉了他。

权八听了以后说："话虽如此，但是你告诉我，正太夫的尸体在哪里？"

这个时候，平太郎才发现正太夫的尸体已然无影无踪，而刚才断裂的宝刀也不知道哪儿去了。这时他才明白：根本就没有什么正太夫和宝刀的事，不过是妖魔鬼怪在作祟！若不是权八突然出现提醒了自己，如今他可能已经归西了。

08

转眼已是七月的最后一天，妖怪出现在平太郎家已经一个月了。对于前一晚发生的事情，平太郎也是忍不住责怪自己愚蠢，若不是权八及时出现并阻挠，自己已经丧命了。

感慨了许久以后，平太郎一抬眼看到自己面前站着一个武士装扮的人。说时迟那时快，平太郎拔刀就砍，但是那个妖怪却淡定地隐身在墙壁里面。平太郎吓到了，预感这是一只法力高强的妖怪。

过了一会儿，墙壁里传出声音：“你根本就无法伤到本王的，我过来是想跟你交代一些事情，快放下你的刀！”

平太郎听了，把刀放到了原位。不一会儿，“武士”从墙壁中现身。

“你听着，本王并不是你们口中的猫精、狐狸精，而是常年住在各座高山的山王。前些时间，你去了大熊山，碰巧让本王看到你头上的凶兆，所以本王知道你难以活过七月。于是，我本着善心，派出了各个小鬼替你挡灾。若不是这样，你早已归西了。”

说完以后，他亮出了一幅卷轴，告诉平太郎，他将把这幅治病救人的卷轴送给他，希望他可以早日学有所成，去帮助更多有需要的人。

听了山王的话，平太郎跪谢了他，接过了卷轴，并虔诚地诵读了一遍。

平太郎诵读完以后，山王准备离开了，说：“你我至此，缘分已尽。”

平太郎心中不舍，他想要追上前去，发现自己家的院子里出现了一台华丽的轿子，轿子周围是好几十只相貌不同的天狗，看来都是追随山王的小鬼。山王走出去的时候，天狗们全部跪在地上磕头，迎接山王上轿。

这个时候，天空中飘落一朵云彩，将轿子和天狗们接了上去……

（田中贡太郎）

阿　岩

故事发生在元禄年间。御先手组有一名下级武士，名叫又左卫门，他有个女儿，名叫阿岩。

又左卫门年纪有些大了，眼神儿自然没有以前那么好，他谋划着要找一个上门女婿接自己的职务。但是女儿阿岩因为之前染上了天花，尽管无关性命，但是容颜就此毁掉了，脸上留下了坑坑洼洼的疤痕，右边眉毛那里还有一块特别明显的疤，还顶着一头干枯的头发。一下子成为了没有人要的丑女，又左卫门夫妇因为女儿的亲事非常担忧。

阿岩二十岁那一年春天，又左卫门得了重病去世了。但是，他的职位还是得找一个人去继承。因此，又左卫门同组的武士秋山长右卫门、近藤六郎兵卫几个人就商讨着还是应该给阿岩找一个夫婿。但是，因为阿岩的容貌问题没人愿意接受，于是他们又找了一个叫又市的人一起商量。

又市很出名，是拥有极佳口才的人。他们请求又市出出主意。又市考虑了一下说："这事情也不是完全没有办法，不过你们得付出一笔不小的定金，才能找到合适的人选。"

秋山长右卫门等人答应了，又市于是先行离开。

没过多久，又市就带了“准夫婿”上门，是一个相貌姣好的男子，名叫伊右卫门，来自摄州。又市花了很大精力说服他，把他带到阿岩母亲这里见面。

伊右卫门刚过而立之年，相貌俊美。他见过了阿岩的母亲后，就等着见阿岩。但是过了很久，始终没见到阿岩。忍不住问：“阿岩姑娘人呢？”

又市说：“对了，忘了告诉你，阿岩姑娘这两天生病了，在里头歇息呢，我们还是不要打扰她养病了。你就放心吧，阿岩尽管称不上倾国倾城，但是性格好，女红也好，厨艺也不错，将来一定是持家有道的。”

伊右卫门听了，尽管有些怀疑，但是他自己不过是个浪人，对于阿岩家开出的高额俸禄实在无法推辞。何况，以后再纳一个美丽的妾，不就可以了吗？

因此，他当场就答应了那场婚事。不过，申请招婿得有个合理的理由，幸好伊右卫门的木工好，于是御先手组组长的请求很快就被幕府答应了，婚期就定在那一年的八月十四日。

结婚那天，又市带着伊右卫门和提前准备好的礼金，进了阿岩家的家门。

那一天，阿岩家非常热闹，不少人前来参加婚礼。伊右卫门进门以后，马上就有下人过来领他去婚礼的大门。

过了不久，在近藤六郎兵卫妻子的陪同下，阿岩走进了大厅，她低着头，而且正好背着光，伊右卫门压根儿就看不清她的脸。但是之前也有所耳闻，他的新娘长得并不好看，他其实并没有存在幻想，只是因为好奇而想看看新娘的模样。等到新娘走到他跟前的时候，他终于看清了阿岩丑陋的容颜，实在是半天没有缓过神来，但是此时婚礼已经进行到一半了，他很尴尬，并不是说不能悔婚，但是还是舍不得放弃那么高的俸禄，于是他咬紧了牙关，把一大杯喜酒喝下了。

伊右卫门不仅长相英俊，而且非常聪明，待人接物都是不错的，丈母娘对这个上门女婿非常满意。不过，阿岩也确实像又市说的那样，除了长相不佳，没有其他问题，称得上是个好妻子了。但是伊右卫门却不怎么高兴，尽管他一开始就是看中那高官俸禄的，但是现在这一点也无法安慰到他。

两个人结婚才一年，阿岩的母亲就去世了。丈母娘一走，伊右卫门开始变脸了，常常对阿岩很冷漠，甚至是恶语相加。

有一个捕吏，名叫伊藤喜兵卫，在御先手组里比伊右卫门的职位高。这个人非常恶毒，做事常常不择手段，御先手组中的官吏们都对他很不满意，但是无奈他有点儿本事，大家也不敢说什么。喜兵卫只娶了两个小妾，并没有正室妻子，其中一个小妾阿花怀孕了，但是喜兵卫并没有因此高兴，因为他已经年过半百了，儿女对于他而言是一个不小的负担。他考虑了一番后，决定把怀孕的阿花送给别人。

虽然阿花称得上美貌如花，但是毕竟已经怀了喜兵卫的孩子，这时候要去送人，喜兵卫肯定得倒贴一大笔礼金的。他思来想去，就想到了拥有一个丑陋妻子的伊右卫门。因为他常常接触到伊右卫门，多少都会看到他抱怨妻子的模样。

他想好了以后，就找来了伊右卫门，准备了一桌子好菜招待。等到他俩喝得醉醺醺的，喜兵卫就假装漫不经心地说：“你看，我那阿花和肚子里的孩子该怎么办啊？以后要是有人能帮我照顾他们，我一定会报答他的。”

伊右卫门一听，立马就明白喜兵卫的意思了，况且他对阿花的美貌也是满意的，于是赶紧说：“要不，让属下来替您照顾他们母子吧！不过……”转念他想起了妻子阿岩，“但是属下家里还有个妻子，不知道该放什么位置才好。”

“这个呀，不成问题……”喜兵卫凑到伊右卫门耳边说了一番话，伊右卫门似乎就明白他的意思了，点了点头，没过多久就走了。

自那以后，伊右卫门变成了大手大脚的人，家里值钱的东西都被他拿去当了。没多久，阿岩家就开始入不敷出了。阿岩见状，只好把下人给辞了，节省开支，最后辞退得七七八八了，家里只剩下他们夫妻。而伊右卫门常常夜不归宿，每天家里都只剩下阿岩一个人，长此以往，妻子自然开始怨声载道了。

喜兵卫看日子所剩不多了，就找了个晚上请阿岩到他府上去做客。

天已经黑了，伊右卫门依然没有回家，阿岩只好自己一个人去。喜兵卫把阿岩请到客厅坐下，然后对她说：“我今天找你过来，是有一件关于你丈夫伊右卫门的事情想跟你商量的。恕我直言，伊右卫门看上去是挺正经的，其实就是一个败家子，我常常看到他出没赌场啊，并且还听说他看上了赤坂勘兵卫长屋的一个比丘尼。这事情恶化下去，迟早会被御先手组的组长发现的。你也清楚，赌博在我们组里是被禁止的，一旦被发现，就要撤职。你是他的妻子，可不要让他沉迷赌博无法自拔啊。过去我和你的父母关系较好，不希望看到他们的女婿这么自甘堕落，但是我也不方便当面说他，考虑了一下，还是让你去提醒他好了。你是他的妻子，你的话他应该还是能够听得进去的。”

阿岩听了以后，既觉得生气又觉得尴尬，最近这段日子已经过得很不如人意了，丈夫居然还沉迷上了赌博，她忍不住和喜兵卫抱怨起来，说着说着大哭了一番。喜兵卫好不容易把她劝回去了。

阿岩回到家，发现伊右卫门还没回家。而事实是，伊右卫门正躲在喜兵卫家嘲笑阿岩呢。

第二天一早，作为教徒的阿岩，赶紧到佛堂去诵经，她家世代信奉日莲宗。这个时候，伊右卫门回来了，上门就训了阿岩一顿，说：“你昨晚居然不在家？我回来的时候你上哪儿去了？你一个妇道人家，不在家好好等丈夫，大晚上的跑出去干什么？”

阿岩给他这么一训，气不打一处来。本来她只是应喜兵卫的邀约，去了一趟他们家而已，想不到沉迷于赌博和女色的丈夫居然还敢恶人先告状！于是，她也怒气冲冲地说：“我到喜兵卫大人家去了？怎么了？你自己跑哪儿去了？你不相信可以去问他！”

“荒唐！你分明就是在撒谎，喜兵卫大人请你过去干吗？怎么没请我啊？”

说完，伊右卫门居然暴打了阿岩一顿。阿岩被打却求救无门，因为家里就只剩他们两个人。

伊右卫门解气以后，丢下阿岩不管，又出门去了。

阿岩跑回卧室，非常生气，躲在被窝儿里大哭了一场。她情急之下，看到了梳妆台上的剃刀，生了自杀的念头。但是，她转念一想，自己就这么死了，伊右卫门对外只会说她是生病死亡的，这样又有什么作用呢？于是，阿岩抛下了剃刀，没有来得及整理和梳洗，冲到了喜兵卫的家里。

她不曾想到，喜兵卫早就知道她会上自己家来。看到她一副狼狈不堪的样子，装出同情的模样说：“哎呀，你这是怎么了呀？”

“伊右卫门打我！他打我！我要去找组长给我主持公道！”接着，阿岩又开始泪流满面。

“这个混账东西！居然对自己的妻子下这么重的手，难怪你气成这样！我都明白，我都理解。但是呀，你也好好想想，你把这个事情闹大，对于你们夫妇来说都不好啊！何况你就这么去告状，组长也不一定就会站在你这边。都是我的错，是我让你去劝说伊右卫门，他这个人啊，果然是本性难移……我看你们这关系，以后的日子也有得你吃苦了！我尽管和你父母交好，但是我与他也相识，总不能偏心哪一边呀……这么打你也不是办法啊，我想啊，要不你和他离婚吧……”喜兵卫装作一副同情的模样说道。

他看阿岩没有回答，就继续往下说：“不过有个事情我必须先提醒你，伊右卫门和你结婚的时候是交了彩礼的，这个钱就算作买下你父亲的职位的，所以你当下也无法轻易把他扫地出门。现在最好的法子，就是你主动提出离婚，然后找份差事，先攒点儿钱，到时我再帮你找一个好人家，这样你的下半辈子也算是有着落了。”

阿岩听信了喜兵卫的话，回去就和伊右卫门提出离婚。同时，她要求伊右卫门把之前典当的衣物全部赎回来。

其实，这不过是伊右卫门为了欺骗阿岩制造的假象，典当出去的衣物不过是寄存在一个友人的家里。听阿岩这么一说，他立马满足了她的要求，很快就离了婚。

接着，喜兵卫就把阿岩引荐给了纸商又兵卫，阿岩又辗转被介绍到三番町的一个穷武士家里去做针线活儿。阿岩才刚离开，喜兵卫就立马让伊右卫门把阿花给娶进门了。他还让伊右卫门去请近藤六郎兵卫做证婚人。

六郎兵卫向来对喜兵卫有意见，又因为阿岩是他妻子的干女儿，所以并没有答应伊右卫门。于是，伊右卫门只好去找秋山长右卫门来当证婚人，并把婚期定在了七月十八日。那天，伊右卫门和阿花就算是正式成婚了，这事儿并不光彩，所以伊右卫门的婚礼只邀请了自己人。可不曾料到，婚礼除了秋山夫妇和近藤六郎兵卫来参加以外，一群并没有被邀请的朋友都纷纷前来了，整个场面人山人海。

这个时候，油灯后面突然钻出了一条一尺长的红蛇。伊右卫门吓了一大跳，立马用火箸把蛇夹住，丢到了后院。然而没过多久，红蛇又出现了，伊右卫门依然用火箸夹住它，还是丢到了后院草丛中。

婚礼结束以后，客人们就纷纷回去了。结果，红蛇从天花板上掉下来了。伊右卫门怒气冲冲，他觉得这条红蛇就是阿岩的化身，尽管他心里很害怕，但更多的是气愤，于是他掐住了红蛇的肚子，将它狠狠地扔到了后院。

阿岩到了武士家后，老实本分地做事。尽管她还是会想起伊右卫门那个人渣，但是如今至少不用再受气了，权当是过点儿轻松的日子。

这天，阿岩在后院干活儿，看到小贩茂助进来了。因为茂助以前去过阿岩家里，所以认得阿岩。看到阿岩以后，赶紧凑过去打招呼："您是田宫小姐？我之前听说您来这边住了，原来是在这里啊……您还回左门殿町吗？"

"不回去了，我已经和伊右卫门离了婚，现在在这户人家安顿下来了。伊右卫门沉迷赌博和女色，可能已经娶了比丘尼了。"

"这个……看来您是有所不知啊，伊右卫门并没有娶什么比丘尼，他娶了喜兵卫大人的妾室阿花呀！"

"什么？"阿岩摸不着头脑。

"您果然是蒙在鼓里。据说喜兵卫大人不想要孩子，所以就一直想办法要把阿花送出去，但是又不想出一大笔礼金，于是就看中了伊右卫门，两个人合伙给您演了一出戏，好让您主动提离婚呢！"

"原来如此，这猪狗不如的东西！原来他们骗了我！"

阿岩生气极了，浑身都在发抖，原本丑陋的面容都扭曲了，茂助也被她吓跑了。

阿岩站在原地，大喊大叫，然后嘴里不断念叨着："伊右卫门……喜兵卫……长右卫门……阿花！"

其他人看到阿岩疯了，赶紧过去安慰，但是那一刻的阿岩生气极了，根本听不进一句话。年轻武士传六想要劝说她，谁知道阿岩用力把他推开，大声说："你也是伊右卫门派来的对不对?!"说完就冲进了厨房，把所有东西都摔在地上，然后冲了出去。

武士家自然不能放任她这样，于是就到处去找她，但是却没有找到。后来，一个十字路口的看守告诉他们，有一个披头散发的妇人跑到四谷门外去了。

但是，派去寻找的人找了半天，还是没有找到阿岩。

阿岩发疯失踪的事情很快就传到伊右卫门那儿了。他一开始还很担心阿岩会上门来找他麻烦，但还好阿岩没有回来。伊右卫门每天安慰自己，说不定阿岩已经疯了，找不回来了，这样他以后就能够安心了，很快伊右卫门就不担心这回事了。

第二年春天，阿花的女儿出生了，取名叫阿染。众所周知，这是喜兵卫的女儿。伊右卫门和阿花成婚以后，小两口的日子过得还不错。后来，阿花又给伊右卫门生了两男一女，小女儿取名叫阿菊。

那一年的七月十八日，阿菊三岁。本来一家人和平时一样正常吃晚饭，饭后到院子里去纳凉。

忽然，有个人出现在了走廊的尽头，看上去和几年前失踪的阿岩很像，只听到那个人大声说："伊右卫门……伊右卫门……伊右卫门……"

但是，喊了三声以后，就不见人影了。

大家吓了一大跳，伊右卫门觉得很邪门，就进屋拿出枪来，开了三枪，本来想着就是避避邪而已，没想到小女儿听到枪声后居然抽风了，找了不少大夫也没有治好。过了一个月，小女儿不幸夭折了。

自从小女儿夭折以后，怪事就连连发生在伊右卫门家。

伊右卫门常常会看到妻子身边有个男人，有时半夜醒来也会看到，但是他定睛一看，那个男人又不见了。后来一天黄昏，他的小儿子铁之助在自家后院看到了死去的妹妹阿菊，而且阿菊还吵着让哥哥背她，这可把小儿子给吓坏了，接着就生了一场大病。

伊右卫门连忙请来日莲宗的僧人给小儿子做法事，但也于事无补，很快小儿子也夭折了。

伊右卫门一连失去了两个孩子，这些让他彻底害怕了，他赶紧去杂司谷的鬼子母神社去拜祭，希望神明能够宽恕他。

但是，怪事依然没有停止发生。小儿子夭折以后不久，阿花就一病不起。

来年的四月八日，芝公园的增上寺举行一年一度的涅槃会庆祝活动，伊右卫门的大儿子权八郎前往参加，结果当天晚上就出现了类似霍乱疾病的病症，第二天便一命呜呼。过了两个月，缠绵于病榻的妻子阿花也去世了。

第二年，伊右卫门寻思着给大女儿阿染找个上门女婿，家里办个喜事好冲冲喜。招来的女婿名叫源五右卫门。那一年五月，忽然有一天起了暴风，风掀开了伊右卫门家里一间屋子的房顶。于是，伊右卫门亲自爬上去修补，不料摔了下来，摔坏了腰，只能卧床养病了。他摔下来的时候耳朵被剐伤了，当即没有处理好，后来感染化脓，招来了很多老鼠，非常恐怖。全家人没办法，只好把他放到长衣箱里面去躲避老鼠。

过了三个月，伊右卫门就去世了。后来，女婿源五右卫门接任了田宫家的职位。

但是，尽管伊右卫门已经死了，田宫家依旧接二连三地发生怪事。史料上记载，阿染在二十五岁那一年因病去世，只剩下夫婿源五右卫门一人。他不想留在田宫家，打算招一个养子去继承家业。怪就怪在，他一有这个念头，怪事就上门了，树枝突然折断之类的莫名的事情总会发生，源五右卫门也被吓坏了。

后来，田宫家没有人能继承管理，俸禄就被幕府收回去了。

其实，遭报应的并不只是伊右卫门。喜兵卫年纪大了以后，招了个养子来继承自己的职位。没过几年，养子退了下来，又招了个养子来继承。但是，这个小喜兵卫每天花天酒地的，还和一群狐朋狗友厮混在一起。后来有一天，他那群朋友当中有一个人遭到了暗杀，官府怀疑是小喜兵卫因为一己私利下的毒手，就把他捉拿了。从此，喜兵卫家的职位也被剥夺了，老喜兵卫晚年投靠自己的侄子，过得非常凄惨。

还有秋山长右卫门家，自然也没什么好事发生。先是他们的女儿因为食物中毒死去，后来他的妻子也因病走了。因为田宫家没人继承，田宫家的大宅子便被长右卫门据为己有。后来，长右卫门被提拔为组长，上面让他找人继承，理所当然地，他就让自己大儿子庄兵卫去继承了。

但是，长右卫门安排了大儿子去继承田宫家的大宅子，自己的家业就没有人继承了。于是，他只好收养自己下级武士的儿子并让他来继承，这个名叫十三郎的孩子才十三岁。

有一天，庄兵卫一行人走到街上，看到一个五十多岁的披头散发的女乞丐，近藤六郎兵卫忽然说："这个妇人很像阿岩啊……"

另一个人听了以后说："不太像吧，阿岩好像没有这么高，但是比这个丑多了。"

这话听得庄兵卫心里毛毛的，他从小就有听闻阿岩的故事，于是接下来几天都忧心忡忡的，很快就生病了。长右卫门很担心田宫家以后又无人继承了，但是这个担心没有持续几天，他自己就先猝死了。没过两天，庄兵卫也跟着去了。

于是，秋山家就只剩小十三郎一个人，他们家的法事也得这个孩子来主持。做法事的那天早上，小十三郎听到厨房有声音，走过去一看，发现一个素未谋面的五十多岁的妇人在生火。小十三郎摸不着头脑，正想问她是谁的时候，那个妇人就无影无踪了。

第二天一早，那个妇人又出现了，这一次是被小十三郎的手下重左卫门看见的。他禀报了小十三郎以后，小十三郎就让人到套廊附近寻找，然而没见着人，只在套廊空隙下面找到了一只黑猫。

自打那儿以后，小十三郎家里也是接二连三地发生怪事，他请来了僧侣念经。但是没有丝毫作用，很快小十三郎就病逝了，秋山家从此再也无人继承。官府觉得这两家人很邪门，频频发生怪事，于是让人把两处宅邸夷为了平地。后来那里就成了著名的凶宅，经常有人闻名前往游玩。

（田中贡太郎）

皿屋敷怪谈

青山主膳府在大年初二的中午办了一场宴会，宴会结束以后，下人们忙着收拾。

青山家有一名叫阿菊的婢女，年轻漂亮，也在厨房帮忙收拾宴会用完的餐具。

那当下，厨房里就只有阿菊一个人，她正在收拾一套主子钟爱的珍贵的南京古盘。一共是十个古盘，阿菊仔细地把每一个都清洗干净，然后又认真地用干净的抹布擦掉水分，小心地将它们放置在旁边的箱子里。

忽然之间，一只大猫跑了进来，猛地跳到桌子上，开始吃宴会的剩菜。阿菊看到吓坏了，因为她知道主子非常小气，即便是吃剩的饭菜，他们也是不愿意拿去喂猫的，要是给主子看见，她定会被骂。

于是，她赶紧站起来想要把猫赶跑，可不料，慌里慌张的她没有抓稳手中的盘子，"砰"地一声盘子掉落在地上，碎成了好几片。这下，更把阿菊给吓得六神无主，府上的小妾听到声音过来了，冲着阿菊大喊："你又做错了什么事?"等她靠近一看，发现地上的碎片竟是主子钟爱的古盘，她提高了嗓门儿说："我的天！这下你摊上大事了！"

阿菊被她这么一喊，脸色煞白，身子也禁不住颤抖了。

小妾看她吓得浑身发抖，接着又安慰说："你也别这么害怕，就算盘子再怎么珍贵，毕竟是盘子而已，老爷应该会原谅你的。"

此时，正房夫人听到声音也过来了，看到这番场景之后，愤怒地大吼："我看你是不想活了，居然把老爷珍藏多年的盘子打烂了！你这死婢女，我饶不了你！"于是她扯着阿菊的头发，一路把阿菊扯到老爷的房间去。

老爷看阿菊被妻子揪着头发拖了进来，还没来得及开口，就听到妻子说："老爷！这死丫头把您那个古盘打碎了！"

"什么东西？"老爷怒不可遏，立马抓过刀架上的大刀，冲过去吼道，"你这死奴婢，居然敢摔坏我的藏品，我要了你的小命！"

妻子看他这番阵势，心想，这大过年的杀人多不吉利啊，赶紧劝说："老爷！这大过年的不能见血吧……怎么着也等正月十五过了吧！"

妻子的话似乎有些道理，老爷也觉得为了一个下人动刀不太吉利，但是他实在怒不可遏。于是他脱下了外套，拿着刀，上去拽着阿菊的手腕往外拖。

阿菊吓得任由老爷往外拖着，不知道主子会怎么处置她，浑身发抖。主子把阿菊拉到套廊上，然后将她按在地上，用左手紧紧摁着阿菊的手腕，右手拿刀迅速地砍断了阿菊的中指，瞬间阿菊就晕过去了。

这下，老爷仿佛解气了，让一个年轻武士将她关到厨房的杂物间去。

所有人都被这一幕吓死了，等主子回屋了以后，下人们才敢到杂物间去看阿菊。大家给她拿来了水和食物，又替她小心地包扎了伤口。

阿菊醒了以后惊魂未定，没有说话，也不吃不喝。

过了几天，下人们发现阿菊不见了。老爷一听，怒不可遏，发动所有人到处去找，但始终没有找到阿菊。后来，人们在后院的一个古井旁边看见一只草鞋，问了其他下人，确认就是阿菊平日里穿的。

主子听了，心想，这样也好，自行了断省得他动手。于是，主子就让人通报官府，称阿菊病发猝死。

到了五月，青山夫人生下了一个孩子。本是大喜事一桩，但是夫人却被这孩子吓晕了——孩子的右手居然和阿菊一样也缺了中指！

自那以后，产房里每天晚上都传来一个女人数数的声音："一、二、三、四……"当数到九的时候，就会传来可怕的哭声。而且，青山府的下人们还说，后院的古井常常会出现一团蓝幽幽的鬼火，还有人声称曾经见过古井里爬出来一个披头散发的女人……青山府发生了接二连三的怪事，让众人每天担惊受怕。于是，主子让人去各大寺院请来了护身符，为了驱邪，把这些符咒贴在府里的每一个地方。

然而，怪事还是不断发生。主子又去请来高僧诵经驱邪，结果还是没有什么帮助。过了不久，青山家的怪事就传到幕府那里去了，幕府借机把主子的职位撤了，让青山家的亲戚去接管。

但是，青山家的异常情况一直没有停止，后来他们家还绝后了。官府派人将青山家的宅子夷为废墟。但是，附近的人们依然声称经常看见可怕的怪异的现象。后来，有一位名叫了誉上人的传通院的大师经过那里，听说了当年阿菊发生的事情，于是就给阿菊的亡灵超度了。自那儿以后，怪事就不再发生了。

（田中贡太郎）

狸猫精

我自小是在一个偏僻的小山村长大的，在那里，经常有村民谈论狸猫或者芝天狗的传说。

“你知道吗？昨天晚上又有人被狸猫纠缠上了，整晚在外头找不到回家的路呢！”

“我也听说那谁谁被狸猫迷住了，独自在外头坐到了天亮！”

“狸猫纠缠着某某，到最后费了好大劲，喝了热茶水才清醒过来呢！”

传说中，狸猫很喜欢骗人，不少村民被狸猫诓骗了，然后不由自主在原地打转。狸猫还有法子让人找不着自己的家，等恢复清醒的时候，发现走的方向不对，快走到隔壁村去了。在我的故乡，这样的传闻常常可以听到。还有狡猾的芝天狗，传闻中会变成小孩子，然后跟村民说要一起玩相扑。

然而大人又怎么会和小孩子玩相扑呢？所以一般都会遭到忽略。但是小孩子一直纠缠着不放，搞得大人想要一把把他推开。但是不管怎么用力，都无法推动孩子，村民最后被反推一把，倒在地上。大人连小孩子都推不过，那怎么行，然后大人就较真了起来。然而，不管他是想要把小孩子推倒，还是想要把孩子举起来，对方都一动不动，或者灵活躲开。其实，那就是芝天狗在作怪，清醒的旁观者看得一清二楚，那村民是在和一块石碑玩相扑。

就在海边的松树林，有一个村民一直和一块“大石碑”较劲，跌跌撞撞，一身是土。还好早晨到海边去捕鱼的渔夫看见了，想办法弄醒了他，不然估计他会一直“玩相扑”。

还有被骗到荆棘树丛里头和荆棘条玩相扑的，折腾了一晚上，直到被路人发现才醒过来。但是醒过来之后，已经浑身是伤了。

据说初夏时节，芝天狗出现得最为频繁。那会儿田野里的麦子成熟了，很多少年会到田野里去玩，有不少人就被芝天狗骗过。所以一到初夏，大人们都不让小孩儿出去玩，那些原本淘气的喜欢到天黑才回家的孩子，因为害怕芝天狗的折磨，都早早回家去了。

说到芝天狗，就不免会提到河童。河童是住在河里或池塘里的妖怪，它们喜欢把孩子拉到水里去，活活淹死。

一有这样的事情发生，人们总会说，孩子的眼珠被河童偷走了啊。为了避免这样的事情发生，到了伏天的土用丑日①，村民就会往河里或池塘里扔黄瓜。

还有，狸猫不仅会骗人，还会附身。但是说到附身，我们村子里会附身的大多是犬神。关于犬神的传说，和关东一代的狐妖是差不多的。但是犬神既不是狸猫也不是狐狸，它不仅会附身，而且还能繁衍，一代一代的，可以祸害好几代人。我的家乡中，就有一户拥有犬神的人家。不过这家的犬神似乎比较忠心，总有各种方法满足家里人的愿望。

---

① 日本的一个传统节日，在这一天人们会吃鳗鱼。

例如，家人羡慕邻居家的蚕长得好，犬神就附身到邻居家的蚕身上，然后让它们赶快死光。又或者，附身到邻居身上，让他们得病。有时候，家人不过是觉得隔壁家的咸菜味道好，犬神就让他们家的咸菜全部坏掉，或者又是让他们家的人生病。

如果要驱赶附身的犬神，那就得让修验僧去作法，把那个人身上的犬神转移到依女身上去。而依女就是专门为人消灾的，一旦谁家有妖魔鬼怪，就会花钱请依女过去。依女坐在病人旁边，然后修验僧把作过法的桐木枝条和系满白色小纸片的币帛交予她手上，她就握着一动不动。

一切准备就绪，修验僧开始诵经，将犬神从病人身上赶到依女身上去。依女很快就会头冒汗珠，浑身发抖，不断地挥动手中系满纸片的币帛，看上去非常痛苦。手中的桐树枝一直在发出声响。待币帛上的纸片全部断裂以后，修验僧就停止诵经，一脸凶神恶煞地对着依女吼道：

“来者何人？从哪里来？”

此时，依女会从喉咙深处慢慢地发出非常痛苦的声音：“从近处来……”那么修验僧就知道犬神来自哪里了。

“从何处来？”修验僧为了更明确一点儿，会大声多呵斥一句。

“从安右卫门家来……”

于是，修验僧就清楚犬神从哪里来了，但也有些犬神是不愿意说的，此时修验僧就会恐吓它，如果不说将会诵经将它永远困起来，或是施法消灭它。往往到了这种时候，犬神就会老实说出来了。

然而，除了犬神以后，附身的还可能是狸猫或者死去的鬼魂。

“为什么要纠缠着人不放？”

修验僧得把附身的原因搞清楚了，才能够彻底赶走它，但是附身的原因是很多的。有的妖怪不过是为了吃东西，有的妖怪就是心生了嫉恨，还有的就说自己只是路过，也被狗吓到了，再有的根本说不出原因。

“速速远离!”修验僧问清楚了附身的原因后，就会警告妖怪迅速离开。

有的妖怪比较顺从，马上就离开了，这时坐在旁边的依女会马上仰面倒下，或者是爬到门边去倒下。依女过了一会儿就可以恢复正常了，仿佛没有发生过任何事。

有的妖怪也是很棘手的，不愿意轻易离开，然而修验僧有的是办法。有的妖怪会威胁说要完成什么心愿才肯走。比如有的要吃饭团，要吃咸菜，生病的人家就只好按照妖怪的指示把东西送到指定的地方去，别无他法。所以常常有人收到他人送来的礼物，感到很高兴，但是不知道发生了什么事，生病的那家人就很无奈了。

长此以往，如果有人莫名其妙地收到了礼物，就有点儿明白了，说："是不是我们家的犬神要的?"

但是这种事现在没有再发生了。以前人们成亲的时候就避免有犬神的人家，现在就不怎么留意这个了。

“哟，感觉那家的太太眼珠子会发光!”

村里人都觉得，如果家里有犬神，后代的眼神与别人都不一样。我有一个认识的老婆婆，据说就是祖上有犬神的，她的眼睛看上去就和别人的不一样。

小时候，在我家乡还有一种怪异的“流行神”。有时候，人们会忽然在田间地头发现一些本来没有的小祠堂，然后有些信徒就会在小祠堂上插上红白相间的小旗子。

传说这种神是非常灵验的，跛脚的人前往参拜一下，腿脚就莫名其妙地好了，眼睛失明的人去参拜一下，就可以恢复光明了。

传闻众人皆知。但是到底什么是流行神呢?或许是因为年代太久远了，没有什么石碑记载，可能是一些没什么地位的地藏菩萨，或许是狸猫也说不准。

据说有个地方的某个祠堂，就是供奉狸猫的。

狸猫居然也被供奉了，但是作恶多端的狸猫怎么成了流行神了呢？原因是，多年以前，这只狸猫常常附身于村民，它要求村民在祠堂里供奉它，不然它就会继续附身！大伙儿没办法，就只能按照狸猫的指示去做。

多年以前，村子里有个叫甚内的大力士，还有一只经常附身于村民的狸猫。只要狸猫附身，甚内就会用力揉搓病人把狸猫赶跑。狸猫很无奈，根本无法与大力士抗衡。有一天，甚内走在林子里，这只狸猫叫住了他。

“甚内啊！”

甚内一听是狸猫的声音，有点儿吃惊，不承想狸猫居然这么大胆地叫住他，但是他自然是不害怕的，还想过要把狸猫抓起来杀了吃掉。于是他停下脚步，看看狸猫是什么意图。

狸猫看到甚内停下了脚步，说：“我斗不过你，不如我们和好吧，我们一起合作，好好赚一票大的怎么样？”

“你要合作什么？”

“我跟你说啊，我有个朋友也是狸猫，现在正附身于浅井家的小姐呢。不如我们一起假装成名医，然后把我朋友弄出来，到时浅井家一定会重重酬谢我们的，不过我一分钱都不要，我全部给你。”

甚内向来胆大，觉得这个主意还不错，就问它：“那我们什么时候过去？”

“你要是同意和我合作了，马上出发。”

浅井家距离这里，不过三里地，算不上远，于是甚内答应了。但是狸猫总让人感觉不靠谱。狸猫也看穿了甚内的心思，于是摘下了几片叶子沾上自己的口水，放在自己身上，叶子就变成了衣服，又去找来藤蔓，变成自己的腰带。这一切让甚内目瞪口呆，原来传说中狸猫会施法变成人，果然是不假的。

很快，狸猫就把自己变成了医生的模样，还装模作样地拿着一个出诊的药箱。“你就装作我的徒弟，提着这个药箱子吧。”狸猫把药箱递给甚内，甚内按照它的指示，挂到了自己肩膀上去，跟着他往城下的方向走。

这会儿已经天黑了，甚内觉得不过是一下子就看到了城下街道的灯光，不到一会儿工夫就到浅井家了。甚内仔细一看，发现有好几个仆人正在提着灯笼等待医生。

“您总算到了呀，花冈大夫！”仆人们热情地把狸猫迎进了屋子里，甚内背着药箱紧随其后。进到宅子里头，兜了好几个圈子，才走进一个气派的客厅中，酒菜佳肴就在饭桌上等着他们。仆人们给狸猫和甚内夹菜、倒酒，甚内从来没有见过这么多好吃的，两眼一直在发光。

吃饱喝足以后，狸猫就到隔壁屋子去给浅井小姐诊疗。甚内还在吃喝，但是心里还是有一丝怀疑，怕是有什么猫腻，于是就用余光往隔壁屋看。狸猫说话的声音从屋里传了出来。这时，甚内发现纸门上被戳破了一个小洞，甚内透过那个洞往里边看去。一个肤白貌美的小姐坐在里头，狸猫正在给她把脉。

没过多久，甚内就生病猝死了，是狸猫在作怪。其实狸猫并没有把他带到什么浅井家，而是把他带到山上去，那个纸门上的小洞也只是岩石上的小孔，所有事情都是狸猫制造出来的假象。人们都说，是因为甚内经常搞得狸猫无法附身，才被报复的。我是在小时候听说这个故事的。

我的家乡，还流传着一个狸猫的故事。据说，某个村民有一次夜间行走，遇到正举着树叶准备变身的狸猫。村民忽然灵机一动，告诉它：“你这个用树叶变身的方法不太好，我明晚教你一个更好的办法吧，明晚你过来！”

狸猫居然相信了，到了第二天深夜就跑去找那个村民。没想到村民把事先准备好的麻袋拿了出来，对狸猫说：“你钻进这个麻袋里头，想变什么就能变什么！”

狸猫听了很开心，马上钻了进去。村民立马把麻袋口扎紧，用力摔在地上，就这样，把狸猫摔死了。

（田中贡太郎）

人面疮

01

幸若八郎去往皇城，要经过木曾路，而故事就发生在这里。

天气很好，晴空万里，沿路群山连绵，流水叮咚，风景如画。因为已经是深秋时节了，山谷里的树叶已经变红了，秋风把树叶轻轻吹起来，就像蝴蝶正在飞舞一般，最后落入小径，厚厚地铺上一层，淹没了马蹄。溪水哗啦啦地流淌着，秋风一阵一阵轻轻地吹拂。八郎一路和车夫聊着天，好几次听到林间传来鹿的叫喊声，但始终不见鹿的影子。

“请问，您是幸若八郎大人吗？”八郎走到小树林的时候，一个身穿武士服的男人忽然出现并这样问他。

树林里茂盛的杉树挡住了阳光，整片树林显得阴暗而清凉。

八郎听到以后有点儿惊讶，他不认识眼前这个人，更奇怪为什么会有人在这里拦住他。

“是啊，请问阁下是？”

对方听到了八郎肯定的回复后，笑着说：“太好了，我已在此等了您两天！”

八郎更是诧异了，怎么还有人在这里等了他两天。他把头上的帽子扶了扶，认真地打量起眼前这个人来。对方似乎读懂了八郎的心思，马上跟他解释起来。

“大人，小的是受了我家老爷的吩咐，在这里等候您的。我家老爷本是著名的人物，因为二十多年前一场变故生了怪病，才不得以辞去公务隐居在这里。如今，我家老爷年岁已大，恐怕所剩的日子也不多了，他只有一个遗愿，就是希望能够看到大人您跳一支幸若舞。不知道您能否随小的到府里歇息一晚，圆了我家老爷的心愿呢？”

八郎虽然觉得很奇怪，但是看到眼前这名武士诚恳地跟他提出这一请求，又觉得不应该拒绝对方。

“那好的，八郎愿意尽力。”

既然把事情答应下来了，八郎就下马结清马夫的酬劳，然后随着那名武士走进一片栽满了杉树的林了。

走了大约两里路，八郎面前出现了一座小桥，武士领着八郎走过了桥，示意他还要往前面走，八郎跟着，来到了河对岸的一块巨石前面。

如果不是有人带路，根本不可能有人发现，这块灰色的巨石后面居然有一间茅屋。茅屋的门是用枯树枝搭建成的，枯枝缠绕着密密麻麻的红叶，武士轻轻一推满是红叶的院门，便打开了，八郎随他走了进去。

武士招呼八郎坐下，八郎看到门口处有两名家臣坐在竹板凳上，身穿裙裤，表情严肃。

领着八郎进去的武士对他们说："我把老爷吩咐要找的幸若八郎大人请过来了。"

两位家臣庄严地朝着八郎鞠了一躬，深深表达了谢意。

"大人一路过来，已经非常疲乏了，不如你们先领他进屋休息吧。"

八郎听到他这样说，就准备脱鞋，随他们到屋里去休息。两位家臣领着八郎走，刚刚那名武士不知道什么时候已经离开了。在去往卧室的路上，八郎遇到了很多人，当他经过的时候，他们都会从地上起身，向他表示大大的敬意。

这家老爷的住处很大，八郎随着他们经过了三个很大的房间，还有一个安静的院落，一处套廊，才抵达目的地。

八郎跟着家臣，在院落里换上木屐，然后沿着石板路往前走。眼前的景色在血红色的夕阳的映照下，显得凄凉。

在一座小茅屋前面，家臣停下了步伐，八郎心想，这估计就是老爷的卧室了。

果不其然，家臣们向里面通传："老爷，幸若八郎大人来了。"

屋内的人咳嗽了几声，连忙说："快，快把他请进来！"

家臣们拉开了卧室的纸门，八郎看见里面的布置非常清雅，不知道是茶室还是什么房间。在矮桌上，有一个接近五十岁的、面黄肌瘦的长发男人。

八郎心想："这大概就是那个身患怪疾的武士吧。"接着，他仔细打量了对方一番。尽管他面如土色，看起来非常疲惫，但是气质高贵。八郎走到房间一侧说："在下是幸若八郎，听闻大人生了怪病……"

"是的，老夫患此怪疾已经二十多年了，一直不见好转，而且越来越严重，老夫觉得自己已经命不久矣。听说大师您此次去京城表演会路过这里，于是就唐突地找了我家下人到路上去等候您。想必原因他已经告诉您了，还请您大发慈悲，圆了老夫这临终前的心愿啊。”

“承蒙大人厚爱，八郎实在惶恐，在下技艺不精，还望大人海涵。此外，不知大人能否告诉在下，身患何病。”

“大师愿意为了我跳一支幸若舞，老夫愿意将事情的来龙去脉告诉大师，等舞台布置妥当了，一切将会揭晓。”

说完，他就与身边的家臣说：“快去准备好酒好菜，好生招待大师。”

家臣听令，领着八郎去了主屋，八郎享用了一桌子菜肴后，又回到了老爷所在的小屋里。房间里只点上了一盏微弱的灯，昏暗的环境衬托得老人愈发孤独寂寥。

因为喝了一点儿酒，八郎的脸色泛红，老爷也被他感染了，面露喜色。

“很抱歉，我们这深山野林的，也没什么好东西招待大师。”老爷说完，示意家臣：“你们先出去吧，我和大师有话要谈。”

一直守在老人身边的两名家臣听了吩咐以后，恭敬地退了下去。老人看了看周遭，确认没有其他人以后，脸上出现了一丝笑容。

“我的名号不值一提，如果大师想要称呼我的话，不如就叫我‘山中猿右卫门’，或者‘鹿五郎’吧。”

02

自我介绍以后，老人家才慢慢地说出自己的怪病。

“那会儿我不过是一个小年轻，承蒙我家世世代代的恩泽，又加上藩主厚爱，所以不过是二十几岁的年龄，却当上了让人羡慕的高官。日子本来过得挺好的，但是命途多舛，也不知道是不是上辈子所欠下的债，老夫居然和家里一个婢女闹出一番闹剧来。”

“是这样的。那一天因为不用上朝也不用值班，我在房里看书打发时间，从早看到晚，一看就是一整天。那会儿是夏天，晚上的月光柔和，就像安静流动的水一般，院子里传来了阵阵的蛙鸣，我想着可以到庭院去散散步。兜了一圈回到房间，不知道为什么，居然有个年轻姑娘在我房里挂蚊帐，纤纤玉指，在朦胧的灯光下美得就像是艺术品。老夫一下就被迷倒了，当晚就让她留下来。那会儿我没有成家，想着女子不过是刚到府里的婢女，不碍事，后来才知道这个女人非常善妒，真是后悔死了。我哪怕就是和别的婢女多说上两句话，她也会闹个不停。”

“没过几天，我们的关系就被人发现了，家里的老臣提议把她送走。怎知她知道了以后大吵大闹，变本加厉，露出了狰狞的本性。大家迫于无奈，只好对她是又哄又劝。不久以后，我就大病不起了。但是这个女子根本没有考虑我的感受，不管白天晚上，都随便跑进我的卧室，一直在我耳边唠唠叨叨的，搞得我根本没法休息。我早就想对她动手了，实在是忍无可忍，终于有一天，当她又在我耳边念叨的时候，我奋力将她推倒在地，拿起床头的扇子，用力抽她身子。没想到，挨了打的她变本加厉，揪着我的袖子喊：‘少爷你既然如此讨厌我，干脆就杀了我吧！’我那会儿年少狂妄，又正在气头上，于是就说：‘你那么想死，那就成全你！’说完我就抽出刀砍了下去，把她的头颅砍了下来，她的头颅在地上滚了一圈，最终脸朝着我。我看到她脸上居然没有痛苦的表情，反倒是一丝冷笑。一开始我还以为是自己眼花，谁会笑着去送死，但是我冷静下来一看，发现她真的是在笑……”

听到这里，八郎脊背一阵发凉，觉得非常可怕，但是老人还没有把故事讲完。

“其实事情一发生，我立马就后悔了，但是事已至此，后悔也来不及。我和家臣商量以后，给她办了葬礼。但是就在当晚，我忽然发高烧，腿上长出了一个疼痛无比的肿块。而且，后来肿块越来越大，形状越来越奇怪。家里给我找了很多大夫，甚至请僧人去作法，都没有任何帮助。实在没办法，我们甚至用火烤、用刀削，但是不管怎么处理，它还是会原样长出来。无奈之下，老夫以恶疾的名义隐居山林，转眼就二十多年过去了……现在我身子越来越不好了，大概是撑不到年底了，临走之前，就想要看看大师您的舞姿，这是我唯一的心愿，也是我让下人拦住您去路的原因。”

八郎听了，眼泪禁不住在眼眶里打转。

“鄙人不才，但只要大人不嫌弃，今晚一定好好表演，让大人尽兴。”

那天晚上，八郎竭尽所能，为卧病在床的老人跳舞，直到天色发白，才停下来休息。

老人一晚上看得津津有味，就连陪同在他身边的家臣们也露出了笑容。

结束以后，老人再一次认真地表达了自己的谢意：“真的太感谢大师了，可以说，您的舞蹈一扫我二十多年来的阴霾啊，这下我可以安心地走了。”

家臣们在老人的叮嘱下，给八郎准备了酒菜佳肴，等八郎用完餐并且好好休息后，再由他们送他上路。

“大师，您看，这就是陪伴老夫二十余年的肿块。”老人卷起自己的裤腿，让八郎看了看。

老人把裤腿拉到大腿处，示意八郎朝大腿内侧的方向看，八郎定睛一看，居然看到了一张女子的脸！那张脸从膝盖的地方长到大腿上面，真真切切一张小号的真人脸似的。

“大师，你看到了吗？这张脸就与当年我杀死的那个婢女的脸一样！”老人神情呆滞地说出这句话。

八郎早已目瞪口呆了。

八郎对着老爷鞠了一躬，没有说什么话。

吃过早餐以后，八郎休息了一会儿，就打算继续赶路了。正在他准备启程的时候，老人的一位家臣送来一些礼物，是一块砚台，还有一个中式香盒。

家臣转告八郎，这是老人给他的临别礼物。

“请您收下老爷的一番心意，留作纪念。”

八郎谢过老人的厚礼。临行的时候，十几位家臣给八郎送行，八郎一直对这位身患怪疾的老人惦记万分，若不是因为有事耽搁，他想着回程的时候再一次登门探望，无奈回来时因为事务缠身，只能易途。后来，他就再也没有见过那位老人了。

（田中贡太郎）

鬼　火

01

外面的雨一直淅淅沥沥下个不停。此时，店的纸门被拉开了，走进来一个书生模样的人。

他的个子不太高，戴着一个学生样式的斗篷，手里拿着一把正在滴水的油纸伞。他把伞收好后，从玄关走了进来。

店老板这会儿正在吃饭喝酒，看到有客人进来，不忘打招呼：“欢迎光临。”

老板觉得这个书生看起来有些眼熟，或许就是在附近大户人家里面打工的，然而一时间也喊不出他的名字来。

书生问了一句：“请问有绢豆腐吗？”

老板马上回答：“有、有。”然后朝里头已经吃完饭正在烤火的妻子说：“客人要绢豆腐。”

“好的。”妻子回答，“还有剩的。”

她一边回答，一边探出头来，想要看看是哪个客人，但刚好被纸门挡住了，没有看清，不过她还是大声打了招呼：“感谢惠顾。”

书生接着说：“麻烦给我三块绢豆腐吧。”说着，他咳嗽了几声。

“您只要三块是吧，那一定管够。”老板娘站起身来说，“您是哪一家的呀?”

“他……好像是……附近那个……”老板说着，还是没有回忆起来。

书生回答说：“是桐岛伯爵家的。”

“对对，桐岛伯爵家的，瞧我这记性。”老板说完拍了一下自己的脑门，接着问，“买豆腐是用来做寿喜锅?”

“好像不是，是用来凉拌吧。”书生回答。

“哦好的，那我们待会儿就把豆腐送到府上去吧。”

这时，老板娘走了出来，说：“真是辛苦你跑这一趟了，听说桐岛老爷前阵子身体不适，现在有好转了吗?”

“医生说老爷是肾脏有问题。今晚来陪夜的人觉得天气冷，想喝点儿酒暖暖身子，所以就让我出来买点儿豆腐做下酒菜。”

“哦，这么看来，桐岛老爷很辛苦啊，都说有钱能使鬼推磨，可是有些事情真的钱都解决不了呢。”

“家里已经请来了两个这方面的专家，不过都说这个病没有那么容易治好，估计得要一段很长的时间了。”

“这就太难受了。”老板娘叹了一口气说。

“要不您直接把豆腐给我吧。”书生说。

“不要紧的，我们待会儿准备好了就送到府上去。”老板说。

“不麻烦的，这外头还在下雨的，你们送过去更麻烦，不如让我直接带回去吧，反正我也是要回去的。”

“不要紧，不要紧，还是我们待会儿送过去吧。”老板一直坚持。

老板娘在一旁心里很不舒服：“臭男人，干吗非要自己送，让他顺路带回去不是更好?!”

“那行，那就麻烦你们了。”

书生看他们这样坚持，就由着他们了，然后拿起油纸伞，出去以后把门带上了。

“啪”地一声，书生把油纸伞打开了，渐渐地，只剩下淅淅沥沥的雨声。

“你这个人，就是多事!”书生离开了以后，老板娘忍不住唠叨了起来，“人家都说要顺便带回去了，你还要坚持送，这么冷的天，非要出门送那三块豆腐，冻感冒划算吗？既然你非要坚持，就自己送去。”

老板慢条斯理地边喝酒边说：“妇孺之见！桐岛可是大户人家，岂能怠慢？况且，他们家一直都很照顾我们生意的。”

“照顾是一回事，让那个书生顺路带回去就叫作怠慢了？你那么怕得罪人家，自己去送!”老板娘生气地说。

“多大点儿事呢，你消消气，消消气，咱俩谁送不一样啊，像桐岛这种大户人家，难免得跑一趟的，你就把豆腐给人家送上门吧!”

“我不去，你自己非要答应他的，我可没有跟那人说不要紧不要紧。”老板娘模仿老板刚才的口吻说。

“我作为老板，肯定要马上接人家的话，行行行，辛苦你跑这一趟，好吧?”老板用恳求的语气说。

“不要！你就是看外面天黑害怕了，就你这胆量，满月的时候都不敢往寺庙那边去！不过你别说，今晚天太黑了，外面还在下雨，我也不敢出门。”

“哎呀，瞧你说些什么话，天黑怕什么，你打着灯笼出门不就好了。”老板被老板娘看穿了心思，有点儿不好意思地说。

“不怕你就自己打着灯笼出门。”老板娘继续拒绝道。

“我说你这妇人，怎么这么不听话?”老板呵了一口气，大声地说，“你要赶紧出门去送，不啰唆这么多，现在也早就回来了!”

“你这个老头……明明自己就害怕，非要答应人家送上门去!”老板娘也跟着提高了嗓门儿，但是就刚才这么发了一通牢骚以后，她倒是觉得心情畅快一点儿了，也不觉得如今出门有多困难了。

老板娘到柜子边上去找灯笼，老板看到了，终于松了一口气，但是心里其实很内疚的，就只是嘴上唠唠叨叨个不停。

老板娘听着他絮絮叨叨的，觉得又好笑又好气，说：“死老头，死要面子，外面多冷的天，非要答应人家送上门!”

说罢，灯笼找着了，准备好一切以后，老板娘就提着豆腐出门去了。

听到老板娘出门的声音，老板才停止了刚才的絮絮叨叨，嘟哝了一句：“真是妇孺之见!”

02

屋里就剩老板一人了，他继续喝了一会儿酒。灯光打在他脑袋上，在桌子上投射出一圈影子，他看到那个黑乎乎的影子，心里有点儿慌，忍不住朝纸门方向看了看，心想，老板娘应该快回来了。

然而，不过是过了一会儿，老板娘自然没有那么快回来。

忽然间，纸门上出现了一个黑影。老板被吓了一跳，不禁往后退，然后鼓起勇气再定睛一看，发现纸门上什么都没有。

他方才松了口气，又拿起酒杯酌了一口。

然而，没过多久，老板的脑子里就出现了各种奇怪的想法。他想到，老板娘这会儿应当在寺庙的墙边走着，一手提着篮子和灯笼，一手撑着伞，就快到寺庙门口了，那里挂着不太明亮的灯笼，石墙边还种着很多用来做树篱的杉树，透过杉树，还可以看到寺庙里头隐隐约约的墓碑。寺院对面有一排紧闭着门窗的民屋，门缝中透出一丝丝犹如幽光一般的光线。老板娘往前一直走，然后在前面左转，可以看到一根电线杆。这会儿，不知道从哪儿来了一团鬼火，泛着蓝光，猛地撞上了电线杆。只听到“砰”地一声，鬼火变成无数碎片，散落到四面八方……

这样一系列的幻想把老板自己吓了一跳，他心跳越来越快，似乎快要到嗓子眼了，额头也开始冒汗。他两手紧紧抓着桌子边缘，生怕自己会掉到什么地方去似的。

这时，他的余光瞄到纸门上多出好几个洞，其中一个洞后面，有一只正在发光的眼睛盯着他。

老板喊了一声，整个身子瑟瑟发抖，赶紧钻进被窝儿，整个身子缩成一团。

过了很长一段时间，他终于稍微有点儿放松了，不像刚才那么害怕了。他心想，妻子估计差不多要到家了，不能让她发现自己吓成那样，得赶紧恢复到原来的状态。

于是他把脑袋钻出被窝儿，但是心里还是隐隐有些害怕，不敢完全钻出来。

窗外的雨一直下个不停，但是没有任何其他的声音，估计老板娘还没有回来。

他忽然想到，前几天在桐岛家附近听邻居们谈起鬼火的事情。

“那团鬼火你看见了吧？肯定就是那出车祸的孩子变的，太可怜了他，走在路上都能飞来横祸。而且那撞死人的到现在也还没有出现，孩子得不到安息，所以才变成了鬼火……”

“对啊！”老板认识这个说话的人，就是街坊理发店老板。

他接着说：“那孩子白皙又英俊，就连大户人家的孩子都比不上他的相貌。我觉得啊，一定是有人妒忌他，所以才生的坏心眼！”

大家听了，都赞同地点了点头。

“是哟，大户人家是非太多了……”

豆腐店老板想起这件事，又联想到大户人家的是是非非，总听说豪门恩怨多，为了争夺财产也是不择手段的，不禁心生恐惧。

正当老板想得入神时，纸门“咔嗒”一声被打开了，有人走了进来。

老板吓了一跳，赶紧佯装淡定地坐回原位。

“太冷了！真的是冷死人了！”

原来是老板娘回来了。老板马上挺直了身板。

老板娘缩着脖子走进屋来，看到老板几乎整个身子都藏在被窝儿下面，忍俊不禁地说：“你这胆子也太小了吧？吓坏了所以躲进去啦？”

“什么话？你哪只眼睛看到我是吓坏了躲进被窝儿里的？你不在没人给我盛饭，我进去躺一下不可以吗？”老板一边说一边钻出来坐好，恢复到妻子出门前的状态。

“胆子小就胆子小呗，有什么不好承认的？没人给你盛饭就进去躺着？鬼才相信。”老板娘没有买他的账，又挤兑了他一番。

“开玩笑！正是因为你不在，我一个男人吃饭没人伺候，成什么体统？”

“呵呵，你让我出门你还有道理了？”老板娘回到被窝儿里，看着老板逞强的样子，就想吓唬吓唬他。

“不过啊，还好你没去，我刚刚出门都被吓坏了，要是你去啊，恐怕就吓晕过去了！”老板娘一边说一边拍着胸口，假装一副被吓坏了的模样。

“怎么回事？”果然，老板一下子脸色发白。

老板娘把双腿伸进被窝儿里头去，然后凑到老板耳边说：“告诉你吧，我看到‘那东西’了……天啊，之前还以为是他们瞎说的，没想到这下被我亲眼看到了！”

“什么东西？你到底看到什么了？”老板吓得话都说不清了。

“从桐岛家出来，不是得经过那个电线杆吗？就是上次街坊们传言鬼火出现的地方。想不到啊，真的被我看到了，那么一团蓝幽幽的鬼火，‘砰’地一声，径直向电线杆上撞去！天啊！吓死我了，我立马跑啊跑，还好后来路上遇到几个书生，这才缓过神来……”

老板默不作声，双手已经下意识地紧紧拽住桌子边缘了，老板娘看他那个样子，哈哈大笑：“瞧，随便编个故事也能把你吓成这样！”

“什么？”老板这才知道原来妻子是在骗他，他生气地说：“这种事能瞎说吗你？况且我哪怕什么鬼火啊……”

“行行行，你胆子大，你胆子最大不过了，天不怕地不怕的。”老板娘忍着笑说，“你赶紧吃饭吧。”

“真是的，这种事瞎说什么，我会怕这种东西吗……”老板不依不饶。

吃了饭以后，两个人就躺下睡觉了。

睡熟了以后，老板忽然被身边的老板娘晃醒了：“你快点儿醒醒！快点儿！”

“怎么回事……”老板挠了挠自己的手，转眼看了一下窗外，迷迷糊糊地说：“天黑着呢，那么早起来干什么……”

“已经四点了，不早了，再不起来等下没时间干活儿了！”老板娘继续晃动老板。

老板没办法，只好坐起来，醒醒脑袋。

老板娘看他坐了起来，就离开被褥去点灯。灯光在夜色中显得非常扎眼，老板娘披着黑褂子干起活儿来，老板问她："外边的雨还没有停吗?"

"已经停了，我赶紧把饭做好。你等会儿先去点燃煤气炉，再去把大门打开。"老板娘叮嘱道。

然而老板丝毫不想动，因为外边天气太冷了，而且天还那么黑，他不想去开门。

"为什么不能等吃了早饭以后再开门啊?"老板喃喃自语。

"不可以!"老板娘厉声拒绝，"赶紧去把门打开！不开门怎么干活儿?"

老板娘说完话就进厨房干活儿了。

厨房里飘来一阵阵饭香，尽管老板很不情愿，但怕老板娘又嘲笑他胆子小，还是鼓起勇气去开门了。

他起来以后，先拿火柴去点燃煤气炉，煤气炉上蹿起了一束蓝色的火苗，照亮了旁边的石磨和锅。

煤气炉点燃以后，老板把火柴收好，接着就是最不情愿的工作——开大门了。

03

老板走到门口，轻轻地拉开纸门，然后就要拉开板门，也就是屋子和外头的隔墙。板门上有个锁，想一下就会知道，那一定是刺骨冰冷的。老板做好心理准备，绷紧全身神经，一口气迅速把锁打开，然后马上拉开门，做好随时后退的姿势——万一撞见个妖怪啥的，还有条退路。

然而迎面而来的，不过只是冷冰冰的风。老板吁了一口气，摇摇头苦笑了一下，然后走出去准备将挡雨门板挪下来。忽然，一个声音传来："老板。"

冷不丁的一个声音吓得老板毛骨悚然，但是他对这个声音很熟悉，立马就缓过神来，回头一看，是一个戴着学生斗篷的人。

"昨晚辛苦你们跑一趟了。"原来是昨天夜里来光顾的桐岛家的书生。

"哟！原来是你啊！我以为……"老板连忙住嘴，接着说，"你今儿这么早，是有事吗？"

"是的，我家主子很喜欢你们家的绢豆腐，所以今天一早就让我过来请您过去一趟，估计是想要和您商量以后定期送豆腐的事吧。"

老板听了，满脑子都是电线杆边上的鬼火，所以，没有立马接过书生的话。

"我明白的，现在确实是太早了，但是我家主子生病以来从来没有胃口大开过，请您顾念病人的需求，跟我走一遭吧。"书生看老板有些为难，接着提出邀约。

老板心想，像桐岛这样的大户人家，当然是不能拒绝的，而且天色已发白，书生也会随同他一起过去，应该不会有什么问题。

如此安慰了自己以后，他轻松多了，跟书生说："好吧，你稍等我一下。"接着往里头喊了一句："桐岛老爷让我到府里一趟，我快去快回！"

老板娘听了说了一句："一大清早的，什么事啊？"

"不清楚呢，全家人看桐岛老爷一生病，估计都着急了。"

"那行吧，你快去快回，别耽误事儿。"

接着，老板就随着书生离开了豆腐店。

他们一边往前走，一边有一搭没一搭地说着话。

“桐岛老爷这身体，好些没有？”

“没有什么起色，专家都说很难治愈的，全家人都很着急呢。”

老板一边和书生说话，一边抬头看天空，原先乌云密布的天空这会儿已经敞亮些了，阳光透过云层洒下光辉来，天快亮了，老板觉得挺安心的。

快到那个电线杆拐角的时候，两个人停止了对话，默不作声地往前走着。书生的脚步快了一些，老板紧紧跟在他身后。路过寺院门口时，依然看到灯笼高挂，让老板心里纳闷的是，怎么过了这么长时间了，天没亮，反倒越来越暗了，想到这些，他心里就毛毛的。

“你说，这天怎么这么久还没亮呢……”老板忍不住嘟哝了一句。

走在前面的书生往老板这边转过脸，侧脸看上去，这个书生倒是白白净净的。

他回答说：“应该快了，一会儿就要亮了。”

老板用余光瞥了一眼寺庙里头的墓碑，仅一眼就把自己吓坏了，他赶紧往书生那边凑近了一点儿。

接着，就要经过那个可怕的拐角了，他觉得自己浑身的汗毛都竖起来了，呼吸也不由自主地快了起来，他满脑子空空的，只顾着跟随书生走，生怕慢了半步就会有什么坏事发生。

经过拐角时，他终于看到了那根电线杆，其实和他之前看到的是完全一样的，四周也没有什么变化。但是，老板还是不敢放松，一心想着得赶紧离开。

绕过了电线杆，就是桐岛家的宅子了。大户人家果然是不同凡响，大门两边是用花岗岩砌成的柱子，柱子上面还装着两盏特别光亮的灯，院子里头的樱花树枝都被照得一清二楚的。

书生领着老板从大门左边的小门进去。老板发现，门口旁边是一座小房子，透过磨砂玻璃隐约可见，屋里还有灯光。

这是守门人的住所。但有点儿奇怪，守门人也不在里头，真是有点儿不成礼数。

然而他只要跟着书生往前走就对了，这些都不是他该管的事。这会儿，书生往正门玄关的方向走去了，老板顿了一下，因为如果要遵照礼数的话，他们应该从左边的路绕到后门去，从后门进去才是。

“咱们是不是应该从后门进去?”老板问书生。

书生没有回头，说：“您跟着我走便是。”

04

在寒风中，樱花树随风摇摆，在路灯的映照下，樱花树枝的影子就好像一个个在地上蠕动的怪物。

两辆汽车停在玄关前面，还有一个种植着硕人的苏铁的大花盆，在灯光的照射下，叶子油亮油亮的，而且轮廓愈发清晰了。玄关口是放置鞋子的地方，有十几双皮鞋和木屐，而纸门是紧紧闭合的。

书生还是径直往玄关走……

“那个……我还是在后门等吧……”老板还是不敢从前门进去。

然而书生并没有停下脚步，他走上前去拉开了纸门，脑袋往里面探了探，然后不作声地朝老板的方向招手，示意他过来。

“这个……会不会不大好啊……”老板还是觉得不太好，但是书生并没有理会他的话，一直朝他招手。在黑夜中，白皙的手指显得扎眼。

老板只好按照他的意思，往前走。

纸门后边还有一个书生，在火盆边上睡着了，右手撑着脑袋。

老板随着书生往里屋走，心里有些忐忑不安，但事到如今无法回头了。他们走到走廊处，看到一排点着灯的房间。

书生继续领着老板往左边的方向走。

到了一间格外气派的房间前面，书生停下了步伐。这个房间较其他的房间都要特别，是西式风格的，书生用左手把门推开，右手则朝老板示意，让他跟上。

老板走进去以后，一股暖风徐徐地拂过他的脸，很是惬意。他留意到，房屋左边放置着一张床，一个脸色苍白的男人躺在上面，头朝里边，老板估计这就是卧床不起的桐岛老爷。床的旁边，两名护士正坐在椅子上打瞌睡。还有好几个看起来已经乏得睡着了的男人在床的不远处盘坐着。

书生停住了脚步。老板觉得很奇怪，这会儿老爷还在休息，书生把他带到老爷卧室去做什么。而且，他这种身份的人跑到老爷卧室里头，也有些不合礼数。

正当老板在想这些事的时候，书生忽然回头，屋里的灯光让书生的脸显得清晰无比。

这还是老板头一回把书生的模样看得这么清楚，他的眉眼长得非常好看，眉清目秀，生得十分俊美。

但是老板一下子却被吓得目瞪口呆！

难道……这不就是街坊们口中那个被车撞死的年轻人山胁吗？

“老板，你不用害怕，你按照我现在说的去办，就不会有什么事的。”

山胁看到老板的神情，似乎已经看穿了他的心思。

书生从怀里掏出一圈绳子。

“你过去用这个绳子把桐岛老爷的脖子圈住就好了。不用担心，你按照我说的去做就可以，他们都睡死了。”

“好……好……”老板应了一句，但是浑身无法动弹。

“赶紧的啊！”书生催了一次。

老板没有其他办法，只能按照书生的吩咐去做，他接过那一圈绳子，小心翼翼地朝老爷的方向走去。走到桐岛老爷身边的时候，屏住了呼吸，急急忙忙地把绳子往他脖子上一套，正准备转身离开，绳子居然又回到自己手中。他有些莫名其妙，估计是自己太害怕了，又重复了一遍。但是，只要绳子一套到老爷脖子上，就还是会飞回他的手中，试了好几次也是这样，不知道为什么，他捧着绳子回到书生站着的地方。

“不知道为什么，绳子还是会回到我手里……”老板低着头说，不敢抬眼看书生的脸。

“这样啊。我另有准备。”书生说完，从怀里掏出了两颗石珠子，“你过去把这两颗珠子放老爷枕头边上，绳子就先放着。”

书生说完，把珠子交到老板手中，补充说：“只要枕头边上就行，随便哪个地方。”

老板接过书生塞给他的两颗珠子，蹑手蹑脚地来到桐岛老爷床边，然后迅速把珠子放他枕边，撒腿逃回书生站着的地方。

“可以……放好了。”老板颤抖着说。其实这会儿他已经没有刚才那么害怕了，甚至开始怀疑自己还在梦里。

“行，我们走吧，绳子是套不了了。”书生说完，就往门外走，老板立马紧跟着出去。

他们走到院子里，看到一个池塘，这会儿风已经停了，池塘安静地如同死水一般。书生经过池塘和套廊，路过了别院的一个房间门口，拉开了纸门走进去，老板也随他走了进去。

这个屋子虽然没有桐岛老爷的屋子那么敞亮，但还是可以清楚看见里头的一丝一毫。床榻上躺着一个女人，一只手托着脑袋，另一只手放在她面前男人的身上，两个人好像在交谈，然而他们并没有察觉到有人走了进来。

老板定睛看了看那个女人，一看吓一跳：这不是桐岛夫人吗?！而她身边那个男人，应该是桐岛老爷的司机啊！

这是怎么回事，桐岛夫人大晚上的和别的男人共处一室，行为举止如此不堪入目？老板心里嘀咕了一下。但是他又觉得，眼前这一切或许都是他在做梦，所以就又不太当回事了。

他转头看了看书生，心里已经不害怕了。

只见他目露凶光，紧蹙双眉，但是嘴角又似乎在笑。他看到老板转头看他，就示意老板不要出声。

眼前两人还在亲密交谈，那个男人还时不时伸手抚摸桐岛夫人的脸庞。老板一脸尴尬地站在边上，目光不知道该往哪里移。

他听到书生说："过一会儿，等着看好戏吧。"

"这到底怎么回事啊！"老板嘴里喃喃自语。

"他们趁桐岛老爷生病，正在私会呢，不过你正好帮了我一个大忙。"

"你的话是什么意思？"老板没有听明白。

"这个浪荡女人，到处去勾搭男人！她欺骗我与她私会，结果被那个无恶不作的人发现了。那个恶人早就想找机会把他夫人撵走了，好让自己的小妾成为正室，但是因为他自己是入赘女婿，没权没势的，就索性让他的司机把我撞死，再把罪名推到夫人身上去！但是，他千算万算，也算不到原来自己夫人和司机也有一腿……所以司机怎么可能会去栽赃给夫人呢，哈哈哈哈，这狗男女恨不得赶快把桐岛老爷弄死……"书生笑得面目狰狞。

"所以……恶人指的是桐岛老爷？"

“除了他还能是谁?”书生怒道，“那个表面上作风正派的贵族院议员，背地里不过是一个心狠手辣的恶人!”

说罢，书生拍了拍老板的肩膀：“看着吧，好戏要开场了!”

老板转头往床榻的方向看，夫人原本只是放在司机身上的那只手开始慢慢地像一条蠕动的蛇，在司机的腹部游离，然后猛地钩住了司机的脖子。这时司机低下了身子，然而却被夫人另一只手轻轻推开了，同时，夫人还发出了娇嗔的叫声。

老板心想，这女人果然有点儿手段。

05

忽然，纸门被拉开了，居然是刚才还在卧床的桐岛老爷！就在刚才，这位老爷还是一副奄奄一息的模样，这时居然能够以这么快的速度赶过来，实在让人难以置信！老板不禁揉了揉自己的眼睛。

桐岛老爷看到夫人和司机在苟且，气得发出一声怒吼，额头上的青筋都几乎要爆裂了。

司机赶紧把夫人的手拿开，站起身来。桐岛老爷一个箭步冲了过去，揪住了司机的衣领，大声吼道：“你个兔崽子，居然敢背叛我?!”

桐岛夫人也赶紧站起身来，桐岛老爷用他的另一只手，揪着她的头发往下扯，用尽了力气，仿佛要把她的头皮给扯下来似的。

夫人疼得一直叫喊，大声说：“你干什么啊？你这么随便打人，太有失身份了!”

但是桐岛老爷依然没有平息怒气，又发出了一阵狼一样的怒吼声。

“老爷，您冷静一下，事已至此，我知道无法辩解了，但是事情闹大了对我们都没有好处，您先松手听我把话说完。”司机倒是挺冷静，而且他一直在想法子让老爷的手松开。可是原本奄奄一息的桐岛老爷这会儿居然力气这么大，他们俩谁也无法挣脱。

“你赶紧过去，趁他们现在在打架，把绳子套住桐岛的脖子，这次肯定能行。”书生推了一把老板，但是老板的身子仿佛僵住了。

“快点儿！还在想什么？这就是最佳时机，相信我，不会有人管你的。”书生又催了一遍。

老板无计可施，只好按照书生的吩咐去做。

他小心翼翼地走到桐岛老爷的身后，三个人居然都没有发现他。于是，他赶紧把绳子往桐岛的头上一抛，不偏不倚地正好就套在了桐岛的脖子上，接着，好像有人把绳子猛地一扯，桐岛“啪”一声跌在地上。

老板一看状况，赶紧转头就跑。书生哈哈大笑：“漂亮！这下一举成功!”

老板站稳脚步，回头看看那三个人，桐岛老爷躺在地上一动不动，而夫人和司机则在他身边窃窃私语。接着，夫人不知道与司机说了什么，司机一听，赶紧起身离开了房间。

“他倒是跑得挺快的，怕被人发现，怪罪在自己身上。我们走吧，我要干的事儿已经干完了。”

书生说完后就转身离开，老板也赶紧转身跟过去。书生的脚步非常快，没有理会后边的老板有没有跟上。很快，他们就离开桐岛家了。

这会儿天色还是很暗，下着毛毛细雨。门外边那一辆汽车在闪着灯，书生钻进车里坐好，回头看老板。车灯打在书生脸上，看上去非常诡异。

书生对老板说：“今天谢谢你了，谢谢你为我报仇雪恨，尽管只是解决了桐岛，但是那对狗男女也活不了多久了，最多几个月……反正他们自有天收，到时我也不需要人帮忙了。”书生莫名其妙地大笑起来，接着说，“对了，给你看个东西。”

说罢，他伸出手来给老板看，老板一下子被吓得惊惧不已——书生手上，居然是桐岛的人头！

接着，汽车往前走了，老板的眼睛被黄色车灯一照，忽然就昏过去了。

“啊，能动了！能动了！”

老板耳边传来了一阵嘈杂的声音，他用力睁开眼睛一看，是他的妻子和素来交好的店铺老板，还有一些街坊们。他们的表情悲喜交加，老板则是一脸疑惑。

“怎么回事？我这是在哪里？”

“我早上让你出去开门，结果你开了门以后就躺在外头了，我怎么叫你你都醒不过来，吓死我了，我赶紧找来大家帮忙，刚才还请了大夫过来……我怕你出什么事了啊！”妻子一边说，一边擦眼泪。

老板忽然想起在桐岛家的所见所闻，原来真的只是一场梦啊！

他对四周的人们说：“我刚刚好像做了一个很长的梦……”

至于梦见什么，他就没有再说了。但是到了中午时分，亲朋好友都收到了桐岛老爷去世的噩耗，老板吓了一跳。然而他还是安慰自己，不过就是一场梦，况且桐岛老爷早已奄奄一息，一切不过是巧合罢了。

几个月以后，有一个客人前来买豆腐，告诉老板说，有人发现了桐岛夫人和司机的尸体，就在镰仓的海边，然而，没有人知道他们是怎么死的。

老板听了以后，怔了一下，整个人都疯了。

（田中贡太郎）

亡灵客栈

01

小八在经过了一番折腾以后，终于到达了这段旅程的目的地——亡灵客栈。一走进客栈大门，老板和女佣就热情地上前招呼他。细心的女佣看他的草鞋已经磨破了，马上去后院打来了一盆干净的水，让他把双脚洗洗。

入秋以后，树叶的颜色越来越深了，然而白天有阳光的时候，还是比较暖和的。但是这亡灵客栈却不是这样，即便是大白天，屋里依然寒气逼人。洗干净双脚以后，小八得知，女佣已经为他准备好洗澡水了。小八到澡堂舒舒服服地泡了个澡，这才把一路的疲惫给驱赶出去。

小八洗了澡以后就回到房间了。过了没多久，客栈的老板上来敲他的门。小八答应了一声，就让老板进来了。

“客官是从哪儿来的呢？”

“我是江户那边过来的。”

“那么，你这次前来是为什么来的？”

“是这样的，我想上山见一位逝者。”小八直接与他说，“我听说你们有办法，对吧？”

“我们的确有办法。立山这里，有极乐世界和阴曹地府，逝者集中在这边，如果您是真心的，当然可以实现。”

“那么，我接下来该怎么做呢？”

“如果要见逝者，肯定是要通过特殊的途径的。但是我会替您安排好，不必担心。然而，有一件事我得提前告诉您，就算您见到逝者了，也不能和他说话，因为如果您与他交谈了，可能永远都没有机会再见到他了。”

“明白，我知道了。”

“那行，您把这位逝者的忌日和年龄告诉我，我立刻着手帮您安排念经送佛。到了明天寅时，会有一位引路人过来找您，到时他将会带您上山去见您想见的人。”

“行，那我还需要做什么吗？”

“到时引路人自然会告诉您。您随着他上山以后，就在那儿等着就行。接着很快就可以看到逝者了，他出现以后，您不能和他交谈，但是可以为他诵经超度。如果你们交谈的话，可能会使逝者魂飞魄散，无法超生了。”

“明白了，我只要看看就好，并不打算做别的。”

“那行，您想见的逝者是什么人呢？”

小八这一次，是想要再见一下他去世一个月的亡妻。小八的妻子本来是在新吉原当妓女的，两人相遇相识相爱，也正好到了她隐退的时候了，小八就花钱给她赎了身。他妻子身材非常高大，模样很俊秀，一双水汪汪的大眼睛好像会吸人似的。但是可能因为是妓女出身，性格倒是有些轻浮。小八自己是消防员，住在下谷长者町的长屋。两个人结婚以后，相敬如宾，感情非常好，似乎总有说不完的话。妻子到无花果树下的井口去磨米，小八就负责给妻子打水，街坊们看他们形影不离的，总喜欢开他们的玩笑。可惜，恩爱的夫妻没有做多久，妻子就重病去世了。这个噩耗对小八来说，简直无法接受，妻子去世以来，他整日魂不守舍的，不管亲戚朋友怎么宽慰，依然无法减轻他心中的伤痛。后来，小八听说，立山脚下有一家亡灵客栈，有办法让他见到亡妻。听到这一消息，小八就赶紧凑来了一笔钱，马上出发来到这亡灵客栈。

小八告诉老板："是我的亡妻。"

"哦，节哀顺变，夫人多大了？"

"今年刚刚二十五。"

"那，夫人一定是一位身材很好的大美人了？"

小八摇了摇头说："没有没有，她就是高高瘦瘦的身材，脸也是瘦瘦长长的。我不过是一个普通消防员，她也不过是普通人而已。"

"瞧您说的，江户盛产美女。"老板问完以后，想起一个重要的问题，"对了，您夫人是什么时候走的？"

"上个月七号。"

"那没问题，可以帮您见到她。我们这边的收费是一次性付清的，童叟无欺。今晚诵经收费两百，明天引路人收费四百，另外您住店收费三百，这就是全部费用了。要是您还另外需要给您夫人诵经祈祷，就得再付费。"

"好的。"小八说完，从行李里拿出装钱的纸包，掏出钱来递给老板。

"麻烦您继续为我妻子祈祷了。"小八一脸真诚地说。

"没问题的，我让人准备您的晚饭。吃了饭以后，您赶紧休息，不要想其他的事情。到时间了，我会让人过来叫醒您的，安心休息吧。"说完，老板就示意佣人端上饭菜。

02

小八用完晚饭以后，按照老板说的上床休息了。但是他一想到马上就能见到妻子，心情就非常激动，总感觉妻子已经来到了自己身边，特别是一想到妻子生前的笑脸，他的心情就无法平静。

“客官，客官……”过了一段时间，女佣过来叫他起床了，“您快起来沐浴更衣吧，时间差不多了。”

小八听了立刻起身，随着女佣来到浴池边。天色暗沉，寥寥无几的星星挂在天上，周围回荡着几声鸡鸣。女佣让小八走进浴池洗干净身子，然后回到房间。

回房以后，女佣端来了简单的早饭，白粥小菜，椒盐河鱼。小八有些紧张，因为马上就能看到妻子了，他草草吃完了早饭，女佣把餐具收拾好。老板随后就走进了房间。

“客官，您准备好就出发吧，引路人已经到了。”

“行。”小八从行李里掏出一套干净的衣服换上，然后把其他东西都留在原地，准备出发的时候，老板再一次吩咐：“您千万要记住我的话，见到逝者以后不能和她交谈，不然后果很严重啊。”

小八点点头，表示已经明白了。然后，老板把他带到了客栈门口，有一个提着灯笼的人站在那里，老板介绍说，那便是引路人。

告别了老板，小八就随着引路人走。四周非常安静，没有一点儿声响，小八的心跳得更快了。引路人只是在前面带路，默不作声。小八跟着他穿过了小溪上面的土桥，听到了溪水哗啦哗啦的声音，还有脚踩到小草发出的声响，及偶尔几声鸟鸣。然而所有这些声音，小八都没有听进去，因为他满脑子都是待会儿可以见到妻子的愉悦和兴奋。

山路遥远崎岖，走到一个拐角的地方，有一棵苍天古树，天色也渐渐发亮了，立山的轮廓渐渐显现出来。

终于，当走到一个十多坪的池塘时，引路人告诉小八：

“绕着这个池塘往前走，到了洼地边缘就是立山地狱了。”

说完，他们继续走着，一直到洼地边缘的时候，引路人又说：“就是这里了，您就在这儿等着吧，过不了多久，就可以见到您想见的人了。”

小八按照引路人的指示，在地上铺上草席，然后盘起腿来坐在上面。

“等太阳完全出来，我再回来这里接您。”说罢，引路人离开了，小八独自一人留在那里。

小八一动不动地坐在草席上，安静地等着。引路人把灯笼拿走了，于是周围变得越来越黑，最终小八融入到周围的夜色中去。一股寒意朝他袭来，然而他依然没有任何动静，安静地等待着，朝着引路人说的逝者会出现的方向看。

随着天色渐渐发白，小八周围的能见度大一点儿了。忽然，小八的视线里出现了一个身影，高高瘦瘦的，身穿一件白色衣裳，一头长发披在肩上，正在朝远离小八的方向走着。尽管天色已经发白，但夜色还是朦胧的，然而小八还是可以看清远处那个身影和自己的亡妻简直一模一样。这个时候，小八的内心风起云涌，根本没有记得老板在他出门之前的叮嘱，马上站起来，一边喊着自己妻子的名字，一边朝着她的方向跑。

然而，听到小八的叫声，女子却走得越来越快，最后甚至跑了起来。但是小八的速度比她的更快，很快就把她追上了，一把从后面抱住了她，女子奋力想要挣脱小八的手，但是拼尽全力都没有挣脱开。

忽然之间，小八觉得自己的妻子又回来了，好像从未离开一样。

但是，女子忽然也开口说话了："拜托拜托，放过奴婢吧！"她一边说话一边挣扎。

小八吓了一跳，这显然不是妻子的口吻和声音，他赶紧把手松开，绕到女子前面一看，发现根本不是自己的妻子，而她头上的白色三角巾也是纸糊的。

小八瞠目结舌，女子解释说："大人，求求您放过奴婢，我也是不得已的啊……"

"你……你是活着的？"

"天啊……"过了一会儿，小八才缓了过来，随之而来的是无比的愤怒，"太过分了，居然这样骗人！"

"对不起，对不起……求求您了，大人，放过我吧！"女子近乎哀求了。

小八逐渐看清这个女子的长相，发现是个美人。

"你刚入行？"小八笑着问。

"是的，我是今年年初才被卖到这里……"女子低着头回答。

"这种事情还有很多人在做？"

"对，各种各样的人，客人想见什么样的人，老板就能安排类似的人。"

"那倒是挺逗的。"

"才不是呢，我被卖到这里来，就要一辈子在这里招摇撞骗了。"

小八听了，若有所思地看着她。

"求您了大人，千万不能把真相说出去，不然客栈和我都该完蛋了……"女子用恳求的语气说。

“不，”小八摇了摇头，“我真是够傻的，居然相信来这里可以看到亡妻，还大老远跑过来，老板不过就是应我要求罢了，这种傻事哪还敢到处说啊……”说完，小八对这个女子心生怜意，问她：“要不你跟我回江户吧，总不能一辈子在这里装神弄鬼的，我尽管没什么能耐，但是帮你找个正经差事还是可以的。”

女子低着头，沉默不语，没有接受也不敢拒绝，毕竟小八对她而言也是陌生人，但是她想了想，这男子从大老远过来不过也是为了见自己的亡妻，应该也是讲道义的人，不会欺骗她的。

“你觉得怎么样？”小八问她。

“但是，我也没办法做决定啊。”女子有些犹豫，但显然已经被小八打动了。

“那我就帮你做决定好了，跟我走吧，你老板不敢找上门的，因为他本来就在招摇撞骗。”

女子还是低着头，默不作声。

小八连忙抓起她的手，说：“我们赶快走吧，不然引路人就回来了，到时你逃不了，得一辈子在这里装神弄鬼了！”

03

太阳已经完全出来了，引路人回到了刚刚把小八留下的地方，然而并没有看到小八的身影。引路人知道事情败露了，赶紧回客栈和老板报告了这件事。老板一听说小八找不着了，就马上找了两个熟悉地形的人到附近去找，但始终没有找到小八的身影。老板觉得事情不对劲，赶紧又让人去找那名假装小八妻子的女子，发现她也不见了。这下，他才意识到这件事情不简单，于是又带了好些人把整个山头找遍了，夜幕降临时分，才在山底下找到女子身穿的白色衣裳，推断出他们应该往隔壁村逃跑了。

老板意识到事情的严重性，又立刻到隔壁村去打听，终于在一棵大树下找到一个声称见过二人的老婆婆，她说："今天早上，确实是看到了一对陌生男女从这里经过……"

老板怒不可言，买那个女子回来可是花了他不少钱，居然就这样做了一桩赔本生意。他马上回到客栈，把小八留下的行李翻遍了，发现除了他随身带的衣服以外，还有一顶草帽，上边写了小八的名字和地址。

"看我找到你了怎么收拾你！"老板怒气冲冲，命人给他收拾行李，准备到江户去找小八算账。

04

小八回去的第二天，邻居们听说他去了一趟立山的亡灵客栈，带了一个美女回来，就都纷纷跑他家里去聚餐喝酒，顺便想探个究竟。

等大家坐好以后，小八就把整个故事一五一十地说了一遍，大家都听得津津有味。

"我告诉你们，我一看到她就觉得特别亲切！"女子一听脸都红了，大伙儿也哈哈大笑。

忽然，院子里有人喊了一句："里面有人吗？"小八出去一看，居然是客栈的老板找上门了，他原本有些不好意思，但一想到老板装神弄鬼的勾当，立刻挺直了腰杆儿。

“你是立山客栈的老板？”

“对！”

“你到这里来干什么？”

“你还敢问我？赶紧交出我的人来！”老板气焰嚣张地说。

小八的朋友们看不过眼，合力把老板揍了一顿，老板求饶都求不过来，就被扔了出去。

被打了一顿的老板更加生气了，又去找小八的房东，告诉他小八拐走了自己的人，让房东做主。

小八就把整个事情说了出来，还有老板做的那些装神弄鬼的事，女子也出来做证了。谁知老板根本没有承认自己所干的勾当，还说：“一对狗男女合伙骗我，我才不会那么容易善罢甘休！”

05

房东觉得自己没有办法解决这件事，就找人去官府报案。

官府接到了报案，让相关人员去那里做调查，把整个事情了解清楚。但是客栈老板死活不承认自己干的勾当。

负责这个案子的官员见他一副死不承认的样子，苦笑着说：“我早听说立山那里有一家亡灵客栈，声称自己可以帮助人见到逝者，也让人去调查了，但是他们说看到的所谓的逝者都只是身材相似，从来没有见过真实的模样。你还不赶紧从实招来？”

老板一听，顿时没了底，气焰也消沉一大半了。

“怎么样？还不打算招？”官员看他越来越心虚，立刻又加了一句恐吓，老板吓得马上跪地求饶：“大人饶命，大人饶命，小的已经知错了……”

“你知道错就好，坑蒙拐骗本来就是大罪，我看你也没有做什么伤天害理的事，就暂且放过你。但是你回立山以后，立马得把那些扮鬼的人放了，并且以后不许再干这装神弄鬼的勾当，否则我将会严惩你！”

“谢大人饶命，谢大人饶命……”老板磕头认错。

“还有，诓骗小八的钱立马如数归还！那名女子，也还了人家自由身！”

“好的，好的……”老板一边说一边拭去了额头上的汗，小八看得都忍不住笑了。

06

离开官府以后，老板就把小八的钱和女子的卖身契统统交给了他，并且表示回去以后也不再干这种勾当了。过了不久，小八和这名女子成婚了，老板还过来参加了他们的婚礼。婚礼上，大家把这件事情当作趣事说了起来，还给小八取了一个绰号：幽灵小八。

（田中贡太郎）

青柳茵茵

日本历史上的文明年间，能登国守护畠山义统麾下有位年轻武士，名叫友忠。友忠出生于越前国，但从小就进入能登国守护的藩邸，做了守护的贴身内侍。在主公畠山义统的监督与教导下，他勤勉向上，苦练武艺，成长为一名优秀的武士。主公畠山义统也视他为得力助手，对他颇为赏识。友忠生性随和，外表俊朗英伟，风度翩翩，谈吐文雅，因此极受朋友们爱戴。

二十岁那年，友忠接到主公的一道密令：出使京都，觐见幕府管领细川政元。

这次公干的途中将会经过越前国，友忠获准顺道回去探望孀居的老母。

此时正值一年里最寒冷的日子，滴水成冰，道路硬滑。他的坐骑虽然精挑细选、骏逸非凡，却也只能下马步步缓行。

走了一整天，他来到一处山区。这里前不着村，后不着店，人迹罕至，找不到地方过夜。友忠人困马乏，天色又渐渐暗了，他不由得焦急起来。

凛冽的寒风越刮越大，吹到脸上如同刀割。友忠知道，暴风雪马上就要来了。在此进退维谷之际，友忠意外地发现，前方的小山顶上竟然有间茅草屋，屋旁有三株柳树。友忠急忙牵马走了过去，用力地敲打紧闭的木门。

门“吱呀”一声开了，一位老妇人探出头来，上下打量着这位英俊的陌生人，说道：“年轻人，这么糟糕的天气还在赶路？不嫌弃的话，请进来歇一歇吧！”

友忠道谢后将马牵进屋后柴房，随后走入正屋。正屋里，有一位老翁和一位少女，他们正在把木柴丢进火盆中取暖。老翁和少女看他进来，赶忙施礼，并请他到火盆边暖暖身子。老翁还取出热酒，请友忠共饮，顺便问起他途中的见闻。那位少女则隐身于屏风后，尽管穿着简陋，也没有梳妆打扮，但友忠还是被她那惊人的美貌所吸引。他心中纳闷儿，如此美女，怎会住在这样一个荒凉之地？

老翁劝友忠饮了一杯酒，说道：“阁下到此，实是我家的荣幸。此处较为偏僻，前面的村子距离这里还十分遥远，外边狂风暴雪，道路湿滑难行，倘若您冒雪夜行，肯定十分危险。您要是不嫌我家简陋粗俗，不妨留下住一晚，待明日雪停了再走。您的马，我们也会替您尽心照料。”

老翁的提议暗合了友忠的心意，其实，他已经开始对屏风后那位美少女心存爱慕，也不舍得立即离开。

不一会儿，老妇人端来了简单可口的饭菜，少女也从屏风后走了出来，在旁边斟酒侍候。友忠偷偷望去，只见她穿着一件干净且简朴的布衣，长发及腰，飘逸柔顺；她微微浅笑之时，露出洁白的牙齿；她皮肤白皙，如皓月银雪一般。

这一看，友忠更是神魂颠倒，只觉得一生遇到的女子都比不上这少女。她的一举一动、一颦一笑，都令人神魂颠倒。

两位老人见友忠这番模样，道：“大人，这位是小女青柳，从小就在这山里长大，不懂礼数，让您见笑了。若有失礼的地方请您务必包涵。”

友忠回过神，慌忙表示，在此危难之际，能遇到他们这一家人，实在是他的幸运。他口中说着话，目光却一直盯着青柳看，把青柳羞得脸色绯红，低头扭捏。

老妇人见状，提起酒壶请友忠饮酒，道：“大人，这是我们乡下人自酿的薄酒，请您品尝。外面天寒地冻，多喝点儿酒身子暖得快。”

友忠自知失态，连忙收敛心神，举杯向二老致敬后便开怀大吃起来，但他心中被青柳的绝世风华所倾倒。她甜美的声音、清秀的脸庞，时刻萦绕在他脑海中——虽然在山里长大，但青柳的父母应该来自上流社会，因为她的气质与谈吐都像是一个大家闺秀。

忽然间，友忠灵感一闪，试探地唱起一首和歌：“孤身出游二十载，今日识得娇美花。未知缤纷落何处？流水有意绽芳华。”

青柳听后羞涩地一笑，也以一首和歌相和：“落花有意随流水，不负鸳鸯不负卿。”

友忠闻言大喜，知道青柳已经明白了自己的暗示，同时她也对自己有好感。他对青柳的好感剧增。看来，青柳不仅外表可人，才华也是居于人上。

友忠自忖道：这世上，怕是再也找不到比这个既美丽又聪明的女子更适合做自己妻子的人了！仿佛有个声音在他耳边喃喃低语：“不知你走了什么运，这简直就是金玉良缘啊！”

趁酒酣耳热之际，友忠下了决心，开口请求老夫妇将女儿许配给自己。接着，他又一股脑儿地将自己的姓名、家世、籍贯以及眼下所担任的职务说了出来。

两位老人被友忠的诚意感动，连连躬腰致谢。

老翁似乎心有疑虑，踌躇地说道：

“大人，您是一位有身份有地位的人。承蒙您不弃，愿娶小女为妻。可是这婚配之事，从来都讲究门当户对，我们是山野草民，小女又蠢笨粗俗，嫁予大人，实在是高攀了！不过，既然您对小女有意，要是您不嫌弃她的无礼蠢笨，我们倒也十分乐意让她服侍您。她能有个好归宿，我们心中也十分欢喜。”

好事就这样定了下来。当晚，友忠就住在了青柳房中，二人如胶似漆，成就了夫妻间的缠绵之事。

第二天清晨，暴风雪停了，一轮红日从东方升起。晨光沐浴中，青柳双颊生晕，面红耳赤，只好以袖遮面。但在友忠的眼里，她的俏脸就像彩霞般绯红动人。

虽然恋恋不舍，友忠却必须上路了。临行时，他请求两位老人道：

“二老的恩德，我将铭记在心。现在青柳已是我的妻子，我们情深意重，如果现在就分离，实在舍不得。我想带着青柳一道上路，还望二老成全。不管是路上，还是今后的人生，我定不会让青柳吃苦。”

说着，友忠从自己包裹中取出一锭黄金，赠予二老。

老翁连连摆手，委婉地谢绝了黄金，道：

“大人，我们住在穷乡僻壤，要金子没什么用，现在天寒地冻的，您要赶那么远的路，还要带着青柳，这锭金子，您留着使用吧。小女已经是您的人了，适才她告诉我们，愿意跟着大人赴京，只要您不嫌麻烦，那青柳就劳您费心了。这穷乡僻壤之地，我们也置办不出体面的嫁妆，请您见谅。小女终生有托，我们实在欣慰得很。你们这就上路去吧！”

友忠再三恳请二老收下黄金，但他们坚持不要。此时，友忠越发对自己的岳丈岳母心生敬佩——看来，这两位老人并非贪恋财物的人，他们心中所记挂的，只有友忠能否真心善待女儿而已。

友忠扶青柳上了马，向二老致礼道别，礼数甚全。

老翁阻止他道："友忠大人，请不要再行礼了，相信您会对青柳很好，我们亦可以放心了……"

在当时，武士的婚姻必须经过主公的审核。若未经过主公允许，武士不得擅自在外成婚，友忠也不例外。更何况，他还肩负着一项重要的使命。此外，京都龙蛇混杂，美貌的青柳会引来不少好色之徒的觊觎，一旦位高权重的人看上了她，那就意味着她不得不离开友忠。

所以，到了京都后，友忠小心谨慎，尽量掩人耳目，竭力隐瞒着青柳的身份。

但纸还是包不住火，终于有一日，细川家的一名家臣无意中撞见了青柳，并发现她与友忠之间存在着不寻常的关系。于是，这名家臣迅速向细川政元禀报了这件事。细川政元此时年纪不大，听说青柳貌美，立即下令将青柳召入他的府邸中。青柳无力抗拒，被强行带进了细川府邸。

友忠闻讯后心急如焚，却一筹莫展。他只是小国大名的一位使者，身份卑微。而且，就连主公都要听命于更强势的细川家，自己又怎么敢跟细川政元争女人呢？何况，武士阶级等级森严，有着错综复杂的关系和禁忌，任何行差踏错，都会招来身死族灭的厄运。现在，他跟青柳双宿双栖的唯一希望，就是让青柳偷偷溜出细川府，二人远走高飞。

经过激烈的思想斗争后，友忠决定给青柳写一封信。当然，这是极其冒险的做法。因为信件一旦落入细川政元手中，将会成为板上钉钉的罪证。不过，友忠已经下定决心，即使凶险万分，也值得去冒险。他在信纸上写下了一首中国著名的唐诗，以此来传递心声。

这首诗，是著名诗人崔郊的《赠婢》，诗云："公子王孙逐后尘，绿珠垂泪滴罗巾。侯门一入深似海，从此萧郎是路人。"

此诗虽然只有短短的二十八个字，却饱含了他对青柳的痛苦思念与真挚情感。

信写好后发出的次日黄昏，友忠接到命令，被召到了细川政元府邸。他暗自思量，觉得自己的信极有可能被查获了，如果那封信落到细川手里，那么今晚的召见可能就是鸿门宴。

“他一定会命我剖腹的！”友忠在心里说，“情况如果恶化到这种地步，我就再也不能照顾青柳了。但是，若真到了这一步，我也一定要先斩下政元的项上人头！”

主意既定，友忠紧握腰刀，静候召见。

不久，细川政元传令在正殿传见友忠。一进入殿堂，他就看到细川政元被一群狩衣乌帽、宽袍长袖的家臣簇拥着，在堂上正襟端坐。那些家臣们器宇轩昂，沉默不语，如雕像般一动不动。

友忠行完大礼，大气也不敢透一口，静候风暴降临。

出乎意料的是，暴风雨并未到来。细川政元突然从座位上站了起来，上前抓住友忠的胳膊，嘴里喃喃地念道：“足下真乃痴情人！侯门一入深似海，从此萧郎是路人！好诗！好诗！”

友忠内心吃惊，抬眼一望，却见政元一脸温和慈祥，眼眶里满是泪水。

过了一会儿，细川政元说道：

“友忠，我已问过青柳，又知晓了你们之间的故事，怎么忍心拆散你们呢？所以我决定代替你家主公赐婚于你，做你们的主婚人。择日不如撞日，眼下宾客已经到齐了，嫁妆也备好了，不如现在就举行婚礼吧！”

说完，细川下令开席。接着，正殿远处，一道大屏风被缓缓拉开。

友忠看到，屏风后面挤满了前来庆贺的朝廷大臣和贵妇名媛。青柳穿着华丽端庄的新娘服饰，如众星捧月一般，含情脉脉地等着他。

在一片喜气洋洋的祝福声中，友忠和青柳举行了隆重的婚礼。细川政元和诸位宾客们纷纷拿出贵重的礼物，馈赠给这对新人。

光阴似箭，友忠和青柳已经成婚五年。一日早上，青柳正与丈夫聊天，突然大呼一声，脸上露出极其痛苦的表情，随即面色苍白，全身僵硬。

友忠吓坏了。片刻之后，青柳有气无力地对丈夫说道："夫君，请原谅我刚才那道粗鲁的喊声——但这疼痛实在太突然了！唉，夫君！你我这段姻缘其实是前世宿因所定，我本以为这份美好的爱情会延续下去，直到天长地久。只可惜，如今我俩缘分已尽，再也不能长相厮守了。我就要离开这人世间了，夫君，你以后要殷勤拜佛，多行善举。"

"啊，不要胡说了！"友忠温柔地安慰道，"青柳，只是一些小毛病，我立刻带你寻访名医，你快躺下歇会儿，很快就会没事的。"

"不，你不了解！"青柳痛苦地说，"我真的就快死了。事到如今，也没必要瞒着你了。夫君，我实际上并非人类，而是柳树精——我的灵魂是柳树的灵魂，我的心也是柳树的心。我想，有人此时正在砍我的树干，但是我的力量无法阻止。我要死了。夫君，别哭，这都是命中注定的，请你快点儿为我念佛超度吧！"

友忠急得号啕大哭，青柳扭过头，将脸隐藏在袖子下。紧接着，她的身子迅速地萎缩，缩到了地板之下。友忠伸手去拉她，但青柳的肉体消失了，榻榻米上只留下了空空的衣服和头上戴的首饰……

友忠心如死灰，剃度为僧，做了一个云游四方的苦行僧。他四处云游，每到一地，都要入寺祷告，为青柳祈福。

有一天，他再度经过越前国，顺道去青柳从前的居住地拜访。他来到当年初遇亡妻的那座山附近，只见此处荒凉败落，根本找不到那间茅草屋。不过，在一片空地上，他发现了三株被砍倒的柳树——两株老树和一株小树——每株柳树的树干上，都有被利器劈斩的痕迹。

友忠心如刀割，在残柳前立了一块墓碑，在墓碑前念了数日的经文，以超度亡妻全家。

（小泉八云）

饿鬼婆婆

这个故事发生在山脚下的村子里，一直被人们世代相传。很久以前，在村北边的菩提山下，有一户人家，男主人早早就去世了，只留下女主人和三个孩子，过着清苦却平稳的日子。

有一年春节，住在山对面村子里头的女主人的远房姐姐让人带信来说，过年需要人手帮忙蒸年糕，让她前往。女主人不好拒绝，于是准备第二天一大早就启程。远房姐姐家住得很远，得翻过一座大山，所以她没让家里三个孩子跟着一起过去，只让他们留在家里等。

第二天早上，女人出发前跟最大的十五岁的女儿说："妈妈要去姨娘家帮忙，到时候给你们带好吃的年糕回来，你是做姐姐的，记得要好好照看弟弟妹妹。"

然后她又回头叮嘱十岁的儿子和六岁的小女儿："你们俩不要到处跑，在家里听姐姐的话!"

"你就放心去吧妈妈，我都这么大了，我会照顾好弟弟妹妹的，你自己要当心，传说山上有吃人的饿鬼婆婆，要是您完工后太晚了，就在姨娘家歇一晚吧，不要急着赶回来！”大女儿说。

女人点了点头说：“放心吧，不会有事的，不过听你一说，还真的怪可怕的。妈妈会尽量快点儿干完，在天黑之前尽快赶回来。妈妈是大人了，你们不需要操心妈妈，自个儿注意安全啊！”

相互一番叮咛以后，女人就匆匆地往姐姐家里走了。

在姐姐家做年糕，忙个马不停蹄，一切完成以后，夜幕已经降临了，外面的天色越来越黑了。远房姐姐不放心她这么晚回去，就留她在家里歇一晚，明天一早再回家去。但是女人担心家里的几个孩子，而且她一直想着把热乎乎的年糕带回去给他们吃，于是就坚持要回家。

很快，太阳彻底下山了，头上只剩下清冷的月光，原本就幽静的山路愈发显得凄清了。菩提山尽管就在村子的北边，但很少人过去那里，所以没有通往菩提山的大路，只有一些分不清方向的容易走错的小路。

女人早上出发的时候视线很清晰，没有走错路，还觉得自己走过的小路上落英缤纷。但是现在天黑了视线不好，只能凭借着依稀的月光和记忆行走。

过了很久，女人发现自己已经无路可走了，前面杂草丛生，居然是一座乱坟岗。她心里一发紧，连忙回头走。但是走了很久，前面出现了一片杂树丛。女人很害怕，赶紧回头往前面跑，跑着跑着又跑进了一条小路。就这样，她越走越迷糊，几乎迷路了。

她的心一直在不断地跳，不知道是太害怕了还是步速太快了，心里七上八下的：要是这么走下去，万一真的遇到什么吃人的怪物，那可不得了！实在没办法，还是折回姐姐家凑合一晚吧，明天一早再回家。

就在女人思考的那会儿，有一个人影从远处朝她走过来。她吓得目瞪口呆，发现对方是一个身材佝偻的老婆婆。老婆婆面带微笑地看着她。

“你是谁家的媳妇啊？怎么这么晚还在山里走呢？”老人家和蔼可亲

地问。

“大娘，我好像迷路了，本来是打算走山路回去的，但是现在认不清路了。”女人回答。

“迷路了啊。这也难怪，山上小路错综复杂，而且全都长得一样，走错也是正常的。我对山路很熟悉，要不我带你回去吧，你家住哪里呀？”

“太好了！遇到您真是太好了！我家就住在山脚下，麻烦您带路了。”

“没关系，你紧跟着我啊，别看我年纪大，我走得可快了，我就在这山里住，闭着眼睛都能找到路的，哈哈！”老人家一边走一边笑，感觉很健谈，但是不知怎的，女人却觉得脊背发凉。

但是，为了能够快点儿回家，女人也没有想太多了，紧跟着老妇人往前面走。

走着走着，女人不禁打了几个寒战，觉得身子越来越冷。

这个时候，老人家又开口说话了：“你怎么这么晚了才回家啊？”

“今天去亲戚家里帮忙做年糕，她那边不够人手让我过去的，原本觉得天黑不好走，但想着几个孩子在家里，就归心似箭了……我本来以为可以在太阳下山前赶回去的，谁知道天黑了根本不好走，唉……”女人叹了一口气说。

忽然间，老婆婆一个转身，把女人吓得怔了一下。老婆婆发现自己吓到她了，又缩回了身子，但是眼睛盯着她手中的篮子不放，说：“有年糕是吧？老太婆我已经一天没吃东西了，我肚子好饿啊，能不能给我一个年糕吃？”

女人摸了摸自己的篮子，想着：老人家一天吃不上东西了，而且还这么善良在我前面引路，我应该答谢她的。虽然带回去的年糕不多，但是给她一个，孩子们还是够吃的。

然后，她对老婆婆说：“大娘，本来这些是带回去给孩子们吃的，也带得不多，不过我可以给您一个，当作是答谢您大晚上的为我带路啊！”她停下了脚步，放下篮子，把一层层布揭开，拿出一个热气腾腾的年糕递给老人家。

“谢谢你呀！”老人家伸出满是老茧的手，一把抓过来就往嘴里塞。接着又回过身去，一边吃一边往前走。

过了一会儿，老人家忽然停下了脚步。女人走过去问：“大娘？怎么不往前走了？”

老人家回过头去，用一种可怕的眼神盯着女人的篮子说：“我真的太饿了，一天没吃上饭，一个年糕不够，你可以再给我一个吗？”

“天啊，这个老人家也太不要脸了！”女人心想，她下意识摸了一下自己的篮子，想着如果不给她，她是不是就不再为自己带路了？

于是，她只好又掏出一个年糕给大娘，说：“您看我这也没剩多少了，只能再给您一个了，其余的得留给孩子们呢……”

女人的话音还没完全落下，老人家马上把年糕抓了过来，狼吞虎咽。

又过了一小会儿，老人家又停下脚步了，这一次她转过身走到女人身边，瘦骨嶙峋的手摸了摸她身上的篮子，女人下意识躲开，气得心里痒痒的，觉得这个老人家真是贪得无厌，强忍着怒气说：“大娘，我已经给了您两个了，真的没有多少个，我说了这些得留给孩子们的！”

但是老人家似乎没有听进去，依然朝她伸出了手：“给我，给我，我饿得根本走不动了，快给我！”

忽然之间，老人家脸上的笑容消失了，表情非常狰狞可怕，女人看着瘆得慌，无计可施，只好又拿出一个年糕丢给她。

“最后一个了，真的不能再给你了。”女人皱着眉头说，心里在盘算着，不禁紧张了起来，“只剩三个年糕了，什么时候才到家啊，这个老太婆真的太不要脸了，吃了一个又一个！”女人生气地往前面继续走。

然而，老人家再一次转身：“快点儿再给我一个年糕！我实在走不动了！”

老人说这话的时候，眼睛直愣愣地盯着她不放，那可怕的眼神好像要将她吃掉一样。

这一次，女人真的太生气了，她忍不住说：“大娘你是不是太贪得无厌了！我三个孩子呢，大的才十五岁，小的只有六岁，他们从早等到晚就盼着这几个年糕，我跟你解释了好多次，你怎么还跟几个孩子争年糕吃啊……”

话刚说完，老人家忽然变了脸，眼睛瞪得很大，眼球里头充满了红血丝，原本耷拉的嘴角咧了上去，恐怖得就像是恶魔一样。

女人吃了一惊，忽然想起早上出发前女儿说过传说山上有吃人的饿鬼，忍不住浑身发抖。她心想，算了算了，还是逃命要紧！于是她连忙放下肩膀上的篮子，说：“大大……大……大娘，全部给你了，你饿了就全吃了吧！我可以自己走回去了，不用麻烦你了，你快点儿回去吧！”说完，她转身就往山下跑去。

然而，没跑多久，她感觉耳边有一股寒意，没想到，老人已经把年糕吃完了并且追了上来。

“我太饿啦，快给我吃的，快点儿！”老妇人那一双可怕的眼睛依然直勾勾地盯着她。

女人面如土色地跌倒在地，颤抖着说：“我……我……我刚刚全部给你了，我已经没有吃的了，拿什么给你呀？”

“你给我吃啊！”老人家好像变了一个人似的，张开了血盆大口，牙齿越来越长，凑近了女人的脖子……

在山脚下，女人的家里，三个孩子还在门口眺望着远方，等待母亲回来。从太阳还没下山等到如今天黑，菩提山也变得越来越模糊了。夜幕降临以后，月光冷清地笼罩着整座山，起了浓浓的雾气，看上去非常恐怖，好像浓雾中随时会跳出妖魔鬼怪似的。孩子们因为害怕都躲进了屋子，把门锁好了。

三个孩子在炕上等着妈妈回家，大姐姐说："天色已经很晚了，妈妈估计得明天早上才会回来，我们都好好睡觉吧，一觉醒来，妈妈可能就到家了！"

弟弟妹妹同意了，于是，三个孩子最后检查了门窗，把床铺铺好，上炕休息了。

过了一段时间，孩子们刚刚入睡，忽然听到门外有一阵敲门声，大姐姐迷迷糊糊地睁开眼睛问："谁啊？"

"快点儿开门，是我！"门外传来一个熟悉的声音。

原来是妈妈回来了，姐姐开心地穿了衣服从炕上跳下来，但是，她看到外头漆黑一片。早上妈妈临出门的时候，彼此约好的，如果天黑了就不会回家，会在亲戚家歇一晚再回来。但如今已经大半夜了，妈妈不可能摸黑回来的！

"快点儿开门！快点儿开门！"门外的声音急促而不耐烦。

姐姐越听越不像是妈妈的声音，小心试探："你真是我妈妈吗？"

"还能是谁啊，快点儿开门，我赶了一个晚上的路，累死了累死了，快点儿开门！"门外的声音越来越不耐烦了。

姐姐把手放在门闩上，她觉得无论声音还是语气都不像是妈妈的，因为妈妈平时说话很温柔，她越想越觉得不对劲。

就在她犹豫不决的时候，门外的人又说："赶紧给我开门！妈妈又累又饿，快点儿开门让我进去。"

"你早上不是跟我说了天黑就不回家吗？"姐姐问。

"废话怎么那么多！我就是担心你们才连夜赶回来的！"

姐姐几乎可以肯定外面的人不是妈妈了，她心想，该不会是山里的妖怪假装成妈妈了吧？于是她朝着外面大声喊：“我不确定你是不是我妈妈，你把手伸出来让我摸一下看看。”

说完，姐姐小心翼翼地打开门上的一个小洞，伸手出去摸。

她刚伸出去，就摸到了一只瘦骨嶙峋又粗糙的手，好像干树枝一样，姐姐吓得赶忙把手缩回去，大声说：“你根本不是我的妈妈！这不是我妈妈的手！”

“妈妈今天做了一天的年糕，一手面粉没来得及清洗呢，你等我把手洗干净了，再给你摸摸看。”

过了一会儿，门外的人又说：“你快点儿再摸摸，看是不是妈妈的手？”

姐姐伸手出去摸，这一次的手温暖而柔软。

“看吧，就是妈妈了，快点儿给妈妈开门吧！”

姐姐赶紧把门打开。

“妈妈”走了进来，姐姐借着外面清冷的月光看了看，真的是妈妈的脸，妈妈回来了！这时，弟弟妹妹也醒来了，看到“妈妈”回家了，都兴奋得扑到她身上去。

然而，眼前这个“妈妈”打一进屋，就用怪异的眼神在打量着弟弟妹妹，似乎不认识自己的孩子似的，好像在盯着食物看。

“我从姨娘家带回来不少年糕呢，不过今天太晚了，妈妈也累了，我们还是先上炕休息吧，明天早上再让你们吃。你们谁要和妈妈一起睡呀？”

弟弟妹妹都吵着闹着要和“妈妈”一起睡觉，只有姐姐一个人观察着她，若有所思。

“今晚妹妹跟我睡吧，弟弟就和姐姐睡。”“妈妈”说，然后抱着妹妹进屋去了。

姐姐在炕上翻来覆去睡不着，她总觉得妈妈有什么异样，思前想后快要睡着的时候，屋里传来了一阵窸窸窣窣的响声，姐姐吓了一跳，坐了起来，她仔细听着那声音，像是什么在啃骨头，然而家里并没有动物啊。

她又想到“妈妈”的样子，心里非常慌乱，开始担心屋子里的妹妹。于是她蹑手蹑脚地走到屋子门前。

里面传出来的声音，像是锋利的牙齿在啃咬食物，姐姐忍不住大声问：“妈妈，都这么晚了，你还在吃什么?”

“妈妈赶了一晚上的路，太饿了，就找了一个胡萝卜来吃，你快点儿去睡觉吧，妈妈吃完也休息了。”屋里的“妈妈”说。

姐姐依然不相信，她屏息朝门缝里头凝视，隐约中她看见里面的那个人，根本不是自己的妈妈，而是一个在啃咬自己妹妹胳膊的怪物！她吓得捂住了嘴巴，差点儿哭出了声音，但是她还是不敢，她担心惊动了里头的怪物。她小心翼翼回到弟弟身边，把熟睡中的弟弟晃醒了。

弟弟睁开眼睛刚想说话，姐姐马上捂住了他的嘴巴，她告诉弟弟说：“屋子里头的不是妈妈，是怪物变的，已经把妹妹吃掉了，等一下就要来吃我们，我们得赶紧跑，等一会儿我假装肚子痛要去上茅厕，你赶紧跑出来，我就在前面路口等你!”

姐姐说罢，就捂着肚子大叫：“我肚子好痛，我要去茅厕!”说着就从屋里跑了出去。

过了一会儿，弟弟也穿好衣服要出去，屋里的怪物大喊：“你要去哪里?”

弟弟吓得支支吾吾：“我，我也肚子痛，我也要去茅厕。”

“不行，等你姐姐回来!”

“不要，我憋不住了!”

“就拉在屋里吧。”

“不要不要，又臭又脏。”

“那快去快回，让你姐姐也快点儿回来。”

听到怪物这么说，弟弟赶紧往门外冲去，朝着路口一直跑。

姐姐已经在路口等着了，看到弟弟过来，赶紧拉着弟弟的手往前面使劲跑。这个时候，天色已经逐渐发白了，太阳马上就要出来了！

小屋里的怪物等了很久不见孩子们回来，心想估计是逃跑了，就赶紧追了出去。

姐弟俩跑了很长时间，到了一大片白花生长的地方，已经跑到路的尽头了。

姐弟俩坐在地上抱头痛哭，怪物快要追上来了，难道他们就在那里等死吗？

他们想不到什么好办法，看到前面有一棵又粗壮又高大的树，一眼望不到树顶，姐弟俩相互一对视就往上爬了。

然而，还没爬到上面去，怪物已经追上来了。

看到姐弟俩想要爬到树上去，于是她也跟着爬，而且还咧着嘴对他们说：“爬上去干吗呢？快点儿跟妈妈回家，妈妈给你们准备了好多年糕哦！”怪物一边爬一边发出了可怕的笑声。

姐弟俩一看到怪物，害怕得浑身发抖，心想这下死定了，只有两种选择，要么等着被下面的怪物追上吃掉，要么就从树上跳下去。他们抱头痛哭，说：“老天爷啊，救救我们吧，可怜可怜我们吧！”

话音刚落，他们头上就掉下来一根绳子，姐弟俩一看，赶紧拉着绳子不断往上攀爬。

等到怪物爬上树顶，看见姐弟俩爬上绳索去了，也跟着爬。

然而，怪物拽着的那一头绳子，不一会儿就断开了，它大喊大叫地拉着那半根绳子摔到了地上，顿时血肉模糊，鲜血喷涌，把遍地的白色小花的根茎都染红了。

奇怪的是，白色小花的花瓣依然那么洁白美丽，没有沾上怪物的鲜血。后来，人们都说，一定是死去的妈妈在保护这姐弟俩，那一片片洁白纯净的花瓣，就是母爱最有力的证明。

（田中贡太郎）

蛤蟆报恩

这时候天已经黑透了，半右卫门方才赶到了久礼。

早上一大早，公鸡打鸣的时候，他就从川原町出发了。要到久礼，需要先经过高知城，然而从川原町走到高知城就有十几里的路了，高知城和久礼中间还隔着很远的一段山路，崎岖难行，其中一段路被称作“门屋烧坂”，任何知道这一段路的人都不想再走第二遍。

半右卫门喜欢打猎，他这次去久礼，其实是想要到物产丰富的高冈郡群山去，听说那边适合打猎，而且还有鹿群。

天黑了，起了风，微微有些寒冷，头顶上只有稀疏的几颗星星，草丛中传来了虫子们的叫声。

半右卫门本来是打算天黑前抵达山脚的，这样一来，就可以在山脚下休息一晚，恢复体力方便第二天打猎。然而，天黑得太快了，他到山脚的时候已经全黑了，无法再赶路上山。无奈之下，他只好到八幡宫外面去休息一晚，天亮了再上山去。

久礼是个靠海的地方，和海岸线只隔着一片小树林，小树林的外边就是八幡宫。半右卫门带着他打猎的装备到了八幡宫大殿里，长明灯火在海风的吹拂下左摇右摆的。因为赶了一整天的路，半右卫门精疲力竭了，这时他只想赶紧吃饱饭睡觉。他打开包袱，拿出食物吃了起来。吃着吃着，他想起了家里怀有好几个月身孕的妻子。今天自己一个人出来，就只剩妻子在家。

其实，出门至今，半右卫门总是想起他的妻子。妻子年轻，这次怀的是第一胎，尽管已经吩咐家里的乳娘准备好所有待产的东西了，但是妻子从昨天开始就有些异样，估计生产就在这两天。早上出门的时候，妻子还哭着让半右卫门不要出门了，连从小看着自己长大的乳娘也责怪他，但是他还是坚持出来了。

一路上他很担心，万一妻子生产遇到什么不测，或者遇到难产该怎么办。本来他出门打猎是很开心的，这么一来，心里就有些忐忑了。

“不知道她会不会不舒服？孩子是要出来了吗？乳娘这会儿有没有在她身边？”半右卫门越想越多，伸手拿出了自己腰间的竹筒，打开喝了一大口清水。

这个时候，长明灯的灯火忽然摇摇晃晃，出现了一个人影，而且在朝他走来。

“老爷！”

半右卫门一听，抬眼看了看，居然是自己的乳娘。

“坏了！坏了！老爷，夫人难产了，你快点儿回家吧，她正在等你呢！”乳娘着急地喊着。

“难产？”

半右卫门觉得有点儿奇怪，乳娘这么大年纪了，这一路不仅遥远，而且崎岖难行，她到底是怎么跑到这儿来找到自己的？

这个人到底是谁！半右卫门心里一紧。他冷静了下来，仔细地打量着眼前的乳娘，尽管周围的环境很昏暗，但这个人看上去确实是自己的乳娘啊。

“老爷你盯着我看干什么？我说夫人还在家里等你呢！你今早刚一出门，夫人就要生了，但是一直到刚才孩子都没有生下来，大夫说要难产了！我只好赶过来告诉你啊，你快点儿跟我回家吧！”

乳娘一边说一边靠近半右卫门。半右卫门默不作声，若有所思地打量着眼前这个人。

“快点儿跟我回去啊！”

然而，他看不出这个人有什么问题，但是年迈的乳娘根本不可能连夜到这里来找他。

“你这妖怪！等死吧！”半右卫门抽出随身带的刀向朝自己靠近的乳娘刺了过去，乳娘猝不及防，惨叫了一声之后就化作烟雾消失了。

“果真是妖孽。”半右卫门把刀收了回去，看到刀口上带着血，回想起刚刚那一刀应该刺中了妖怪的左脸。

这件事发生以后，半右卫门没有半点儿打猎的兴致了，也不想睡觉了，他直接返程回到高知城，又赶了一晚上的路回家。

快到家的时候，他发现家里的门居然敞着，心存疑惑，低头一看，院子里居然有一行血迹。难道八幡宫的妖怪已经杀到家里来了？半右卫门吓了一跳，马上跑进了屋里。

“老爷！你可算回来了！夫人难产了啊！等你等得好苦！”乳娘看到半右卫门回家了，马上走上前对他说。半右卫门冷静地看着乳娘，生怕是刚才那个妖怪在作祟。

“老爷你干吗盯着我看？夫人至今还没有生下来！我真的快急死了，又没有办法去通知您，您回来就好了！”

乳娘转过身朝着里屋喊：“夫人！夫人！老爷终于回来了！”

半右卫门吓得目瞪口呆，松开手中的打猎工具，冲进了里屋，他看到产婆和医生都围着妻子，他们惊讶地问："你怎么会回来的？有人通知你了吗？"

"是。"半右卫门把刚才在八幡宫发生的事情告诉了医生。

此时，屋外的乳娘突然大声喊了起来，半右卫门出门一看，乳娘指着兰花丛喊："老爷！你快看！"

半右卫门看到兰花丛边上的那只大蛤蟆，它的左脸受了伤，两只前爪正捂着伤口。这只蛤蟆一直都待在他们院子里，所有人都熟悉它，常常给它喂食，还把它当作宅子的守护神。

乳娘看着蛤蟆脸上的伤说："这是被人砍伤了吗？怪可怜的。"

半右卫门有点儿害怕，想着自己刚才挥刀砍伤的应该是这只蛤蟆了。

原来，这只受了他们家恩惠的蛤蟆为了报恩，在家里突发急事的时候，化身成了乳娘的模样，跋山涉水去通知出门在外的半右卫门。

知道了事情的真相后，半右卫门将蛤蟆的尸体葬在院子里，还搭建了一个小祠堂供奉它，人们都把它称为"蛤蟆神社"。

一直到明治维新之前，蛤蟆神社一直香火不断，明治维新以后，那里附近被改造成了致道馆，后来就再也没有人看到过传说中的蛤蟆神社了。

（田中贡太郎）

狐狸精

01

商人新三郎住在东京本乡的枳壳寺里面。他是做布料买卖的，从上州购来布料，然后带回东京再出售给其他的小裁缝店。

一年秋天，新三郎和以往一样到上州去购置布料，妻子阿泷和儿子新一没有跟着出门，家里留了一个嬷嬷照顾他们。

秋高气爽，也没有太多的蚊虫，这样的天气最容易发困了。到了晚上，十三岁的新一睡觉了以后，阿泷就到她和丈夫的前厅里头去休息。温度非常舒适，阿泷一躺下就睡着了，但是迷迷糊糊之中似乎觉得身边躺着一个人。阿泷吓了一跳，醒来发现自己身边多了一个年轻的男子，阿泷非常生气，伸手揪住了这个无赖。

“你这无赖，哪里来的?”

年轻男子本来是靠着阿泷睡的，阿泷把他弄醒了，他醒了以后，面带微笑消失在了黑夜里。

“到底是什么人!”

阿泷怒不可言，又追了过去，可是一眨眼的工夫，阿泷连人影都找不着了。

她整个房间仔细看了一遍，居然没有一个人。

“太奇怪了……”

没有听到纸门的声响，难道一个大活人就这么消失了？阿泷有些害怕，在房里喊嬷嬷。

“嬷嬷！快醒醒!”阿泷大声呼叫，回到床边把纸灯举了起来，试图要把整个房间都看清楚，但是视线太暗了，根本什么也看不清。她确定前厅没有人以后，又大喊了几声：“嬷嬷！嬷嬷!”

嬷嬷在后厨休息，听到了阿泷的叫声后，说：“怎么了，夫人?”

“快点儿过来！嬷嬷!”阿泷继续呼叫嬷嬷。

嬷嬷觉得阿泷的声音有点儿奇怪，赶紧拉开了前厅和后厨的纸门，问：“发生什么事了，夫人?”

“刚才发生了一件怪事！我睡着了，发现有个人躺我边上！我本来想要起来把他抓住的，但是起来就发现他不见了！纸门也没有被人拉开过啊，怎么人就不见了？”

“估计就是附近的无赖！老爷出门了，他们想要过来调戏您了！脸皮真是太厚了！跑不了多远的，我抓到他一定要报官府!”嬷嬷一边说一边找。

然而，不管她怎么找，根本找不到任何踪迹。门窗都是紧闭的，屋里的东西也没有被人挪动过。

“到底为什么？我明明看到一个男人在我面前跑掉了，怎么就消失了呢?”

“这……”

阿泷也解释不出，只好让嬷嬷今晚到前厅陪自己睡一晚。

后来倒是没有再发生这种怪事了，但是阿泷这一夜都没有睡好。

第二天晚上，新一睡了以后，阿泷又回到前厅准备休息，但是一想到头一天晚上遇到的那个无赖，就喊来了嬷嬷一起睡，让嬷嬷睡在前厅隔壁的房间里。

嬷嬷年纪大了，晚上总是睡不踏实，到了三更的时候，迷迷糊糊就醒过来了。忽然，听到前厅窸窣作响的声音。

难不成，又有无赖进来了？透过门缝，嬷嬷小心翼翼地朝里面看去，夫人身边果然躺了一个年轻男子。床榻前面的纸灯照亮了他的模样。

“哪里跑来的无赖！”嬷嬷立刻起身，猛地一下把纸门拉开，冲那个男人冲了过去。男人听到声响也起了身，迅速地逃到左边客厅里头去了。

屋里的声响把阿泷吵醒了，她坐起身来。

“夫人！千万不要让那个无赖跑了！”嬷嬷和阿泷一起往客厅跑去，那纸灯照亮了整个客厅，但是根本没有看到一个人。“又让他跑了，夫人，你刚才有什么感觉吗？”

“没有啊，我都不知道他到底怎么进来的。”

“奴婢也不知道，只看到了是个年轻男人。”

“那个无赖又来了吗？”前厅传来了新一的声音。

02

到了第三天晚上，大家都严阵以待，新一也不打算休息了，就和嬷嬷一起待在前厅旁边的房里，打开纸门，聚精会神地盯着前厅看，希望可以等那个无赖来的时候抓个现行。而且，新一还藏了一把短刀在被褥下面，以防万一。

前厅悄然无声，只有阿泷床榻前面的一盏灯发出光亮。新一怕自己撑不住睡着，就一直和嬷嬷说话。但是年迈的嬷嬷白天干了不少家务活儿，早已累得不行了，没一会儿就睡着了。新一揉了揉困乏的眼睛，紧盯着前厅，但是不一会儿也睡着了。

“醒醒！醒醒！少爷，坏了！”

新一听到了嬷嬷的声音，马上睁大了眼睛，一定是那个无赖又来了！

“那个人又来了吗？”

“不！不！是夫人不见了！”

新一马上跑到前厅去看，床榻上不见了人，他举起纸灯仔细查看，根本看不到一个人影。

“是不是去茅厕了？”嬷嬷问。

“有可能，嬷嬷去看一眼？”

“可是……夜太黑了，奴婢也不敢出去……”

“母亲都不见了，怎么还说这话？”

“但可能就是去了茅厕，不如我们先等一会儿吧。”

“不行！万一出了什么事呢？你不愿意去那我自己去！”新一说完就冲了出去。

看着新一往外冲了出去，嬷嬷自然放心不下，也提着灯跟了出去。

他们走到茅厕边上，新一大声喊：“母亲？母亲？”

里面没有传来任何声音。

“母亲不见了。”新一想不到办法，只好先回前厅去。一走进去，就看到衣衫凌乱的母亲仰面躺在客厅的地板上。

“母亲！”

“夫人！”

总算是找到她了，嬷嬷和新一都舒了一口气，赶紧跑到阿泷身边去看看情况。

然而，他们刚凑过去，阿泷忽然就睁开了眼睛。

“你们干吗？没看到我在睡觉吗？干吗吵我睡觉？”

阿泷厉声呵斥，嬷嬷本来想要扶起她，一下子双手不知道该放到哪里了。

“母亲，不能睡在地上，会着凉的！”新一看到母亲还想继续躺在地上，生气地嗔怪她。

“蠢货！不要来烦我！我要睡觉！少废话！”

阿泷仍旧怒气冲冲，嬷嬷和新一都束手无策：怎样才能让她回到前厅去睡觉呢？

然而，正当两个人无计可施的时候，阿泷忽然站了起来，飞快地跑进了前厅。嬷嬷和新一也赶紧跟了过去，尽管不知道发生了什么事，但刚才阿泷的反应确实很异常。

冲到前厅的阿泷钻进了被窝儿，把自己的脑袋深深地埋在了被窝儿里：“全部给我滚出去！都不要过来！”

新一和嬷嬷被阿泷的话吓得目瞪口呆，不到一会儿，被窝儿里头传来阿泷沉沉的呼吸声，居然就这样睡着了。

于是，嬷嬷和新一也回到了里屋休息，但是新一心里依然在为母亲的异常感到纳闷儿，怎么也睡不着。

第二天一早，阿泷又好像恢复正常了，很早就起床洗漱，然后和新一一起用饭。如果实在要找出什么异常，就是阿泷总是好像在想什么想出了神，总是在盯着什么东西发呆。新一看着母亲，心里不免担心，但是也不好问昨晚发生了什么事，怎么一夜之间就好像变了个人似的。

吃了早饭，阿泷一个人回去前厅，把所有门窗都关了，然后呆呆地坐在地上，很长时间都没有动静，不知道在想什么。

嬷嬷和新一都很担心。

“母亲好像不大对劲……”

“是啊，奇奇怪怪的，昨晚就很奇怪了……但是，奴婢一直想不明白，我们门窗都关得好好的，那个无赖是怎么跑进来的，这事情太奇怪了……”

“到底是怎么回事……”

“少爷啊，奴婢猜，那个无赖……根本不是人吧？”

“不是人，是什么？”

“要是人的话，一定要通过门窗进来的呀……”

“唉，如果父亲在就好了。”

“是啊，老爷在家，肯定能想到办法解决。”

03

过了一会儿，嬷嬷又去前厅，看到阿泷躺在地板上，一只手撑着脑袋在睡觉，嬷嬷怕吓着她，小心翼翼地说：“夫人……夫人……”

阿泷听到声音睁开了眼睛，看到眼前的嬷嬷，生气地说：“太烦了你！怎么又来烦我！赶紧出去！”

“好的好的，我马上出去，奴婢是担心你……”

“赶紧给我滚出去！”

阿泷怒发冲冠，根本听不进去嬷嬷在说什么。

嬷嬷只好出去了，新一在外面候着嬷嬷的消息。

“母亲她怎么样了现在？”

“刚才正在地上睡觉，好像不太对劲……”

“哪里怪？”

“就是和昨天一样，一看到我，就很生气地赶我出去……”

“确实是怪怪的……”

到了午饭时间，阿泷还是一直待在前厅不出来，到饭点了嬷嬷去前厅叫她。

她看到阿泷独自坐在地上发呆。

“夫人……可以吃饭了……”

阿泷抬头一看，见是嬷嬷，又低下头去，怒气冲冲地说：“出去！不吃！”

“那可不行吧，多少吃一点儿吧。”

“我已经说我不吃了！”

“不吃饭怎么行呢？要不奴婢给您送进来好吧？您想什么时候吃就什么时候吃……”

“我说我不吃！少废话！”

嬷嬷心想，再说什么也没有意义了，就退了出去，悄悄地把饭送了进去，放在阿泷身边。

“夫人，奴婢把饭菜放你这里了，你什么时候想吃了就吃一点儿。”

新一的朋友过来找他玩儿，但是他根本没有心情，嬷嬷去送饭的时候，他自己一个人坐在客厅里发呆。

到了晚饭时间，阿泷依然没有从前厅出来。嬷嬷又去前厅看她，然后阿泷正眼都没有瞧嬷嬷，根本不予理会，只是趴在地上晃着自己的腿。

嬷嬷看到午饭被她吃了一点儿，稍微放心一些说：“夫人，奴婢把晚饭给您送进来了，可以吃晚饭了。”

趴在地上的阿泷头也不抬：“出去出去！我什么都不吃！少来烦我！”

嬷嬷没有多说话，把饭菜放下就出去了。阿泷听见了纸门被关上的声音后，偷偷回头看了一眼，确定没有人了，就起来大口大口地吃了些饭菜，然后就躺了下去，很快又睡着了。她没有察觉到，刚才纸门被拉开了一条缝，新一在外面把这一切都看得清清楚楚。

到了休息的时间，新一和嬷嬷还是睡在前厅旁边的里屋，可以观察阿泷的一举一动。到了夜里十点，嬷嬷困意来袭，新一忽然听到前厅的母亲发出了奇怪的笑声。

新一想，难不成那个无赖又进来了？于是新一立马冲了出去。

然而，前厅除了阿泷没有其他人。新一忽然闯进来，惹得阿泷怒气冲冲。

“你个蠢货！跑进来干什么！故意要坏我的好事！”

“我在里屋听到母亲奇怪的笑声，以为是什么人闯进来了。”

“什么人？整天就知道好管闲事！”

“但是，我听到您发出了奇怪的笑声……”

“哪有那么多事！”

百般无奈，新一又回到里屋。这时候嬷嬷已经醒了，着急地问：“少爷，发生什么事了？”

“刚才我明明听到母亲发出了奇怪的笑声，但是冲进去却没有看见其他人。”

“这大半夜的，夫人到底在笑什么？”

“我就是觉得奇怪啊，肯定是有什么！”

第二天一早，嬷嬷起床的时候，看到阿泷已经洗漱完毕了。阿泷把梳妆镜和所有化妆的用具都搬到前厅去，正在梳妆打扮。

过了不久，早饭准备好了，但是阿泷没有出来吃饭，嬷嬷只好又到前厅去叫她。把门一拉开，看到阿泷趴在被子上，好像在睡觉。

“夫人，可以用早饭了……”阿泷没有应答，嬷嬷接着说，“要么奴婢还是照旧给您端进来？”

“出去！不要来烦我！”

嬷嬷不再多说，把早饭给她端了进去。

04

阿泷每天都待在前厅，足不出户，嬷嬷和新一只能留意着她的情况，每过一阵子就去看看她。

然而，阿泷越来越不像她了，早上起来不收拾被褥，有时就钻进被子里去，有时趴在被子上自言自语，连吃饭都不出门，每一餐都是由嬷嬷送进去的。

这天，嬷嬷照旧把午饭端了进去，然后和新一在后厨用餐。

新一吃着饭突然问：“嬷嬷你说，到底是什么东西一直纠缠着母亲？”

“奴婢也不知道，兴许是什么怪物吧？”

“什么是怪物？”

嬷嬷想了一下，轻轻地说：“像狸猫啊、狐狸啊之类的，成精了就是怪物了，奴婢这些天观察夫人，感觉像是被什么妖魔鬼怪附身了。”

“狐狸精？”

“奴婢也不确定啦，如果老爷在就好了。”

“对啊……”

吃了晚饭，嬷嬷和新一又说起这件事，嬷嬷提议道：“少爷，要不我们今晚换一下，奴婢睡里屋，你睡客厅，这样那个妖物从何处来都逃不过我们的眼睛了。”

“有道理！那就照嬷嬷说的办，我要是看到那个怪物了肯定会砍死它！”

“对，看到有什么可疑的就砍死它！”

“坚决不手软！”

于是，那晚嬷嬷和新一分工合作，守住了前厅的两边，堵上了所有能通往前厅的路。新一在床榻边点了一盏灯，手里攥稳了刀柄，把刀身藏在被子里。这样就算有人进来，也不会立马被发现了。

夜深了，前厅没有传出任何声响，阿泷应该已经入睡了。新一没有睡着，警惕地听着任何的风吹草动，年迈的嬷嬷一直在咳嗽，他除了听到嬷嬷的咳嗽声以外，厨房也传来窸窸窣窣的声音，估计是老鼠。

没撑多久，新一倦意来袭。

他很快就困得睁不开眼睛了，然而这时却听到了母亲喃喃自语的声音，他倏地一下醒了过来。

“定是妖怪又来了！”新一想着，但还是在被窝儿中聚精会神地听着外面的声音，再慢慢把眼睛睁开。

一下子的工夫，他的枕头右边掠过一个黑影，是一只灰色的动物。

新一远远看着，像是一只狗，但是尾巴特别大，新一握紧了手里的刀，瞄准了怪物砍了下去。

刀刺中了灰色怪物，怪物低声吼叫了起来，但是一下子就消失得无影无踪了。新一的刀掉落在榻榻米上，他赶紧过去把刀捡起来，环顾四周，没有任何身影。

此时，阿泷在前厅尖叫起来。

“蠢货！蠢货！居然坏了我的好事！”

新一听到了母亲的喊声，又低头看了一眼佩刀，发现刀尖那里有一点儿红色的液体，不知道是血迹还是油脂。但是，新一确定刀已经击中了妖怪，对方虽然没有被刺死，但一定受了伤。

嬷嬷被阿泷的尖叫声吵醒了，在她身边好生安慰她。隔着纸门，新一清楚地听见了两个人的声音，他举着灯把客厅的每个角落都巡视了一遍，没有发现那只受伤的妖怪。阿泷的声音慢慢地靠近客厅了，新一把刀藏进了被窝儿里，生怕吓到了母亲。

此时，阿泷冲到新一身边揪住了他。

“你个蠢货！居然坏了我的好事！”

新一就那么由着她揪着，没有任何反抗，被阿泷骂了个狗血淋头。过了好一会儿，阿泷忽然在榻榻米上放声痛哭，然后用衣袖捂住了自己的脸，一边哭一边往前厅的方向走。

等阿泷走了，嬷嬷问道：“少爷，这是怎么回事？”

“我刚才看到一只灰色的怪物，就把刀抛了出去，刺中它了，然后它就消失了。我看这刀尖有血，估计对方受了伤，但是我仔细找了一遍，都没有找到它的身影，然后就听到母亲的叫声了。”

嬷嬷听了，思索了一下说：“少爷，估计这妖怪就是狐狸精了，既然你已经击中它了，它应该不会再回来了吧……”

“要是不再出现就好了。”

新一把刀抽了出来，和嬷嬷两个人一起讨论商量了一下。新一让嬷嬷回去再看一眼母亲，自己就先睡了。

嬷嬷点点头走到前厅，发现阿泷还把自己埋在被窝儿里，痛哭流涕。

05

新一又回到被窝儿，但是怎么也睡不着了。过了一会儿，马路上传来了人的声音，新一迅速地钻出被窝儿出去，到院子里仔细搜查了一番，并没有发现任何妖物的血迹。嬷嬷也起床了，陪着新一一起找，依然没有发现，她甚至把门板都取了下来查看，仍然没有任何痕迹。

“找不到任何东西！”

嬷嬷去把新一昨晚的刀拿了出来，借着阳光仔细查看，发现刀尖上的血迹已经变黑了。

“一定是血！”

新一回忆起妖物的低吼声。

“它被我击中了之后还吼了一下。”

“既然受了伤跑也是跑不远的，躲哪儿去了呢？”

新一环顾四周，宅子的隔壁是一座小寺庙，寺庙的院子和他们的后院不过是隔了一道篱笆。篱笆因为很多年没有修葺，已经有好几个洞了，新一看那些洞的大小，小孩子的身躯可以轻松穿过，穿过了篱笆就是寺庙的树林和墓地。

“我到寺庙那边去看看。”

新一并不害怕，很轻松就穿过去了，因为他平时也经常穿过篱笆的洞到寺庙的树林去玩儿。

小树林杂草丛生，还有各式各样的大石碑，石碑上面有不少小鸟叽叽喳喳地鸣叫。

新一在那里转悠了好儿圈，除了看到地上的枯枝落叶以外，没有发现一点儿血迹。找不到任何痕迹，新一只好回到自己家。

嬷嬷在准备早饭，也在等待着新一带回来的消息。

“嬷嬷，并没有任何发现……”

“也难怪啦，毕竟是寺庙，怎么会有妖怪呢……”

“嗯……”

准备好了早饭后，嬷嬷到前厅去看阿泷，此时她已经睡着了。

“夫人今天睡得很香，估计是少爷把妖怪给赶跑的缘故。”

“真的吗?”

“晚上我们再观察看看!”

阿泷就那么呼呼大睡着，睡了一整天，看上去似乎很平静。嬷嬷没有打扰她，不敢惹她不快，一日三餐都送到阿泷身边去，阿泷还是会趁没有人的时候偷偷吃一点儿。

“今晚我们再看看那个妖怪还敢不敢来!”嬷嬷说。

“希望它不要再出现了……”

“放心吧少爷，估计负伤了就不再敢来了。”

这天晚上，新一还是在客厅睡，而嬷嬷就睡在前厅旁边的里屋中。

新一照旧把刀放在被窝儿里以防万一，而且他一直凝神屏息，留意着周遭的一切。

到了午夜，他终于撑不住睡着了，一觉睡到了天亮。

“少爷！醒醒！”嬷嬷在新一身旁叫他。

“已经天亮了？母亲呢？”

“夫人昨晚一直坐着发呆，到很晚才睡的，不过已经不再喃喃自语了，少爷这边有什么动静吗？”

“没有没有，昨晚并没有怪物。”

“那就好，估计那怪物已经被少爷赶跑了，过几天夫人应该就会恢复正常了！”

“但是，妖怪已经死了吗？”

“那不一定，不过就算没有死，中了一刀也活不了多长时间了吧。”

但是这一天，阿泷还是没有出门，然而已经比前几天的状况好了，至少很平静。新一没有那么担心了，就出门去找自己的朋友玩儿。

新一去找家里开鱼店的阿吉。

“好久不见啊新一，最近怎么样？”

“别提了最近，守着我母亲呗，她被妖怪纠缠上了！”

“真的？什么妖怪？”

“狐狸精！前天晚上我砍了它！”

“怎么可能，你在骗我吧，狐狸精怎么被砍啊！”

“没有骗你，我真的砍它了！”

“那你砍死它了吗？”

“我也想啊，但是它一下子不知道哪里去了……你说有没有办法把它杀了?”

“据说狐狸精作恶多端，很难杀死的，不过我也听说，任何狐狸啊、狸猫之类的怪物，都可以用老鼠药毒死，石见银山那边的老鼠药很猛的!”

“石见银山产的? 我想起来了，我们家还真有!”

新一还是放心不下母亲，很快就回家了。

06

阿泷还是日复一日地把自己关在前厅里，不说话，也没有做什么可怕的事情。而新一则一次又一次地拿出那把刀来看，看着上面遗留的血迹，非常后悔当晚自己没有一刀砍死它。新一开始盘算什么时候用老鼠药。

一天，新一一边在街上走着，一边在思考用老鼠药毒死妖怪的办法，不知不觉来到了寺庙的墓地。

那会儿已经是黄昏，夕阳洒落在石碑中间，新一走着走着，发现有一块倒在地上的石碑已经被杂草遮住了。

“怎么都没有人将石碑扶起来呢?”新一过去一看，发现石碑上面有一只像狗一样的野兽，前面还有一个小小的本子。

“什么东西?”新一吓了一跳，野兽听到声响，“倏”地一声逃跑了。

“难道这玩意儿还认字?”新一走过去把本子捡了起来。

本子一共就三页，上面用浅蓝色的笔迹写了一排排名字：阿高、阿雪、阿花……

新一一个个看过去，大概有三十个名字，名字上面还有一个三角符号。

忽然间，新一看到了最后一个名字——阿泷。

“阿泷……名字这么熟悉的……”

新一念着这个名字，想了一会儿，才想起这不就是自己母亲的名字吗?新一忽然一阵后悔，刚才看到的那只野兽，一定就是这些天纠缠母亲的那一只妖怪！自己竟然后知后觉，让它就这样给跑了！

新一手里攥着本子在墓地兜了一圈，然而，再也没有看到它的身影了。

“早知道，我应该拿起石块砸死它！不，还是得用阿吉的办法，用老鼠药杀了它！不需要跟嬷嬷商量了，我自己就行！”

新一把本子带回家里，发现有人在说话。

“有客人来吗?”新一边走边想，到了里屋，发现是父亲回来了。这时候，他正在和嬷嬷说话呢。

“父亲！”

“新一！”

新一高兴地走到父亲身边，此时，父亲新三郎已经从嬷嬷口中了解了整个事情的来龙去脉。

“新一，你真是了不起，都可以砍杀妖怪保护母亲了！”新三郎抚摸着新一的脑袋说，“放下吧，怪物这下应该不会来了，要是再敢出现，我就去请除妖人过来！”

新一本来想把刚才在墓地发生的事情告诉父亲，但是他暂时不想把计划说出来，省得发生什么意外。

“我先到前厅看看。”新三郎往前厅走去，看到阿泷仰面躺着，被子只盖着脚踝。

“阿泷……”

阿泷听到声音之后醒了过来，看了一眼三郎，默不作声地翻了个身，趴在被子上。

“是不是觉得不太舒服？”

阿泷还是没有说话。

“好吧，你休息吧。”

新三郎回到客厅，嬷嬷和新一还在那里。

“没有好转。”

“夫人怎么样了？”

“她看到我了，不过就是翻了个身，没有和我说话。”

“其实已经好多了，前几天一直闹个不停。”

“对啊，真的好像疯了似的。”

嬷嬷把饭菜备好，然后照旧给阿泷送进了前厅。新三郎则在客厅和新一一起吃饭。嬷嬷从前厅回来后开心地说：“夫人好像好多了，奴婢送饭进去，她马上就起来吃了。”

当晚，新三郎和新一到前厅旁边的里屋休息，嬷嬷则在客厅里守着。阿泷在前厅安安静静的，没有发出什么怪声。

第二天早上，新三郎又到前厅去看阿泷。阿泷起身去茅厕还没有回来，新三郎就在屋里等着。

“好些了吗？”

阿泷回来，看了看新三郎，默不作声地躺在了被子上。

“是不舒服，还是说连我也不认识了？”

“就是不想说话。”

“行吧……难受的时候确实是不想说话的，你好生休息，我带了上州的特产回来，等你身体恢复了咱们一起吃。”

阿泷依然没有回答，默默躺着。

07

那天晚上，月光特别明亮，新一借着头上的月光跑到寺庙的墓地里。晚饭的时候，他跟父亲说自己待会儿要去阿吉家里玩儿，然后故意兜了一圈才到的墓地。

新一把刀和老鼠药都藏在自己怀里，一直思考怎么用老鼠药毒死妖怪，但是好像找不到什么好机会。

虫子们的鸣叫声在草丛里交织着，月光下墓地立着各式各样的大石碑。新一蹑手蹑脚地在石碑中间走着，留意着声响。

就在不远处，有声音在靠近他。

新一马上停下了脚步，竖起耳朵听，好像是脚步声。但是，会在大晚上来墓地的，多半不是什么好人，如果被人发现了可就麻烦了。

于是，新一蹲了下去，躲在石碑后面。

新一听到那脚步声越来越近了，他安静地躲在暗处偷偷地看。新一看到一个长相俊美的年轻男子，二十多岁的样子，看上去斯斯文文，不像强盗。

新一安静地观察着，不知道对方是什么人。

忽然之间，又传来一阵脚步声。

“难不成，在这个地方约会？”

来的似乎是那个年轻男子的仆人，手里还带着什么东西。仆人低头和年轻男子说着话，新一仔细地听着，但是什么也听不到。

说了一会儿话以后，他们开始吃东西，一边吃一边说话。

新一蹲的时间长了，忍不住挪了挪身子。这时，忽然两阵妖风出现，两个男人消失得毫无踪影。

新一吓得目瞪口呆，环顾四周，没有发现那两个人。

“想必一定是狐狸精了！”新一马上到两个人刚才吃东西的地方观察，看到地上有很多鱼骨，顿时灵机一动。

到家的时候，嬷嬷已经帮他铺好床了，父亲依旧和新一在里屋休息。上半夜没有任何动静，到了后半夜，忽然阿泷又发出了奇怪的笑声。新三郎听到阿泷的笑声后，吓醒了，他觉得一定是嬷嬷口中的妖怪来了！

新三郎提着灯冲到前厅去，被子敞开着，但是根本看不到阿泷的影子。新三郎到处找，当他打开回廊纸门的时候，终于看到阿泷了。

她半裸着身体，躺在回廊上。

“阿泷，这是什么情况？怎么躺在这里？睡这里要着凉的！”

“与你何干！走开！蠢货！少来烦我！蠢货！”阿泷又生气地大吼大叫。

“听话啊你，快点儿回去睡觉……”新三郎觉得，一定是阿泷病糊涂了，所以他又哄又劝的。

“走开走开！你烦不烦啊！我让你滚听到没有！”

“你好好进屋睡觉，我马上就滚！”

“废话！不要来烦我！”

“阿泷，你不能睡这里的知道吗？你不舒服就回床上休息……”

“你就在那里我怎么进去？蠢货！我就爱在这里！”

“好好好，我马上走，你听话进去……”

“太烦了！”阿泷突然蹦起来，往新三郎身上扑过去，新三郎吓了一跳，还好迅速躲开了。

阿泷坐在床榻上，忽然又放声大哭。

“太难受了！太难受了！为什么要纠缠着我不放啊！”

新一在里屋听到了声响：“怎么了父亲？妖怪又来了吗？”

“很大可能是这样的！”

第二天早上，新三郎就马不停蹄出门去请除妖人，新一也出门了，他买了一点儿豆腐皮，然后悄悄地涂上了石见银山的老鼠药。

做好这一切准备，他回到墓地石碑那里，放下了豆腐皮。

那天晚上，阿泷睡得挺安稳的，于是大家都松了一口气，除妖人确实有点儿办法。

天亮以后，嬷嬷起床打开了后门，发现门口有一只死狐狸。新三郎到后门一看，果真是一只尾巴上有刀伤的狐狸。

新一听了，非常高兴。

十多天过去了，阿泷完全康复了，新一抓到狐狸精的事情也不胫而走。就连附近的武士都想要邀请新一当自己家孩子的贴身侍卫。

（田中贡太郎）

食人鬼

古时候，禅宗有一位名叫梦窗的得道高僧，他曾孤身一人前往美浓国化缘。

美浓地区山脉绵延不断，山道崎岖不平，梦窗国师在山里不知不觉迷了路。他彷徨良久，却始终寻不到出山的路径。山内人迹罕至，无法找人问路。黄昏已过，万般无奈的梦窗国师只得盘算着今晚留在山中过夜，等明日清晨再找路出山。

这时候，太阳已然西沉，借着夕阳的余晖，梦窗国师突然瞥见山顶上仿佛有座孤零零的小庙。那小庙看上去颇为陈旧，似乎荒废已久。梦窗国师顾不了那么多，急忙赶了过去。没想到破庙里居然住着一个上了年纪的老和尚。梦窗国师恳求他允许自己寄宿一晚，不料老和尚却以“庙太破旧，无法留客”为由，毫不犹豫地拒绝了他。不过，他也给梦窗国师指点了另一个去处——邻近的山谷中有一个小村子，在那里，他或许能找到栖身的地方。

梦窗国师无奈，只能遵循老和尚的指点，费尽力气找到那个村子。村里零零散散地住着十几户人家。梦窗国师说明了来意，村民们欣然答应，还将他带到村长家。梦窗国师刚进门，就看到四五十个男子围坐在正厅中，似乎正在商议着什么大事。有人上前问清楚来意后，村长派人将梦窗国师领到了旁边一个小屋里，屋内被褥、干粮一应俱全。

梦窗国师此时已身心俱疲，胡乱吃了一顿，躺下后便进入了梦乡。

子夜时分，隔壁屋中突然传来阵阵号哭声，梦窗国师被吵醒了。片刻之后，纸门被轻轻拉开，一位年轻后生提着灯笼进到屋里。

他先是向梦窗国师谦恭地行了一礼，然后说道：

“大师，请原谅我深夜前来叨扰。您风尘仆仆地前来投宿，我们本应尽力招待。但现在突发一事——家父不幸于一个时辰前离世了。我是家中的长子，现在成了一家之主。刚才在正厅中坐着的那些人，都是我的村里乡邻，专门过来准备为家父守灵。

“依照我们的风俗，每逢有人去世，必须将死者的遗体停放在大堂当中，任何人都不能在村中逗留。留有遗体的死者家里，当晚总会发生一些不可思议的事。因此，我们村里的人即刻就要离开本村，到三里之外的另一个村子去落脚。虽然很难启齿，但我还要恳请大师，今晚和我们一道去邻村避难吧，那里可以提供更好的食宿。

“当然，大师佛法精深，自然不惧这些妖魔鬼怪。倘若您不介意独自与家父的遗体为伴，那这里的屋子、食物尽可供您享用。不过，今晚您最好不要孤身一人待在这里。”

梦窗国师听后，微微一笑道：

“阁下的盛情厚意，老僧深表感谢。既然知晓了令尊辞世的消息，老僧虽然有点儿疲惫，但理应诵经为亡者超度，这都是我的分内之事。先前听你言语，我便正有此意。只不过等你们离去之后，我再为令尊诵经吧！至于怪力乱神之事，老僧并不畏惧，请不必挂怀。我将在令尊身旁诵经守候，直至天明。”

那后生听了梦窗国师这一席话，感激之情溢于言表。不一会儿，家人和正厅里的邻居们也都知道了这个消息，纷纷入屋前来致谢。

随后，后生焦急地说道：

“大师，虽然留您独自一人在此，我等心中抱歉万分，但现在时候已然不早，我们必须启程了。按照我们这里的习俗，家里若有人死去，子夜过后便不得再在村中停留了。还请您多费心，今夜我们不在期间，若您听到或看到什么怪异之事，等我们明晨回来后，请千万告知我们。”

说完，一众村民尽皆告辞离去，只剩下梦窗国师一人。他起身来到殓尸间，只见遗体前摆满了供品，一盏明灯散发出昏暗的光亮，于是他便在尸首旁低声诵起了佛经。

诵完经，梦窗国师盘腿入定，四周变得一片空明，村子内也无丝毫声响。

时间到了下半夜，四周越发静寂。突然，一个巨大又模糊的黑影无声无息地出现在屋内。梦窗国师想喊，却发觉四肢无力，口中难以发声，只能僵坐在原地，眼睁睁地看着那妖怪走到村长的尸体旁。只见那妖怪伸出爪子，像猫吃老鼠般狼吞虎咽地啃起尸体来。妖怪先从头发开始啃食，接着是脸部、骨头、四肢，甚至连寿衣都不放过，整具尸体很快被吃光了。

吃完尸体后，那妖怪又转向祭祀的供品，很快，它便将所有供品风卷残云般吃个干干净净。吃完后，它便如来时一般，无声无息地消失了。

次日清晨，村人们陆续返回家中，梦窗国师就站在村长家门前等着大伙儿归来。大家向梦窗国师行礼后，便入屋查看，但是没有一人对尸体和供品的消失不见而感到惊讶。

村长的儿子对梦窗国师说：“大师，您昨夜是不是经历了什么恐怖的事情？大家一直都很担心您，见您平安无恙，心中的一块大石才终于落地。其实我们十分乐意留下来陪您，但本村村规不容我们如此作为。由于您的坚持，我们的规矩被打破了，想来那妖怪离伏法之日已然不远。另外，尸首和供品消失的原因，想必您已知道了吧？”

梦窗国师便将自己亲眼看见的那个巨大而模糊的妖怪啃食尸体的事情讲述了一遍，在场的人默默听完，却没有表现出惊讶的神色。

村长的儿子解释说：“大师，适才您所描述之情形，与我们村里世代流传下来的传说别无二致啊！”

梦窗国师沉默不语，忽然想到一事，开口问道：“在村前山上的小庙中不是有一位老和尚吗？为什么不请他来为亡者诵经？”

“什么老和尚？”村民们颇感诧异，反问道。

“昨天傍晚，老僧在山中迷路，就是经他指点才找到贵村投宿的。”梦窗国师说，“我本想在那山上的庙里借宿一晚，不料被他一口回绝，所幸他告诉了我来此投宿。”

村民们闻言面面相觑，纷纷露出了惊愕的表情。

沉默良久之后，村长的儿子才说道：“大师，您是不是看错了？那座山上从未有过什么破庙，祖祖辈辈居住于此的我们，也从没在那座山上见到过什么老和尚。”

梦窗国师听见村长的儿子如此说，便知趣地不再多问。很显然，此处的村民们已被传闻中的妖怪吓破了胆。

梦窗国师向村民们辞行，问明了道路，要了些食物后，便打定主意再去山上的那座小庙瞧瞧，弄清事情的来龙去脉。

虽然村民们声称从未见过那小庙，但他再次毫不费劲地找到了。这回，那个老和尚一改前态，非常有礼貌地邀请他进庙歇息。

梦窗国师踏入庙门坐定，老和尚毕恭毕敬地向他躬身行礼，惶恐地说道：“惭愧！惭愧！真是惭愧万分！”

梦窗国师赶忙站起身回礼，说道：“方丈，若为昨日婉拒贫僧一事而耿耿于怀，那就不必道歉了。多亏您的指点，贫僧才在那村中得到了殷勤的招待。所以，老僧今天特来向您致谢。”

那老和尚摇摇头，惭愧地说道：“老衲委实无法容留他人在此过夜，真是惭愧啊！”

老和尚顿了顿，继续说道：“因为，我担心被别人窥破了我的真面目。大师，实不相瞒，昨晚您所见到的那个吃死尸与供品的妖怪……就是我。其实，我是个专吃人肉的食人鬼。”

梦窗国师闻言大惊。

老和尚对他再行礼道：

“望大师大发慈悲，容我忏悔，我会告诉您我是如何堕落成这副怪模样的。

“那是很久以前的事了。我曾是这偏僻地方唯一的僧侣，这里方圆数十里没有寺庙，所以但凡附近有人亡故，都会被人抬上山来，由我负责诵经，引导亡者往生极乐。我就这样日复一日、年复一年地重复着这单调乏味的诵经工作，逐渐觉得厌烦无比。而且，这千篇一律的工作，也仅能给我提供刚够温饱的衣食而已，对此，我深感愤愤不平。

“这些自私的想法在我脑海中不断滋长，经年累月，终于变成了贪婪的执念。我死之后，执念不灭，使得我的灵魂变成了食人鬼。我恨那些为我带来枯燥工作的尸体们，所以按捺不住想吃它们的欲望。同时，我又因衣食无着而贪得无厌，所以连祭品、寿衣都不放过。

“从此以后，只要这一带谁家死了人，执念就会逼迫我在深夜去吃掉那尸体。我也讨厌这样做，但正如大师昨晚看到的那样，我无法逃避，也无从选择。大师，现在您已经知晓了前因后果，我恳求您做一场施饿鬼会为我超度吧！这样我就能早日脱离这食人鬼的桎梏，转世为人了！”

话刚说完，老和尚和小庙顷刻间消失得无影无踪。梦窗国师独自一人，神思恍惚地跪坐在一人多高的长草丛中。他的身旁，矗立着一座五轮塔，这座塔青苔密布，看起来年久失修。

据说，这座五轮塔便是那老和尚的坟墓。

（小泉八云）

青红鬼

打从老伴去世以后，老奶奶就过起了独居的生活。也不是没有其他亲属，只不过……

中午时分，老奶奶自己吃了饭以后，到院子里采摘了一些花朵，打算到寺庙的墓地去拜祭亡夫。年迈的老奶奶腿脚不便，进出屋子只能先挪一条腿，再挪另一条腿。她仔仔细细把花儿捆成一束，步履蹒跚地走进里屋去换一身衣服，然后在腰间系上了服丧的黑色腰带。

这时候，她听到了一阵脚步声在靠近自己。

老奶奶有些担心，若是客人来了，就得好生招待，那就没有时间去祭拜了。

她回头一看，院子里的柿子树下站着一个背着孩子的年轻妇人。

老奶奶松了口气，原来是自己的孙女。

孙女背着孩子，手上还提着一个篮子，看见奶奶换了衣服，就问："奶奶，您这是要去拜祭爷爷？"

奶奶一边走一边说："是啊，前两天下雨不方便出门，今天天气好了，得出门拜祭了。”说罢就到了孙女身边，看了看她背上正在熟睡的婴儿。

“刚才还醒着呢，我早上挖了一些芋艿，给您送点儿过来。”孙女说完就把篮子给奶奶递了过去。

奶奶接过篮子一看，全部都是新鲜干净的芋艿。

“太好了太好了，谢谢你呀，今晚我就把它煮好，给你爷爷供上，我过几天再还你篮子啊。”

“行，我下次再来拿。”背着孩子的孙女小心地坐在回廊上，“奶奶，您不着急出门的话，我想和您说句话。”

老奶奶以为孙女出了什么事，一脸严肃地看着她，认真听。

“没什么特别的，我还真的是挺担心您的，爷爷去世一阵子了，您也不过来和我们一起住。作造担心是奶奶您不喜欢他，还是有什么其他原因，所以不肯搬过来住，让我过来私下问问您，如果真的是这样的话，奶奶您直接告诉我，我让他改。”

“没有没有，我肯定会搬过去的啊，我也只有你和作造两个亲人了。但是老人们常说，人死后有四十九日祭，也就是说，死后这段日子灵魂还是在家里的，我想过了这四十九天，等老爷子真正离开了，再考虑搬家的事。你别误会，我对作造没有什么不满意的。”

“那您的意思就是，四十九日祭以后，就搬过来和我们一起住?”

“这个我们到时候再商量吧，主要是现在我腿脚还算利索，行动也算方便，一个人想去哪里都可以，乐得自由。”

“但是您年纪已经很大了，一个人怎么照顾自己？我们每天都很担心您。”

“不用担心，家里稍微值钱的东西我都交给本家了，你和作造住得离我这么近，我就算有什么事，你们过来也是很快的。放心吧，我如果真有什么事，邻居会告诉你们的。”

“话虽这么说，但我到底是您孙女啊，剩下您一个人住在家里，旁人看了会说我这个做晚辈的不孝的！就这么决定吧，四十九日祭过了，您就搬过来和我们一起住。”

“真的没关系的，搬不搬一样的……”

“还是搬过来吧！”孙女抬眼看了一下天，“奶奶，我陪您去上坟吧，再不去怕是晚了，正好我也顺路。”

老奶奶一看，确实再不出发的话，回程怕是天都得黑了。于是，她把花束拿好，和孙女一起走出去。

太阳下山的时候，老奶奶回到了家。这两天天气不好，脚又水肿起来了，走路的时候右边小腿特别疼。她轻叹了一口气，走到后门想喝杯茶，然后把芋艿拿出来做饭。

刚走到后门，发现地上有几块玉米糕，她把这些都装在了碗里。

“这是怎么回事？”老奶奶想了想，“难不成是本家大小姐给送过来的？可是，她昨天才派人来给我送过糯米团，不可能每天都送吧？那么，是大树下的老婆婆送的？但是刚回程还遇到她，她也没说呀。还是对面的妇人？不太可能，农忙时节，哪有什么心思做糕点？”

老奶奶猜不出是谁把糕点放在这个地方的。

“算了算了，过几天自然就会知道，我到时再好好谢谢对方。先给老爷子供上吧。”老奶奶把地上的糕点放在亡夫的灵位前，然后又回到厨房喝茶，休息了一会儿。

这时候，右腿上的疼痛慢慢消除了，老奶奶站起身来，点上蜡烛准备给自己做饭。

老奶奶把芋艿和热茶做好了，放了一碗在亡夫的灵位前，又添了一点儿灯油，把油灯点亮后诵起经来。忽然之间，她的脑海里浮现出亡夫的笑脸。

诵完经以后，她本来想吃一点儿玉米糕的，但是觉得等到睡前吃更好，于是她就回到厨房先吃晚饭。

吃了晚饭，她把碗筷仔细地收拾清洗了，走进房间，拿出麻叶开始搓麻绳。

也许是因为年纪大了，老奶奶这阵子总想去茅厕。茅厕简陋肮脏，招来不少蚊虫，在秋风的吹拂下，老奶奶又陷入了回忆。

在老爷爷去世之前，两个人在这个地方相依为命。尽管已经相伴多年，但是老爷爷对她依然是很严厉的，总是把“休妻”二字挂在嘴边。有一回，老奶奶因为有急事要赶回娘家，到很晚才回家，一进门就看到老爷爷一个人在喝酒。

他生气地骂道：“谁准你回娘家的?”

老奶奶没有回答，老爷爷继续生气地说：“你嫁给我自然就是我的人！谁准你擅作主张的！不像话!”

“懒得理你，你才不像话!”老奶奶顶嘴。

老爷爷听到老奶奶顶嘴，于是更生气了，把碗筷摔在地上，几乎是怒发冲冠：“我要休妻!”

其实回想起来，大多数都是不愉快的回忆。老奶奶又一次去茅厕的时候，发现头顶上的星星已经隐去了，天色已晚。

老奶奶进屋准备休息，把床铺整理好以后才想起了玉米糕。但是此时肚子已经吃饱了，根本就吃不下。

“不如留到明天早上吃吧，反正这天气应该也不至于变坏。”老奶奶心想，然后就吹熄了油灯上床了。

突然，门响了。

“快点儿开门!”门被敲得咚咚响，外面传来了陌生人的声音。

“是什么人？这声音不像是认识的，难道是传令官?”

老奶奶一边想，一边起身走去开门。

打开门后，她看到了两个奇怪的身影，一个穿着红色衣服，一个穿着青色衣服，手里还拿着长长的武器。老奶奶怔了一下，借着烛光，老奶奶看到那个青衣服的人满脸都是青色的，而红衣服的人则满脸都是红色的，就好像地狱里的青鬼和红鬼一样，这到底怎么回事！

“不用怕，老人家，是你们家老爷子让我们过来找你的。”红鬼安慰老奶奶。

“我们进去再说吧。”青鬼已经走进了门。

老奶奶吓了一大跳，迷迷糊糊之间他们已经进屋了，她只好跟在他们身后。

到了供奉老爷爷灵位的房间，老奶奶跌坐在灵位前，已经走不动了。

青鬼说：“我们来自地狱，因为你丈夫生前干了坏事，下地狱以后被阎罗王施以重刑，受了太多的责罚，我们实在不忍心看着他被折磨，于是跟阎罗王请求减轻刑罚。但是阎罗王不同意，除非家里人出钱给他赎罪，所以我们就过来找你。你如果愿意出五十两，那么你丈夫在地狱就不用再受刑了。”

老奶奶一听，原来丈夫在地狱受了那么多苦，不禁泪流满面。

“好的好的，我马上去给你们拿钱。”

“快点儿，天亮了我们就必须要回去了。”

老奶奶拖着沉重的腿往门口走：“我马上就去，你们一定要帮帮我家老爷子啊！”

“老人家，我们是地狱来的，你可千万不能跟他人说起，不然我们会消失的。只需要把钱拿给我们就可以了！”红鬼严肃地吩咐道。

老奶奶拼命点头，加快了脚步去本家。

红鬼和青鬼竖起耳朵听，确定老人家是在去取钱的路上，方才把手里的兵器放下了。

“老家伙应该是上当了吧?”

“看来我们这下成功了!”

“等她拿钱过来就可以了。”

两只“鬼”坐下休息，打算先把脸上的面具摘下来。其实，这不过是两个普通的年轻人，根本不是什么地狱来的。

看到屋里没有他人，他们环顾四周，发现灵位前面还有玉米糕供奉着。

“青鬼”在灵位前面的碗里拿出两块玉米糕，其中一块给了“红鬼”，一块自顾自地吃了起来。

老奶奶心急如焚地来到本家，求他们给她取五十两银子，又赶紧往家里赶。本家亲戚心生怀疑，于是尾随着她。

谁知道，老奶奶一进家门就大喊了一声，亲戚闻声马上冲了进去。

屋里的状况很可怕，那两个穿着奇怪衣服的年轻人倒在灵位前，口吐白沫，表情狰狞，已经死去了，而他们装神弄鬼用的面具就在旁边。

这下才真相大白，原来所谓的地狱来的青鬼和红鬼不过是附近的两个赌徒，他们打算诓骗老奶奶的钱财，于是偷来了表演的服装和道具装扮成鬼。但是他们误吃了玉米糕，那是附近一个恶棍想要用来毒死老奶奶后偷取钱财的，所以两个赌徒横死在屋里。

了解清楚事情的真相后，官府逮住并处死了那个下毒的恶棍。

天色微微发白，老奶奶实在等不及了，赶紧搬到孙女家去与她同住。

（田中贡太郎）

骑着尸体的男子

她的身体已经如冰般僵冷，心脏也早已停止了跳动，显然，她已经死去多时了，可是居然没有任何人打算去安葬这个女人。因为她死于被丈夫休掉的痛苦与愤怒中，她的心里怀着滔天的仇恨，埋掉她根本无济于事。女人临终时的复仇执念可以让她拥有强大的力量，哪怕再深的坟墓、再厚重的石板，也压不住她的尸体。

住在附近的人全跑光了。他们知道，一旦那个负心的男子回来，她就会对其进行疯狂的报复，届时，大家很可能遭受池鱼之殃。

她死的时候，那个男子正在外面旅行。回来途中，他得知了发生的一切，深深的惧意瞬间笼罩了他的全身。

“如果天黑前我找不到自救的方法……”他自言自语道，“她会把我大卸八块的！”

虽然此刻还只是辰时，但他很清楚，自己已没有多少时间考虑了，他必须分秒必争。

他首先去找了一个阴阳师乞求帮助。阴阳师也听说过那个女人去世的消息，甚至见过她的尸首。他对这个男子说道：

“你大祸临头了！我会尽力救你，但你必须一丝不苟地按照我说的话去做。目前只有一个办法可以救你，不过此法甚是凶险，我怕你不敢尝试。但你若不去做，她必将把你撕成碎片！如果你有勇气，请在黄昏的时候前来找我。”

男子战战兢兢，满口答应会按照阴阳师吩咐的去做。

当太阳的余晖洒向大地的时候，阴阳师带着男子来到停放女尸的屋前。

阴阳师推开屋门，命令男子进去。

“我真的不敢！”男子全身的每一根汗毛都在颤抖，他吓得声音都变了，“我甚至不敢看她一眼！”

“若要活命，接下来你要做的事情，远比看看她可怕一百倍！”阴阳师说，“你想要活命的话，就必须按照我说的去做！快进去！”

他强迫那个负心的男人进到屋里，走到尸体边上。男人走了进去，只见那女尸面朝下，俯卧在地。

“现在，你必须骑到她的尸体上，”阴阳师语气坚定地说道，“然后你要像骑马一样紧紧地骑在她背上，快点儿！你还在等什么？”

男子浑身发抖，根本无法上前，于是阴阳师推了他一把：

“现在，牢牢抓住她的头发，”阴阳师命令道，“用你的左手抓一半，右手抓另外一半……对了！就像握紧缰绳那般抓紧了，双手都要用力。就是这个样子！现在仔细地听我说，你必须保持这个姿势一直到天明。到了夜里，这里可能会变得很恐怖，其中的原因有很多，现在无法告诉你。但不管发生什么事情，切记，千万不要松开她的头发！倘若你放手了，哪怕只有一秒钟，女尸的头发就会变成白色，到那时候，佛祖也救不了你！”

接着，阴阳师附在女尸的耳边念了几句咒语，扭头对男子说道：

“现在，为了安全起见，我必须离去，你需要一个人待在这里。对，保持这个姿势！切记！无论如何，千万不要松开她的头发！”

说完，阴阳师转身离去，并关上了屋门。

时间一分一秒地流逝，夜色渐渐深沉。在黑暗中，骑在女尸上的男子突然感觉一股子恐惧侵袭而来，他的尖叫声打破了屋内的死寂。猛然间，男人感觉胯下的女尸猛地跳了起来，女尸试图将骑在身上的男子甩下去。她一边晃动身子，一边大喊着："太重了！太重了！我要把伙伴们都叫过来帮忙！"

然后她昂起头、站起身，跳到门边，开门冲了出去，跑进苍茫夜色中。那男子由骑改为背的姿势，一直趴在女尸的背后，闭起双眼，紧紧地抓着女尸的头发，不敢松动分毫，尽管他心里已惊骇万分。

黑暗中，也不知道这女尸跑了多远，他什么也瞧不见，耳边只传来光脚丫子踏地的声音，还有女尸跑动喘气传来的令人心悸的嘶嘶声。

最后，精疲力竭的女尸掉头跑回了屋里，又躺到原来的地方。此时，她不再理会骑在她身上的男子，就这样喘息着、叹息着，直到东方渐渐发白。直到阳光照进屋里时，她才不再蠕动，恢复了平静。

那个男子已吓得浑身发软，焦急地坐在女尸上等着阴阳师。

"很好，你一直都没有松开她的头发啊！"阴阳师进屋后，仔细查看了屋里的情形，松了一口气，"这样很不错，现在你可以松开她的头发起身了。"

接着，他又在女尸耳旁念了些咒语，然后对这位男子说道："你肯定度过了一个非常恐怖的夜晚，但是除此之外，没有别的法子能救你。你放心，现在安全啦，你不必再担心她回来报复了。"

这个故事的结局，似乎已跟传统道德观的要求相背离。负心的骑尸者并没有得到应得的惩罚，女尸的大仇也没有报。我们只知道，那个男人最后热泪盈眶地跪倒在地，不断地向阴阳师致谢。

据说，骑尸男子的孙子和那位阴阳师的孙子现在依然生活在这个村子里。

（田中贡太郎）

魂 聚

很久以前，京都有一位年轻的武士。由于他所侍奉的主公日渐式微，所以他生计无着，窘困不堪。万般无奈之下，他只好背井离乡，去遥远的地方投奔新的主公。

在离开京都之时，这个武士解决了一个难题——他狠下心肠休掉了自己的妻子，一位美丽善良的女人。因为他目前陷入了困境，只有另娶一位高门名媛才能改变命运，才能摆脱贫贱卑微的身份。

不久，他如愿以偿地在新居处邂逅了一位望族之女，二人仓促地结了婚。这个决定十分草率，因为他们之间缺乏沟通和了解，这样就注定了他们体会不到刻骨铭心的爱情。

武士的新任妻子脾气暴躁、自私多疑，武士跟她在一起毫无幸福感可言。武士悔恨交加，经常怀念在京都的日子。他终于意识到前妻的温柔贤淑，认识到前妻对自己的爱远胜于新妻对自己的爱。

武士越来越觉得自己是个薄情寡义之人，心里的悔恨与自责感与日俱增，难以释怀。前妻温柔的呢喃、如花的笑靥、优雅的举止以及她不厌其烦的耐心与包容，时刻萦绕在他的心间。午夜梦回之际，他也会梦到以前生活中的一幕幕：为补贴家用，妻子没日没夜地坐在纺织机前辛勤劳作；自己下狠心抛弃她时，她曾经绝望地跪在那间简陋的小屋中，以袖掩面，泣不成声。

过往的记忆频繁浮现，武士备受煎熬。即使在工作时，他也无法抑制时刻想要回到前妻身边的念头。他在心中问自己："她眼下靠什么谋生呢？有没有另嫁他人？如果现在回去请求和解，她会原谅我吗？"

他暗下决心，必须尽快返回京都乞求前妻的谅解，并想尽办法来补偿她。

然而，人生不如意十之八九。武士人在仕途，根本无暇抽身，数年时间转瞬即逝。

终于，武士熬到了卸任那天，他在心里呐喊道："现在我终于可以无拘无束地回去了！我要回到我唯一的真爱之人身边！当年我那般狠心地抛弃她，是多么残酷和愚蠢的行为啊！"

于是，他立即与现任妻子离了婚。幸好两人没有孕育孩子，武士可以毫无牵挂地离开。他昼夜兼程，风餐露宿地赶回京都，一心只盼望着可以尽快见到前妻，就连更换衣服的时间也不愿浪费，直奔前妻所住的旧居而去。

当他风尘仆仆地到达旧居的街道时，天色已晚。这日是九月初十，街上冷冷清清，静寂得好似墓场一般。在皎洁明亮的月光的映照下，没费多少周折，武士便找到了自己的旧居。

旧居看上去已没人居住了，大概是年久失修的缘故，房子破败不堪，屋顶上长满了斑驳的青苔与杂草。武士在外敲了敲门，但无人应答。

于是他推了推门，却发现门没有上闩，"吱嘎"一声，门开了，武士抬脚跨进屋内。

故居的前厅空空荡荡，衰败冷清，凉风从门板的缝隙中呜呜地吹进来，墙缝中直透入凄白的月光。武士举目四望，目光所到之处皆是尘垢堆积，毫无人类居住的痕迹。

莫非前妻已嫁人或搬走？武士略感失望，又忆起后院还有一间小房，前妻常去小憩，不妨前去瞧瞧。

来到小房外，他惊喜地看到屏风里面微微透出亮光，不由生出一线希望。武士赶忙伸手拨开小屏风，看到眼前的情景，登时心花怒放：他的前妻正坐在一盏幽暗的油灯旁，缝补着衣裳。

前妻仿佛亦有感触，一抬头看见夫君归来，喜形于色，高兴地问道：

“咦，你何时回返京都的？这屋里黑灯瞎火的，你竟也找得到我？”

武士细细端详着前妻，禁不住百感交集。岁月的流逝并没有在她的容颜上刻下痕迹，前妻依然如记忆中那样年轻美丽。

武士愣住了，沉浸在久别重逢的欢乐中不能自拔，直到前妻温柔悦耳的话声响起，这才回过神来。他慌忙地坐到前妻身旁，拉着她的手，述说分开后的种种经历，倾吐对她的相思之苦，为自己当年的自私无情而深深忏悔，为辜负前妻的深情而羞愧万分。他反复道歉，乞求前妻能够谅解自己，并且许下誓言，今后一定会竭尽全力补偿她。

前妻对他的忏悔深感欣慰，她恳求夫君不要再自责，这让武士深感开心。

前妻表示，她虽然仍对夫君当年的负心行为感到十分痛心，但她也理解夫君当初的抉择，知道他是迫不得已才与自己分手的。因此，她这些年来一直默默地为夫君祈祷，祝福夫君能有新的婚姻，希望他能永远快乐。至于武士所说的补偿——对她来说，夫君能够重新回到她的身边，就是最好的补偿了。就算只是短暂的相聚，对她来说也已是莫大的幸福与安慰。

“短暂的相聚？”武士笑得直不起腰，说道，“你认为我只是回来探亲？

亲爱的，从今往后，除非你不要我，否则我这一生都将永远地陪伴你！再也没有什么能把我们分开，我们约定白首到老。我已嘱咐朋友们，明天将我这些年积攒的财产统统带到这儿来，咱们从头开始。先雇几个佣人，然后再把这屋子好好修葺一番，体体面面地重新生活。”他顿了顿，“今天，我连衣服都来不及换，便匆忙赶来见你，就是为了早点儿告诉你这些话。”

前妻对他的行为深表感动，也将武士抛弃她之后发生的事情娓娓道来。心地善良的她巧妙地隐藏了内心的伤悲，绝口不提任何可能勾起武士不快回忆的往事。

就这样，他们聊到了深夜，要就寝时，前妻领着武士来到一间较温暖的朝南的屋子里，这就是他们从前的寝室。

“没人帮你打理屋子吗？我看前院很是萧索呢！”武士趁着前妻铺床的时候问道。

“怎么可能会有？”前妻苦笑道，“我哪里来的钱雇人打扫？你离开后，我都是自食其力，勉力度日罢了。”

“那么，从明天开始，就会有好多下人供你差遣了。”武士道，“有什么活计，你直接吩咐他们就是。”

当晚，他们躺在一块儿歇息，但一宿无眠，彼此间说了很多暖暖的贴心话。他们从过去聊到现在，又畅想将来，直到天将破晓时，武士才合上双眼，沉沉睡去。

当武士睁开眼睛时，已是正午时分。阳光从残破的窗棂间洒进屋里，他举目四顾，惊讶地跳了起来，自己竟然躺在那腐烂发霉的破地板上，根本没有什么枕头被褥！

“难道我这是在做梦吗？”武士喃喃自语道，“不，这绝不是梦！还有我的爱妻呢，她昨夜和我睡在一起的。”

他扭过头来，望向身旁的前妻。

“啊！啊！……啊！”武士惊怖万分，声嘶力竭地大叫起来。

原来，躺在自己身边的并不是温柔贤淑的前妻，而是一具女人的骷髅！那骷髅白骨森森，一丝血肉都没有，阴森的骨架仅有一层薄薄的床单包裹。但在这惨败的白色里，一蓬刺眼的零乱的黑发披散在那骨骸之上。

太阳光慢慢洒遍屋子，他却不寒而栗，总觉得胸口被堵塞住一般难受。他内心的骇异恐惧之情久久难去，胸中烦闷几欲呕出。他疑窦丛生，深感事有蹊跷，决心要查个水落石出。

于是，武士扮作初来乍到的外乡人，向屋子附近的街坊打听前妻的事情。

“这屋子啊，荒废已久了。”这位邻居是新搬来的，不认识武士，他悲伤地说道，“听说，几年前屋子的旧主人负心薄幸，抛弃妻子离开了京都。妻子承受不了这个打击，不久就病倒了。她贫困不堪，身边又无亲友照料。贫病交加之下，这可怜的女人便在去年秋季的九月初十，哦，也就是去年的昨夜，过世了……”

（源国隆）

人　鱼

从前，近江国住着一位名叫俵屋藤太郎的年轻人。他的家离琵琶湖不远，附近就是大名鼎鼎的石山寺。藤太郎虽然没有万贯家财，但好在祖宗庇佑，家境小康，小日子过得倒也十分舒适安逸。美中不足的是，他虽已过二十九岁，仍未娶妻。因此，他最大的心愿便是娶一位年轻美貌的女子为妻。可是以他的家底与能力而言，并不能讨到这样的娇妻。

某日，当藤太郎途经一座长桥时，看见一个外形奇异的生物正蹲在桥栏边。他定睛一瞧，只见这怪物躯体像人，却全身墨黑，面目狰狞像妖魔，双眼碧绿似翡翠，长髯飘舞可比龙须。

乍见之下，藤太郎大吃一惊，后退几步，细看之下，却发觉那绿眼睛中充满着温和友善的神色，并无丝毫恶意。

藤太郎踌躇片刻之后，壮起胆子走了过去。那怪物竟然口吐人言，说道：

“请不要惊惶，我乃是雄性人鱼，素来在龙宫中服侍八大龙王。前几日，我犯了过失，被龙王从龙宫中驱逐出来，漂流到此。我现在饥肠辘辘，又无栖息之所，颠沛流离，无处可去。如果阁下怜悯于我，求您给我点儿食物，并收容我几日，不知可否?”

说这话的时候，人鱼满脸哀求之色，语调凄凉。望着人鱼那副可怜兮兮的模样，藤太郎同情之心大盛，他沉思片刻，说道：

“那你随我来吧。我后花园里有个又大又深的池塘，你在里面住多久都可以。食物你不必担心，我每日自会为你准备。”

那人鱼便跟随着藤太郎回家，发现后花园的池塘果然宽敞静谧，大喜过望，连连向藤太郎致谢。

此后大半年时间里，这只人鱼一直住在这个池塘里，藤太郎每天都定时将食物投入池塘之内。

转眼到了七月，附近的大津城里著名的大佛寺——三井寺——举办了一场规模盛大的女施主祈福法会。藤太郎闻讯，也前往大津城看热闹。但见贵妇名媛、大家闺秀、小家碧玉济济一堂，令人目不暇接。

就在这无边美色中，藤太郎被一位非常标致的年轻女子吸引住了。那少女十五六岁，黑发披肩，肤白胜雪，清纯明净，小巧的嘴唇如樱桃般可爱，说话之时，吹气如兰，宛若银铃般悦耳动听。

藤太郎对这少女一见钟情，为她神魂颠倒，见她离开三井寺，竟不自觉地跟了上去，在女子身后不疾不徐地尾随着，后来终于查清了少女的住处。原来这名少女和她的母亲一起暂住在濑田村的亲戚家。

藤太郎又悄悄地向濑田村的村民打听，知晓了那名少女名叫珠名，尚未许配人家。只是，她的双亲不愿将她嫁入平民之家，若有人想迎娶珠名，须得备齐一万颗宝珠，将其全部放入首饰箱中，作为聘礼。

打听到这些之后，藤太郎失望至极，垂头丧气地回到家里。他心想，这珠名的双亲要求太过苛刻，自己不过是小康之家，到哪里去寻万颗宝珠？更何况，宝珠世所罕见，全国都未必能有一万颗，即使有，怕是只有王公贵族才能办到，自己肯定是没有指望了。

尽管如此，藤太郎却无法忘掉珠名，她的一颦一笑都印在他的脑海中。藤太郎因此患上了相思病，茶饭不思，昼夜思念，眼前老是闪过珠名的影子。最终，他精神萎靡，缠绵病榻，只得请医生前来诊治。

医生仔细为他把过脉后，长叹了一口气，道：

“你这病，药物难以医治，你这是相思病。中国古代出身琅琊望族的王伯舆，就是因相思病而死。中国医术远胜我国，王伯舆家财万贯尚且无药可救，你还是尽早准备后事吧。”

说罢，医生连药方都没开，便告辞而去。

住在后院池塘里的人鱼数日来都不见藤太郎前来投食，便出池塘前来探望，这才发现恩人病了，于是便不再回池塘，日以继夜地在藤太郎身边照料。但他不清楚恩人的病因，也不知道恩人的病情正逐渐加重。

大概过了七天时间，藤太郎自知不妙，便唤来人鱼，向它说出了遗言：

“这段时间以来，你辛苦了。多亏你的悉心照料我才能撑到今日，实在感激不尽。我想，这或许是咱们前世的缘分吧！我本该继续照顾你，但现在已经病入膏肓，时日无多，说不定什么时候就要离开这人世间。我孤身一人，走了也无所谓，但现在我有点儿放心不下你。以往我能够时刻庇护于你，给你送食物。要是我走了，这世上恐怕就再也无人照顾你了。我可怜的朋友，你怕是又要流离失所了！你和我都是失意的人，唯别而已矣。”

藤太郎说到此处，人鱼已泣不成声，血色的泪水滑过它黝黑的面庞，大滴大滴地从墨绿的眼眸中流下来，掉落在地板上。此刻，不可思议的事情发生了——那些血泪一落到地面，立刻凝聚成了成色上佳、价值连城的红宝珠！

原来，当人鱼动情悲伤哭泣的时候，它的泪水就会化作美丽的宝珠，这就是成语“鲛人泣珠”的由来。

见到如此奇迹，藤太郎不禁惊喜若狂，刹那间便神清气爽，竟从床上一跃而下，拾起了人鱼落下的泪珠，高声大呼道：“我的病终于可以治愈啦，太好了，太好了！”

人鱼见藤太郎大呼小叫的模样，惊诧莫名，哭声立歇。它困惑不解地向藤太郎问：“为什么恩公你突然间又说你有救了？”

于是藤太郎将自己如何在寺庙中邂逅那位美少女、如何知晓聘礼竟要一万颗宝珠、如何郁结于心以致害了不治之症等事，原原本本地告诉了人鱼。

“本来我已经近乎绝望，要想弄到一万颗宝珠，根本是痴人说梦，”藤太郎笑着说道，“没想到，你却在这时候重新给了我希望。你只要哭几声便能产生这么多宝珠，那么我能否拜托你接着大哭一段时间，将一万之数凑齐？”

人鱼听到这话，脸上显露出责备的神色，立时拒绝了恩人的请求，道：

“您看我像是个行走江湖的伶人吗？能做到说笑便笑，说哭便哭？不！那些卖唱的艺伎、伶人会为了讨好别人而流泪，但我们这种来自海底世界的生物，若非发自内心的悲痛，是绝对不会流泪的。刚才我之所以流泪，是因为我觉得您快要死了，内心悲戚，真心地感到难过，才会泪如泉涌。如今您的病已经痊愈了，我绝对哭不出来了。”

“啊，那可怎么办才好？”藤太郎垂头丧气地说道，“要是凑不够一万颗宝珠，我就无法迎娶那女孩，早晚还是会病发身亡的！”

人鱼细细思考了一阵子，回答道：

“恩人请见谅，我是无法再为您哭泣了。不过，请您明天准备一些美酒和鱼，咱们一块儿到上次相遇的长桥去饮酒吃鱼。届时我面朝龙宫方向，回想过往在那里度过的欢乐时光，心底生出思乡之情，或许到时就可以大哭一场了。”

藤太郎喜不自胜，连连点头，并打发人前去沽酒买鱼。

第二天清晨，藤太郎和人鱼便带着美酒佳肴来到了那长桥上，摆好酒宴，坐下饮酒食鱼。

人鱼饮了几杯后，远眺龙宫方向，往事一件件依稀浮上心头。在酒精的作用下，那种背井离乡的忧伤感浮上心头，只觉自己有家难归，颠沛流离，不由得悲从中来，失声痛哭。

人鱼一哭，大滴大滴的血色泪珠便争前恐后地落到桥面上，化作了赤色的宝珠。藤太郎急忙拿出早已准备好的首饰箱，小心翼翼地将地上的宝珠装了进去。他一边捡一边在心里计数，竟然真的拾满了一万颗宝珠。

藤太郎大喜过望，连连称赞。

几乎与此同时，从远处的湖水中突然传来一阵阵悦耳的丝竹管弦之声，一座凌云宝殿缓缓自湖面升起，黄金般灿烂辉煌，水面上荡起了层层涟漪。

人鱼见此情景大喜，跳上桥的栏杆，举目仔细观察，随即狂喜不已，手舞足蹈。他扭头向藤太郎说道：

“我在此痛哭流涕，声音传到了龙宫，一定是八大龙王为我的深情所感动，召我回龙宫去呢！看来我必须要跟您道别了。没想到，这次我在帮您的同时也救了我自己。不管怎样，能有机会报答您的恩德，我深感荣幸。主人，再见！”

说罢，人鱼跃身跳入桥下，在水中泛起几朵浪花后便消失不见了。从此以后，再也没有人见过它。

藤太郎欣喜之余，将那装满一万颗宝珠的首饰箱送给珠名的双亲做聘礼，终于如愿以偿地抱得美人归。

（田中贡太郎）

译后记

日本是一个热衷于妖怪文化的国家，民间流传着大量关于妖怪和神明的传说。无论是哪个地方，人们说起古往今来的怪谈故事，无不啧啧称奇、意犹未尽。日本依山傍海，以农耕渔猎为主，很多传说都和山水有关。比如神出鬼没的河童，其原型极有可能是出没于浅水区的鳄鱼；而大山深处则多流传着诸多山精鬼怪的故事，比如雪女，据说是被情人抛弃于雪山的女子所化，因此经常诱惑上山的行人，凡对其动情的人便会冻死。在最初的民间传说中，妖怪往往造型恐怖，让人望而生畏。有趣的是，日本的怪谈文化多受汉文化影响，其中大部分“妖怪”来自中国——比如骨女，原是中国古代短篇小说《聊斋志异》中的画皮鬼，骨女的本来面目是一副女子骨骸，她生前遭人背叛，最后悲惨死去，化作一堆白骨，迷惑过往的男子。在盂兰盆节时，日本的百姓，无论贫富都要备下酒菜和纸钱，祭奠亡人，以示对先人的怀念。这一习俗，则起源于中国古代的中元节。

从古代的精怪故事、山野传说，到现在的影视、动漫、游戏形象的具象化，怪谈文化大行其道，甚至演变成日本一种独特的文化符号。日本平安朝末期的民间传说故事集《今昔物语集》、日本民俗学之父柳田国男所著作品《远野物语》、水木茂的《妖怪大全》、小泉八云的《怪谈》、日本当代著名作家梦枕貘所著的《阴阳师》等，都是此类文学著作中的佼佼者。漫画家手塚治虫、高桥留美子、水木茂等，也都对妖怪类的题材情有独钟。

本书从日本诸多怪谈故事中，本着从优、从精的原则，经过严格筛选和编辑，精心翻译而成，力求读者能从这些作品中，一睹日本怪谈文化的精彩和绝妙之处。同时，由于本书的内容大多讲述的是日本古代的民间故事，而日本在1868 年明治维新以前一直沿用着中国传统的计时方法，一些传统节假日的设置以及庆典方式（比如重阳节）也多源自中国。因此本书在翻译之时，为了作品的连贯性和准确性，依然保留作品原文的表述形式，不再一一修改换算。

子　衣

2020 年 5 月